TTS文庫

138億年の授業

鎌田　博

JN257303

東京図書出版

138億年の授業 目次

138億年の授業

プロローグ

これは、私の脳のバックアップである。私の死とともに消え「無」となる脳の記憶を残すものである。平凡な親父の孫子に伝えたい脳の記憶である。

人間の脳は、パソコンのCPUと同様で食糧（電気）からエネルギーが供給され、体の臓器（部品）が機能する限り働き続ける。パソコンは破壊や故障に対応するためUSBでバックアップを取る。私も早晩死によって破壊する脳の記憶を残すためのバックアップとしてこの本を書くことにした。

人生も65年経てみると、いろいろな事柄に遭遇した経験を持つ。それも予期しないことを実に多く経験する。また、人生も終盤に差し掛かると毎日束縛された仕事をすることもなく、自分の自由になる時間が増えてくる。

その使い方は、個人個人によって様々であり、道楽、趣味などに費やす時間がどうしても増えてくると同時に自分自身の人生を整理してみたくなる。

趣味は、読書、ウォーキング、ゴルフ、音楽鑑賞、落語鑑賞等いろいろあるが、やはり読書が一番楽しい、それも宗教、歴史、科学に関連するものが楽しい。何故、楽しいか、それは自分の人生の整理のために役に立つからである。

自分の人生の整理の中で、特に興味のある宗教を中心に宇宙の始まりから現在に至るまでを年代順に、宇宙史、生物史、世界史、日本史として纏めてみたいと考えたのがこの本を書いた動機でもある。

中心課題の宗教史は、各宗教の発生経緯に始まり、世界の宗教との比較、日本における宗教の成り立ち、私の考える宗教のあり方を整理し、そしてわずか過去100年程度で急速に進歩した科学と宗教の関係を宇宙の始まりから現代に至る138億年の歴史を振り返る中で、整理してみたいと考えた。

だが、実際に書き進めてみると、道徳教育の必要性を痛切に感じ、その構築を訴えるような内容になった部分もあると思う。私は無神論であるが、歴史を辿っていくと「宗教」と「科学」の関係だけではなく、「宗教」と「道徳」は切り離せない関係にあることを痛感したからである。

宗教の起源を見ると、古代部族の全てに創世神話がある。その教えには宇宙の成り立ち、人間の起源を説明するために神を介した物語があることが判る。しかしその物語の数々の不思議な出来事に対して現代科学が答えを出し神話・宗教への信頼が揺らいでいるのは間違いない。

従って、宗教を知るためには、科学が解明した事実を学ばざるを得ないし、その両者の歴史にも踏み込まざるを得ない。そこで、138億年前のビッグバンに始まる宇宙史、46億年の地球史、700万年の人類史、そして1万年の宗教史をできるだけ、私が信頼できると感じた人物の書物から私の拙い知識で判断し、現時点で一番納得させられた部分を独断で書き留めることでこの歴史を展開したい。

時には偏った意見も必要であるが、大きく影響されるのは避けなければならない。何故ならば、それを述べる人々の特殊性、特異性が存在することにより真実から乖離した考えが生まれる可能性があるからである。

では何故、その特殊性、特異性が生まれるのか、それはそれぞれの生活をする環境つまり、季候、地形、食物（肉食か草食）などの自然現象が大きく影響する。それぞれの人間はたとえ同じ条件下に置かれても、感じ方一つで結果は変わる。それが異なる条件では、尚更である。大きく変わる。それが独自の文化、文明、慣習である。それを正確に理解しなければ、大きな間違いを犯すことになる。

もし特定の考え（宗教、哲学）を信じるのであれば、しっかりとした持論を持つことが必要である。未来については、過去ほど多くを考える必要はないと思われる。なぜなら過去の歴史を学べば、思い通りにならない未来もなんとなく大きな流れなるものがわかるような気がするからである。

いずれは、地球はなくなるだろうし、人類も滅びることは間違いないと思う。その滅亡を私は知ることはないし、滅亡が先送りされることを願う。もし、人類が過去に学び、賢明な未来を構築できれば、太陽が消滅する数十億年先まで生き延びるかもしれないが、人類はそんなに賢明ではないであろう。

核戦争なる最終戦争の勃発や不治の病の発生、地球環境の破壊、天変地異、巨大隕石の衝突、あるいは他の惑星の生命体の襲来などの予期せぬことが起こり、人類はもっと早期に消滅するのではないだろうか。

宗教についての持論であるが、私は「神」の存在を信じない無神論かつ無宗教である。この世は、ビッグバンの前の状態は？　宇宙の起源は？　人類は何故今のような形なのか？　など、現代の科学では解決できず、説明できない事柄が多くあり、非常に不可解な世界である。しかし、その説明のために「神」を介在させ宇宙を作り、世界を作り、神に似せて人間を作ったという荒唐無稽な教えは、近代社会に住む人間として、到底信じることはできない。

ほとんど、全ての宗教は「神」を創造し「愛」を強調する。だが、歴史を学ぶことにより知る悲惨な事実、そして現在世界中で頻発する不幸な出来事を見て、宗教家の言う「神」の存在かつその「愛」を支持するわけにはいかない。それはかつて人類が無知故に信じさせられた妄想であろう。

科学が進歩し、ある程度知識を得た今では、荒唐無稽な妄想を真実として受け入れられるはずがないのである。従って、私には「神」の存在についてはどうしても支持する気になれない。支持するためには、自分で確認しなければならない。それは無理であるし、その経験もない、それゆえに無神論者である。

宗教に答えを求めれば、宇宙の始まり、人間の行くところの難問は一応解決するように見えるが、では「神」を誰が作ったのか、「神」を実際に見た者はいるのか、それを証明する方法はない。「神」は全ての始まりであるから「神」を作る必要がないと宗教家は言う。それは都合の良い話である。到底信じられない。

人類における宗教は無知な人々あるいは集団・組織を統率するためには、必要であった時期もあったが、結果的には現在ではメリットよりデメリットの方が多いと感じざるを得ない。

特に一神教には問題が多い、巨大化した組織を守るための排他性が問題である。人間以外の生き物は宗教を持たない、人間は自分が死ぬことを知ってしまった。知ったが故に、死後の世界に不安、恐怖を感じる。そのような不安や恐れを和らげるために、人間が心の中に創り上げたものが宗教であり「神」である。

釈迦もイエスもムハンマドも自分自身の生活については質素であり無欲であった。3人とも自分が「神」とは言わなかった。釈迦は死後の世界も語っていない。ひょっとすると釈迦は無神論者であったのではないかと私は思っている。従って、宗教の始祖の教えには納得できる部分がある。特に釈迦については信頼できる数々の言動が残っている。

今、世界に蔓延する三大宗教の教えの大半は弟子などその後の人が作ったもので、組織の統率のため、己、組織の欲のために作った妄想である。そして一度組織が出来上がってしまうと組織を維持するため、拡大するために妄想を正当化し続けなければならなくなる。

いずれの宗教集団も立派な建物を持ち、僧侶は立派な服を纏い、贅沢をしている。その教義は当初の教えから大きく乖離したものになっている。今でも都合の良い話を作り出してはそれを利用し、弱者に接触し搾取しているのである。世界中の多くの信仰は事実でないことを事実らしく作りあげ、麻薬の如く人の思考を欺いているのである。

全ての宗教は人が生きていくに当たり、遭遇する多くの苦悩、迷いからの逃避を求める人あるいは生き甲斐を見出せない人の弱みに付け入り、発展してきた歴史を持つ。人類は、生きている限り苦悩するのは避けられない。それは科学が進歩し生活が豊かになっても同じで、新たな苦労が始まる。

それが現在でも、新興宗教が生まれる所以である。天国も地獄もあの世にはない、この世に天国も地獄もあるのである。何故ならば、脳が発達し言葉と文字を使えるようになった人類が天国も地獄も作り出したのである。今の世に住む賢明な人は天国を楽しみと地獄を苦しみと読み替えれば良いのである。

人類とはそれほど弱い存在なのである。人の一生は、歴史の中では極めて短いものである。それ故、我々は先人の知恵を学ばなくてはならない。そして優秀な人が明らかにしてきた科学の知識を助けとして日々を送らなければならない。その一番の近道が、書物による歴史、科学の知識の取り入れだろう。それは、できるだけ公正中立なものを取り入れるべきであろう。

人類が解明し、知り得た知識の中から、宗教、科学の分野で一番信用に足る知識、つまり私自身が信じている真実のようなものをまとめてみたいと思ったのがこの本を書いた趣旨でもある。この宇宙が誕生したとされる１３８億年前から始めたいと思う。

話の中には重複する部分もあり、皆から見て不自然あるいは共感できない部分も多々あると思うがそれは当然のことである。全ての人は全て異なる考えや信念があって当たり前である。だが要はその中にあっていかに自分自身の手で自分なりの結論を出すかが重要である。それがその個人個人がこの世に生を受けた証ではないかと思う。

ごくごく普通の人生で終わると思われる平凡な一人の親父がいたという証としてこの書を残しておきたい、ひょっとして一人ぐらいは読んでくれる孫たちが現れるかもしれない、たとえそうならなくても良いと思っている。単なる自己満足の世界である。

しかし、もし読んでくれる人がいれば、この世に生かされてきたある老人の戯言として理解してほしい。だが、読んだ人が人生を考える場合にはしっかり歴史を学んでほしいと思う。あくまでこの書の内容は私の考えであり、皆に強制するものでもない、ただこんな考えもあるのだと思ってくれればよい。

それでは宇宙史から始めることとしたい。ただ書いている歴史も2014年現在で一応信頼されている説に基づいているが、今後の新しい発見で変わることは当然あり得ることは理解してもらいたい。また、素人の書いたものであるので理解が不十分なものを書いている可能性もある。

公平中立なものとして取り上げた事柄は、ネットのウィキペディア（内容に問題ありと言われているが偏りのない部分を参考にした）、松井孝典氏、ひろさちや氏、梅原猛氏、リチャード・ドーキンス氏、等の書物を参考にした。

インターネットからは、全てのジャンルを、松井孝典氏からは、宇宙史・科学史を、ひろさちや氏、梅原猛氏からは、宗教史を、そして、リチャード・ドーキンス氏から、生物史と無神論即ち神の否定を学び、私自身が共感できた部分を独断で引用している。

従って、これからの内容は宇宙史、宗教史、科学史を素人の私が勝手に書いたものである。また、著名な科学者、学者が書いた書物から私なりに勝手に判断し、取り入れたものもある。特に、私はリチャード・ドーキンスが好きである。彼の著書『神は妄想である』『利己的な遺伝子』『遺伝子の川』などが面白い。

ドーキンスを好きな理由は、彼の多くの著書を翻訳している垂水雄二氏が書いているように「その論理の徹底性にある。彼はあらゆる生物学的現象を断固として、突然変異と自然淘汰という原理のみで説明しようとしている。たいていの生物学者ならあるところ、生物の精妙さの前で立ち止まってしまうところでさえ、彼は決して論理的思考をやめない。それはほとんど小気味いいと言えるほど徹底している」に表れている。

できれば、この本を大人になる前の若者に読んでもらいたい。まだ、人生におけるいろいろな疑問点について確固たる信念が持てない若者に読んでほしい。そのために、私個人としての独断もあるが、できるだけ真実に忠実に書いたつもりである。この内容はこれからの人生にとって必要最低限の知識である。従って、敢えて本書の題名を『１３８億年の授業』とした。本書を参考にし、それぞれの信念を作ってほしい。

宗教と科学による謎の解明

我々、人類の祖先が700万年前にこの地上に現れて以来、様々の変遷を経て今日があるが、その間に哲学者、宗教者、偉人と呼ばれる人々からいろいろな知識、妄想を教えられ、信じたり信じることができなかったり混乱しながら、毎日を送っている。人類の歴史の中でほんの過去200年弱でその整理ができつつある。それは科学という職業が定着し始めた頃からである。

16世紀に活躍したコペルニクス、17世紀のケプラー、ガリレオたちがそれ以前の考え方を大きく変える主張をしたが、それは神学、占星術、数学等を進化させた哲学者との間における議論の違いであり、今日の科学と呼ばれるものとは異質のものであった。実際、科学という職業が定着したのは19世紀のヨーロッパであり、英語として現れたのも1830年代であると言われている。

日本ではまだ鎖国中の江戸時代であった。それ以来、我々にとって宇宙、地球、生物、人類などの根本問題に対する認識に大きな変化が起こってきた。また起こらざるを得ない状況に我々は晒されている。そのもっとも根本にある対立は科学と宗教に凝縮されている。

これからの人類にとって、今こそが正しい知識を知る必要がある時期に直面していると思われる。それは科学によってもたらされた事実の解明に感謝するとともに、科学が提供する今までにない快適な生活は、地球自体に強烈なダメージを与えていることを我々は知るべきである。

極めて危険な状況に地球が直面している現在は、もはや科学と宗教が対立している時ではないのである。複雑な世界を本当に理解しようとするなら科学と宗教の両分野における真の教えの理解に努めることが必要である。

科学は元来「いかにしてか」と絶えず問い、それに答える営みである。一方宗教は「何故、物事はそうでなければならないか」を問い、それに答えようとする営みである。こう考えると科学と宗教が両立するように見える。しかし、現実には様々の事柄で対立しているのも否定できない。それは今の科学では「いかにしてか」を問い続けても解決できない問題が存在するからである。

その解決できない問題の一つの例としてはビッグバンに始まる「宇宙の始まり」の前の状況であり、この「宇宙の終わり」の謎などがある。しかし、そこに従来からあるような宗教による神を介在させた荒唐無稽な説明では到底解決しないだろう。そのためには宗教の賢明なる意識変革が必要である。更に、今日の急速な地球環境の破壊が続く中では、科学の解明に加え人類に共通した危機意識を植え付ける必要がある。

その認識には、宗教に代わり普遍性、共通性を持つ「道徳」あるいは「倫理」などの教育体制を構築する必要がある。それが人類にできる唯一の自滅を回避できる手段である。それでも、不可抗力による自然現象による人類の破滅は避けられないであろう。

解決できないもう一つの例は、「人類はどこから来たのか」「人類は死んだ後にどうなるのだろうか」であり、つまり人間の死後はどこに行くのか、死後の世界はあるのかとの人類が思考能力を持った時以来の疑問である。それに解答を出し解決した如きに感じさせるのが今日の宗教である。

科学では何の解答もない。未解決の問題を究明する方向は、宗教と科学は似ている。だが、科学的解決には証拠という支えがあり成果を生むが神話や信仰に基づく宗教的解決には証拠がなく事実の解明などの成果を生むことが無い。

現代に生きる私としては、ある程度の科学を知った者として、かつ宗教の過去のあり方、今の宗教の布教活動を知った上で極めて宗教に対して懐疑的であるのが今の心情である。決して宗教の存在意義自体を否定するものではないが、今の宗教のあり方はその功罪を考えれば圧倒的に罪が大勢を占めていると考えている。

究極的には、宗教は人類の歴史の中で文明、文化の進化の証として存在すべき歴史遺産として残るべきものであり、特に政治等の世界に介入すべき存在ではないと考えている。それでも「人間はどこから来て、どこに行くのか」の疑問は残る。その解答を是非知りたいと思うがおそらく科学での解決は当面は困難であると思われる。今の地球の状況ではそれを知る前に人類は絶滅するだろうと思われる。

ただそうだとしても、私は決して宗教に解決策を求めようとは思わない。種々の宗教に属する偉人たちが言う、神は宇宙を作り人間を作りそしてこの世の全ては神のデザインのもとで動いているとの説明については当然信じられないし死後に天国、地獄があり、魂が残るなどという荒唐無稽な話は到底信じられない。

確かに知れば知るほど、宇宙の始まりは不思議であり説明はつかないが、その後は極めて偶然の自然現象の賜物、つまり極めて確率の低い現象ではあるが、その偶然は起こる可能性があり、現実に起こったことによる歴史の連続であったことは信じる価値はある。

しかし、死後の世界は誰も説明ができない。個人的には死後は「無」であると信じている。私が死ねば私という目に見える存在は消失し「無」であると信じている。魂魄二元論で、死後は「魄」(肉体)は消滅するが、「魂」(霊)は残るなどとの説明は当然ながら信じられない。

だが私には3人の子供がいる。その子供の体内には私のDNAが存在している。つまり子孫が存在する限り人類が絶滅しない限り、私のDNAは永遠に存在すると考えられなくはない。

その意味では、自分自身のDNAに生命の永遠を求めるならば子供を作るべきであろう。その意味では不幸にも子供に恵まれない人は悲しいことである。子供に恵まれない人にもその人と近い遺伝子を持つ兄弟、親戚はいるだろう。100%同じではないがほぼ同じと考えられる。人々を通じて人類が存続する限り全ての人の痕跡は残るのであろう。ただ、個々の永遠を求めるならば子孫を残すべきであろう。それが人の死後の世界である。

いろいろ述べてきたが、要するに結論的に言えば私は神の存在つまり神を語る宗教を基本的には否定する。その反面、今の科学の正しい活動を支援したい。

この本を書いている時に、国内最大の伝統仏教集団である浄土真宗本願寺派の門主が37年ぶりに交替した。父で前門主の大谷光真さんの息子大谷光淳さん36歳が新門主である。全国1000万信徒のトップである。

宗祖親鸞から800年の血脈を継いでいるそうである。子供時代の憧れは「バスや電車の運転手」で、法政大学に在学中に築地本願寺の東京仏教学院の夜間に通い仏教を学んだそうである。

卒業後、築地本願寺の副住職になり、ロックコンサートを開くなど親しみやすい宗門を目指したそうである。今は、3歳の長男に読み聞かせをするイクメンだそうだ。これは、時代の流れだろうか、宗教集団の生き残りをかけた変化なのであろう。だが、本来の仏教はそのように俗世界のものではないと思う。

僧侶で肉食、妻帯を自ら実践した親鸞の流れからは、何の不思議もないことであろうか。当初の僧侶は、出家が主で妻帯はせず、その宗門を継ぐのは世襲ではなく、修行に励んだ優秀とされる弟子から登用されたものであった。また、かつての宗教は、現生利益も当然あるが来世の不安を説いたものである。

巨大化した組織はその存続のために必死となり、企業オーナー経営者の如く、世襲による家族経営に奔走している。そしてその後継者はマニュアル化された説教を繰り返し、システム化した葬式仏教のもと、安定収入を得ようとしている。この組織から我々は何を求め、何を期待するのだろうか。私には、今の宗教界に求めるものは何もない。変革を期待したい。

今の宗教界は、過去の開祖達の創った教え、考えに安住しているのが現実の姿である。それに対し、科学の世界は日進月歩で常に「謎」に向かって努力をしている。宗教も、過去の教えを歪曲し守るのではなく、彼等の立場から「謎」に向かい解明する努力をすべきである。それでこそ、科学に対応できる道がある。

ここからなぜこのような結論に至ったかを宇宙の始まりからの歴史、そしてその間に生まれた宗教、科学についてもう少し詳しく述べ、私の結論を述べていきたい。特に宗教史について詳しく述べていきたいと思う。

宇宙の始まり（138億年前）

宇宙とは、「宇」は無限に広がる空間で、「宙」とは永遠に続く時間のことである。もともとは、その空間も時間もなかった。それはどこまでも漆黒で空っぽ、そんな状態であった。そして突然、138億年前（以前は137億年説が主流であった）にビッグバンと呼ばれるある一点の超高温かつ超高密度の火の玉状態の爆発により宇宙は誕生したと言われている。

それは原子よりも小さくて超高温状態の一点に今日の宇宙全体が詰まっており、爆発後すごい勢いで膨張したと言われている。宇宙は空間と時間の区別がつかない一種の「無」の状態から忽然と誕生し、爆発的に膨張してきたとされている。すぐに様々なものが、生まれ始める。

宇宙誕生後の1秒以内に電磁気力や重力などの力が発生、それから魔法のように素粒子も生成された。それは現在の実験的事実から内部構造を持たないとされているクォークやレプトンである。

その宇宙が膨張しているとの事実は遠方の銀河がハッブルの法則に従って遠ざかっているという観測事実に一般相対性理論を適用して解釈すれば、宇宙が膨張しているとの結論が得られるそうである。

　このことも理解することは困難であるが、『旧約聖書』の創世記の記述より信頼に足る。そのビッグバン理論も今から、ほんの50〜60年前に発表されたものである。その膨張エネルギーをもたらすのは素粒子でその構成は二つあり、一つは「粒子」、もう一つは「反粒子」と呼ばれるそうだ。

　全ての素粒子は反粒子という通常の粒子と質量も同じ粒子をもつ。粒子と反粒子が出会うと量子数は正と負で打ち消しあって真空と同じ状態になり、これが対消滅という状態で両者のエネルギーが残り、それが宇宙創成時の超高エネルギーの世界を形成していたとされている。

　反粒子は物質に触れた瞬間に消滅しエネルギーを出す。今は宇宙には物質しか存在しないが初期の宇宙であるビッグバンは凄まじいエネルギーであったので反粒子は存在していたが、宇宙が冷えるにつれて物質に出会って消滅し物質だけが残ったそうだ。その時は物質も同じだけ消滅したが、最初は物質が反粒子より少しだけ多かったようである。

　これらの文章は先人、学者の受け売りで書いている。しかし、反粒子に関するところは全く理解できない部分であるが一応参考として書いておく。もし今後理解できれば、書き加えたいがまず無理であろう。

　そのように「反粒子」は全て消滅し「粒子」のみが残り、それが陽子と中性子となり結合して原子核ができた。この初期の宇宙には水素原子やヘリウム原子の巨大な「雲」があっただけで宇宙は混沌とし、ある意味グチャグチャのプラズマ状態であったと説明されている。それが我々の全ての物の始まりであると今は考えられている。

しかしながらその始まりの前はいかなる科学も解答を得ていない、つまり未知の分野である。しかも今の科学では判明する目途すらない。現にイギリスの著名な物理学者でありケンブリッジ大学クイーンズカレッジ前総長でもあった学者ジョン・ポーキングホーンは教職を捨て英国国教会の僧職になり、その解決を神の御業に求めてしまったようだ。残念な事であると同時にそれほど解明が困難な事なのであろう。

またその始まりからその後の一連の出来事は不思議で信じられないほど、かつ不気味なほど規則正しい法則のもと動き始めている。しかしながらその規則正しい法則は視点を考えて見れば膨大な現象及び法則の中から偶然にも極めて稀な法則のみが奇跡的に一致し動き出したものとも考えるのが妥当だろう。

つまりそれは必然の動きではなく、諸条件が合致したもとで動き出した偶然の賜物であろう。もっとも法則自体は現在では科学的には証明されており信頼性はあるものである。そこには一部の有神論者が述べるような意図的なものはないと考えられ、偶然の賜物である法則にもかかわらず一部の有神論者は偉大なる神の意図のもとに宇宙は動いていると主張する者が後を絶たない。またそう考える事で一応納得している。

しかし私にはその誕生に神が介在しているとはどうしても信じられないし信じたくない。確かにビッグバンの前の状況は今の科学では納得のいく解答は導き出せていない。しかし一部の信頼性ある科学の解明にもかかわらず、各種の宗教者たちが荒唐無稽な作り話で人々を惑わせ続けてきた。そして未だにそれが堂々とまかり通っている地域があることが大変な問題である。

ただ、初期のビッグバン論争では、ローマカトリックは早い段階の1951年に教皇ピウス12世はバチカンで会議を開き「ビッグバンはカトリックの公式の教義に矛盾しない」との声明を発表している。それは、科学的に支援するものではなく現象面での声明に留まっていた。

とにかく科学のお蔭で多くの自然現象の原因については解答を得ている。だが宇宙の果ては未だにわからないし、人類は、いや宇宙はどこから来てどこに行くのか、その質問に対する答えは今のところなされていない。神が全てを作ったと主張をする人に問いたい。

もし神がいればその神は誰が作ったのであろうか、その時有神論者が言うには神は全能であり、始めから存在したと答えるだろう、また神がどこに住んでいるのか、答えてほしい、天にいるのか天とは何なのか、見境がないその議論は全て詭弁にすぎないのである。神のいる証拠を見せてほしい。

ビッグバン直後の宇宙をもう少し述べてみたい。ビッグバンの発生した位置は地球から約4000万光年離れたところであり、共働距離では約465億光年と推定されている。従って、宇宙の直径は約930億光年になる。

共働距離とは、空間上に固定された任意の2点間の距離を空間の伸縮と比例して伸縮する

（共働する）物差しで測った距離で、物差し自体が空間と共に伸縮するので、この物差しで距離を測れば、両者の距離は常に一定になる。

宇宙サイズの距離を言う場合「地球から見た距離」と「その場に実際存在する距離」は違ってくる。宇宙サイズで言う場合は「実質的に詰まっている空間サイズ」の距離の概念を共働距離という言葉を使うそうである。見た目では138億光年でも、詰まっている空間は465億光年と言われている。

138億光年先の星も後退しており停まっているわけではない、即ち138億光年前に起こったビッグバン後は今まで光の約3・5倍の速度で宇宙は拡大を続けているのであり、その速度は衰えるどころか加速している可能性があるそうである。

宇宙は誕生後の100万分の1秒後には1000億℃が9億℃に温度が下がり、超高温、超高密度のクォークと呼ばれ、それ以上分別できない素粒子とグルーオンと呼ばれるクォークを結びつける糊のようなスープ状の宇宙ができた。1万分の1秒後に2〜3個のクォークをグルーオンが結びつけ陽子・中性子ができた。3分46秒後には水素、ヘリウムなどの原子核が結合し物質の元ができた。

ビッグバンのあと誕生した単原分子のできたプロセスは以下の通りである。

素粒子の誕生（クォークと呼ばれ、物理量の最少単位である量子）⬇原子核（陽子と中性子からなる）と電子の誕生⬇原子の誕生（原子核と電子からなる）、全ての物質は原子の集まりである。陽子の数と電子の数によって原子の性質が決まる。現在確認されている原子は

１１８種類で、それが、物質の元になるのが「素」という粒子、つまり元素である。⬇分子の誕生（原子の結合体）。他の元素と化合しないヘリウム（元素記号He）を単原子分子と呼び、水素（元素記号H）・酸素（元素記号O）・窒素（元素記号N）を二原分子と呼ぶ。

　そして、その38万年後にそれまで散乱していた光が直進し始めた。これを「宇宙の晴れあがり」と呼ぶ。その後長い時間をかけて宇宙は冷えていき、銀河の元になるガスができ、また宇宙に微妙な温度の「ゆらぎ」があった。

　それはわずかな差（ゆらぎ）であったが、宇宙が複雑性を増すには十分なものであった。密度の高い場所は引力が強くなるので、水素原子やヘリウム原子が集まり無数の雲に分かれ、中心部の温度が上昇、そして中心部の温度が１０００万℃になった時に陽子が融合し、膨大なエネルギーが放出され、ガスの固まりが成長し核融合で輝く最初の星が誕生する。

　ビッグバンから2億年後には、宇宙の至る所に恒星（水素からヘリウムに変換される核融合のエネルギーで自ら輝く星）が現れ始め、宇宙は前よりずっと複雑になる。巨大な恒星は死ぬ時に猛烈な熱を発し、陽子がいろんな形で融合し、あらゆる元素ができた。貴金属の材料の金なども超新星爆発でできた。科学的に複雑になった宇宙では様々なものが作られていく。若い恒星の周りでこんなことも起こった。

　いろんな元素がかき混ぜられ結合し、粒子になり、塵になり、岩になり、小惑星になり、惑星や衛星になる。こうして、太陽並びに我々の地球は46億年前に誕生した。地球などの惑星は、恒星よりも物質の種類が豊富つまり、より複雑な惑星である。

太陽系が属するのは天の川銀河であり、地球の軌道の約10億倍の大きさである。天の川銀河は、さらに他の銀河系と一緒に銀河団や銀河群が集まって超銀河団を形成している。ちなみに天の川銀河は2000億以上の星の集まりと言われている。

さらにその銀河系の外側にいくと物質的にはほとんど何もない空間が広がっている。その所々には、ほかの銀河、つまり、何千億という星が集まってできている別の空間がある。そのようなスケールで銀河を単位とするような宇宙が存在している。

さらにその外側の宇宙の果てがどこにあるのか今のところ想像がつかない。このようなスケールの宇宙については、ほとんどが20世紀になって我々が初めて、その詳細を見ることができるようになったわけで、宇宙の始まりや地球の始まりについては20世紀になるまでほとんど判っていなかったと言える。

だが現実には、科学的にものを見ることができなかった時代に作られた宗教、例えば『旧約聖書』で述べている天地創造では何と、全ての宇宙、地球を神が7日間で作った事になっており、今でも真剣に信じている人々、あるいは信じたふりをした人々がいることに驚愕と恐れを抱かざるを得ない。

因みに今我々が知る宇宙の構成は、星のように見える物質はわずか4％程度に過ぎず、73％は「ダークエネルギー」(暗黒エネルギー)、23％は「ダークマター」(暗黒物質)と呼ばれる謎のエネルギーで占められている。そして宇宙の温度はマイナス270℃である。

最後に時系列的に宇宙創成を推論する流れをまとめてみると、1922年アインシュタインの一般相対性理論に基づいて宇宙の創成が予告され、1929年ハッブルが後退する銀河を観測して膨張する宇宙を発見し、1948年にロシア出身の天文・物理学者であるジョージ・ガモフがビッグバンによる宇宙起源論を提唱した。

1965年に宇宙マイクロ波背景放射（宇宙を一様に満たしている宇宙開闢の名残）が発見されて以降、ガモフのビッグバン理論が宇宙の起源と進化を説明する最も良い理論であると考える学者が多数派になってきた。それは、数十年前の出来事であった。

今、ハワイのマウナ・ケア山の山頂に口径30mの世界最大の望遠鏡の建設計画がある。従来の望遠鏡の10倍以上の解析度があるとのことである。建設の目的は宇宙で最初に誕生した星や初期の宇宙の構造の解明を目指すそうだ。そして、計画には日本、米国、中国など5カ国が参加するそうで成果が期待される。各国が仲良く頑張ってほしい。

現在の科学では、ビッグバンによる宇宙の創成は、ほぼ確実とされているが、宇宙の将来は、様々な可能性が議論されており、定まった理論はまだない。その解答は、宇宙の構成要素の73％を占めるダークエネルギーの探求にあると言われている。

宇宙の構成要素の4％を占める元素などの物質とダークエネルギーは重力で互いに引き合うために膨張に対してブレーキとして作用する一方、ダークエネルギーは反発力として働くことも知られている。

しかしながらダークエネルギーの性質の解明には謎が多いために、宇宙の将来については、膨張の持続、縮小し消滅（ビッグクランチ）、加速度的膨張（ビッグリップ）など諸説がある。宇宙の将来像そして宇宙の膨張が今後どうなるかは、ダークエネルギーの解明にあるとされている。

だが、ダークエネルギーあるいはダークマターとされている部分は、我々に見えない単なる真空の状態である。しかし、その存在が無ければ今の宇宙の成り立ちも宇宙の膨張も説明ができない。宇宙の存在を理論づける仮説である、それが無ければ宇宙を説明できないため、あると信じられている。有神論者から見ればそれが「神」の存在を証明するものであろうか、そんなことがあるはずがない。一日も早く暗黒エネルギー、暗黒物質の存在証拠の発見を見たい。

この本を書いている時に、「ヒッグス粒子発見か」との発表があった。40年前にピーター・ヒッグス博士が素粒子に質量を与えたと予言した粒子の発見であった。未知の粒子を見つけた可能性があるとの発表である。この発表でヒッグス博士はノーベル物理学賞を受賞した。ビッグバンの直後、各種の素粒子は光と同じ速度で飛び回っていた。その後突然、ヒッグス粒子に満たされ、光など一部を除く素粒子の速度が落ち、質量が生まれたと考えられ、そのヒッグス粒子の存在の予測が40年以上前になされ、世界の物理学者が探索を続けてきた。それが、スイスにある欧州合同原子核研究機構（ＣＥＲＮ、セルン）で存在が確認されたという世紀の大発見である。

兎に角、現在の我々にはそのような解明はそれほど重要なことではない。これからの天才に委ねればよい問題である。少なくとも、世の天才の発見による宇宙の誕生から惑星などの誕生については、私にはよく判らないし、理解困難なものであることには違いない。

しかし、ここで過去の出来事を知りたいと思う心を失ってはならない。過去に起こった事を変えることはできない。従って、漠然と我々人類は誠に不思議な世界に生きていることを納得すれば十分であろう。その知識の蓄積は世の天才に任せればよい。我々はその事実から目を背けなければよい。決してその思考を中断させないことが重要である。

しかし、古代の民族宗教、神話に述べられている宇宙の創成神話よりは信頼するに値する科学の成果を認めざるを得ないと思われる。ここのところを我々、凡人は自覚することが大事である。次に我々にもう少し馴染み深い地球の誕生について現在知られている事についての話をしてみたい。

地球の始まり（46億年前）

宇宙に比べれば地球の年齢は、ずっと精度よく推定されている。それは放射性元素の崩壊という原理が利用できるからである。地球は約46億年前にガス状の原始太陽系星雲の中で固体粒子が集まって無数の微惑星に成長し、それらが10個程度の火星サイズの原始惑星となり衝突合体により形成されたとされている。

その生まれた当初は火の玉状態で、その後6億年くらい隕石重爆撃期と呼ばれる激しい微惑星の衝突の時期があった。その間には原始地球に天体が衝突し、地球と月が分離した。

このような重爆撃期の終了した直後に作られ現在地球上で最古の岩石が、カナダで発見された39億6000万年前の岩石とされている。このようにして推測された最古の隕石が45億6600万年前のものと考えられ、地球の始まりも約46億年前と言われる説が有力である。

地球の誕生前にはその軌道近辺には微惑星と呼ばれる直径10㎞ほどの小さな天体が100億個ほどあり、それらの一部が集まりそのエネルギーで原始地球は加熱され、火の玉状態になっていた。その後は、熱い状態から冷える過程の中で様々な物質が生まれ、温度、圧力で状態を変え分化してきたのが地球の歴史である。

地球は「水惑星」といわれる。しかし地球の表面の水の量は地球の質量の0・02%にすぎず、マントルに含まれる水を考慮しても1%くらいにすぎない。そう呼ばれるのは、地表の大部分が海に覆われているからである。太陽系では地球のみに見られる特徴であり、木星の衛星エウロパに海が存在すると言われているが数キロメートルの厚さの氷の下に存在する海であると推測されている。

それと地球は花崗岩からなる大陸地殻が存在する。これも太陽系では地球のみで他の惑星は玄武岩からなる地殻である。実は花崗岩は玄武岩が水に溶解されて作られるものであり、地球が水惑星と言われる所以でもある。そのほか地球には太陽系で、現状唯一生命が存在していると推定されている。

地球には、プレートテクニクスと呼ばれ地球の表面を構成している何枚かの固い岩盤（プレート）が地球内部にあるマントルの対流に乗って動く現象が見られる。そのプレートテクニクスがある惑星は海を何十億年もの長い間安定的に存在させることができ、それが生命の誕生と進化に必要な条件であるとされている。その意味で「生命の惑星は水惑星」と言うことができる。

現在の地球大気の主成分は、窒素が約78%、酸素が約21%、アルゴン0・9%、二酸化炭素0・04%である。この酸素は光合成生物によって供給され、それは約23億年くらい前から始まったと言われている。このように地球は太陽系の中で特異な存在であり、何故地球のような惑星ができたのかは、様々な自然現象が偶然組み合わされた結果の賜物なのであると考えるのが妥当であろう。

そしてその地球は現在に至るまで太陽の周りを年1回公転し1日1回の自転を規則正しく繰り返している。それは神がそのような法則を地球のみに与えたのであろうか、そうであるなら何のために与えたのであろうか、そのような問いは無意味である。

その規則正しい理由は、数あるケースの中からその条件でのみ現在の地球が存在できる環境であり、存在できる条件であろうと考えられる。神がそのように作ったのではなく偶然の賜物として選択された自然現象であろうと考えられる。

紀元前4世紀のアリストテレスや紀元2世紀のプトレマイオスらは天動説、つまり全ての星は地球の周りを回っており地球は静止していると唱えていた。15世紀に入り、コペルニクス、ガリレオ・ガリレイらが地動説を唱えたが、カトリック教会から迫害された時代があった。それは、聖書に「神のお蔭で大地が動かなくなった」との記述があるために地球が動いているとの主張は、神を否定することになると考えたからとされる。プロテスタントとして宗教革命を行ったマルティン・ルターも地動説を批判した。それはほんの数世紀前のことである。

地球は現在の21世紀において、唯一生物の確認されている天体である。しかしながら2010年にカリフォルニア大学が太陽系外の惑星の中で最も地球に似た惑星を発見したと発表した。生命の生存に適した条件を持っているとのことである。この惑星は地球から20光年の距離にある「グリーゼ581」という恒星の周りを公転しており、気温は70℃～零下30℃で質量は地球の3倍で重力もあるとのことである。

しかしながら生物といっても人間のような生物ではないのであろう。人間は神に似せて作られたと有神論者は言っているが、果たして宇宙の何処かにも人間に似た知的生命体が神によって創造され存在するのだろうか、どこかに人間とは形は違うが我々同様の知的生命体がいても不思議ではないであろう。だが、それには神が存在する必要はない。何故ならば、宇宙の全ての物質は偶然の為せる業の賜物であると私は考えているからである。

地球の内部はこれからも冷え続ける。またこれまで分化してきた内核、外核、下部マントル、上部マントルという物質圏はこのまま当分は存在する。しかし地上での人間圏は今後数十億年の間には巨大隕石の衝突、大陸移動に伴う火山活動、大地震、未知の伝染病、そして地球環境問題に代表される人間自身の自殺行為による気候変動、あるいは核戦争等により人間圏の消滅が起こる可能性がある。それも思いもかけず早く訪れる可能性は大いに予想されうる。

そうでなくても太陽の寿命もあり、いずれは太陽が光度を上昇させ地球の地表温度は上昇し現在の金星と同じく灼熱の惑星となり、全ての生物は消滅する。太陽の寿命は約１００億年とされており、すでに50億年が経過しており、あと50億年後には超新星となり寿命も終える。

太陽の消滅と共に地球の寿命も終える。その日の前にわが人類は生き延びるために他の惑星、すなわち人類が移り住むことができる惑星を探し出さなくてはならない。その時には神は人類を救ってくれるのだろうか。おそらく愚かな人類はそれまでには自滅しているのではないだろうか。

生物の始まり（40億年前）

宇宙は始まって138億年、地球が誕生して46億年と大まかに述べてきたが、ここから生命の起源について考察していきたい。生命はいつ、どこで、いかにして誕生したのか？　という問いかけであるが、古代ギリシャにおいて「アルケー」つまり万物の起源・根源は何かという考察が行われた。

アルケーとは、宇宙の神的、神話的な起源をも指す。主に紀元前6世紀に生まれたミレトス学派の自然哲学で議論された。哲学の祖はミレトスのタレースであり、彼は万物の根源を水であるとしている。それ以外にも、ヘラクレイトスは火を、ピタゴラスは数をアルケーとし、エンペドクレースは土・水・火・空気の4要素をアルケーとした。

キリスト教にも、アルケーの概念がある。なお、アルケーという言葉のギリシャ語での対語は、「テロス」で「終わり・目標・完成」という意味を持つ。『新約聖書』「福音書」の中で、イエス・キリストは「私はアルケーでありテロスである」と述べたと記されている。それは端的に言えば「キリストは創造主であり救世主である」との意味であろうか。

それと同様に紀元前4世紀に哲学者であるアリストテレスが唱えた自然発生説があり「生物が親なしで無生物から一挙に生まれることがある」とする。例えば「エビやウナギなどの動物は海底の泥から生じる、昆虫やダニなどは親以外に草の露や泥やゴミや汗から生じる」などとするもので17世紀まで実に２０００年もの長きにわたり支持されていた。信じられないことである。

しかしその時代では人にとって未知のことが多く、様々の荒唐無稽な教えがごく当たり前のように信じられていたのである。『旧約聖書』の「創世記」に代表されるような大地、海、空、生物などの神による創造もその一つであろう。

現在、科学の領域における生命起源説の多くは、ダーウィンの進化論を採用する。最初に単純で原始的な生命が生まれ、より複雑な生命へと変化することが繰り返される「化学進化説」が生命誕生の主要な仮説となっている。

またその一方では、生命誕生の場所は地球上ではなく地球外の生命が隕石や小惑星により地球との衝突の際に持ち込まれたとする「パンスペルミア説」と呼ばれるものもある。あるいは『旧約聖書』だけでなく各地の様々な神話では、生命は神の行為で超自然現象として説明する妄想物語などがあるが、最も信頼できる説である「化学進化説」について詳しく述べていきたい。

化学進化説は「無機物から有機物がつくられ、有機物の反応によって生命が誕生した」とする仮説であり、現在の自然科学者の中では最も広く受け入れられている「生命の起源」説で、ソ連の科学者オパーリンが最初に唱えた。

何度も述べているが、地球自体は約46億年前に誕生したが、地球上における原始生命の誕生はその約6億年後の約40億年前頃であるとされている。地球誕生後の6億年間は小惑星、隕石の衝突などで、地球は火の玉状態であり生命が誕生するような環境にはなかった。

それが落ち着き一応の安定を得たのち、化学反応によって次第に複雑な物質が作られ生命の素材となるたんぱく質や核酸が生まれたとされている。

生命誕生の起源としては、隕石・小惑星からの供給とする生命の起源宇宙説で有機物は宇宙で合成され隕石で持ち込まれた。あるいは大気中のメタンやCO_2にカミナリ等の放電、潮の満ち引き時のエネルギーで発生したなどの説もある。

その中で、現在一番有力とされているのは海底火山の噴出孔付近の高温、高圧の環境でアミノ酸などの有機化合物が作られ、生命のもとである単細胞生物ができたとする説である。生命を構成する主な成分は水と有機化合物である。有機化合物とは炭素を中心に水素、酸素、窒素などが結合した原子集団のこととされている。

生命が誕生する場として一番可能性の高いのは海底であると言われているのは、生命を構成する元素の組成が海の組成と似ているからであり、生体元素と海の元素組成はほとんど一致する。従って、原始の海の中で生命は生まれ進化したとするのが有力説と考えられている。

そのメカニズムをもう少し専門的に説明したい。有機化合物はアミノ酸、糖質、脂質、核酸などからなる。熱水噴出孔付近での高温、高圧の状況の中で生命の材料物質となるたんぱく質と核酸の二つが存在する。たんぱく質はアミノ酸で細胞などの生物組成やその維持メカニズムに必要な物質で、核酸はそういう材料物質や構造をどう作ればよいのかという情報を世代に伝えていく物質である。

要はこのような条件が原始海洋の熱水噴出孔で偶然整い、無機物からできた有機物が「有機物のスープ」を作り、その中でアミノ酸、核酸、たんぱく質等の高分子ができ、それらが集合・作用しあって代謝、複製機能を持つ原始生物が誕生したと思われている。最初は細胞が一つの単細胞生物である。

その後の進化の跡は、まず細胞に注目すると原核生物（細胞の内部に核を持たず遺伝子がむき出しになっている）と真核生物（細胞の内部に核を持ち核の中にＤＮＡなどの遺伝情報を持つ、動植物の祖先）の２種類がある。その共通の祖先が原始海洋で生まれ分岐した。

原核生物は34億６５００万年前のものが最古の細胞化石として見つかっている。真核細胞が存在するのは21億年くらい前になる。いずれにしても古い生物は原核細胞を持つ生物であり単細胞生物である。それに対して新しい生物は真核細胞を持つ生物であり多細胞生物である。

最古の細胞化石としては34億６５００万年前の岩石にストロマトライト（マットが層をなしたような構造物）構造をつくるシアノバクテリアが見つかっている。このシアノバクテリアは、最初に地球上に出現した生物存在の状況証拠としての細胞化石とされている。それ以来何十億年も生き延びている。

このシアノバクテリアは、光を使用することでエネルギーを作り出す光合成が可能な細菌であった。そのエネルギーを利用することでより細胞を大型化することができるようになった。

27億年前頃には、地球内部のマントルと核の動きが大きく変化して海面近くの生命環境の危険性が低下し、地球を磁気のバリアーが包み生物に有害な宇宙からの放射線等から守ってくれるようになった。それまで海の奥深くにいた生物が徐々に海面近くで増殖が可能になってきた。その中からラン藻類などがコロニーを作って急増し、光合成によって酸素が増え始めた。

20億年前には、このような細菌が次第に増え空中の酸素も増加した。当初酸素は有害物質であったが、その後酸素を取り込みエネルギーとする細菌が現れ、酸素を利用し始めた。それがミトコンドリアの出現である。

こうして20億年前に本格的な真核細胞が誕生した。光合成細菌を取り込んで自分の中で光合成をする真核細胞の中から植物に枝分かれするものが現れた。植物は動かなくても栄養分が摂取できるので運動の能力が必要ない生物の出現である。動物界と植物界の枝分かれである。

その後も火山活動の繰り返しあるいはプレートテクニクスの動きで、大陸が成長と分裂を繰り返すが、火山活動の減少と安定した大陸の出現とCO_2の減少とともに温度が低下し始めた。約7億〜6億年前には氷河期に突入し、一時生命絶滅の危機に直面するも再度火山活動が活発化し、CO_2が増加し温度が上昇し絶滅の危機を脱出した。

約6億年前には大型多細胞生物のエディアカラ生物群が海洋中に繁栄した。約5億5000

年前になると、それまで数十種しかなかった生物が突如1万種まで爆発的に増加する「カンブリア紀の大爆発」が起きた。この時期に今日見られる動物の「門（ボディプラン、生物の体制）」が出そろった。何故、カンブリア紀に多くの動植物が現れたかは、諸説があり定まっていない。

ダーウィンの進化論では生物進化がゆっくり進んできたはずである。そうであれば、先カンブリア紀にも多くの多細胞動物の化石が出るべきであって、出ないのは謎であることになる。

その説明として、「先カンブリア紀時代の地層が何らかの理由で欠落している」「多細胞動物の祖先が化石になりにくい生活をしていた」「ごく小型で軟体性であったので化石にならなかった」と諸説あるが、決定的なものではない。

この時代に動物門の枠組みに収まりきれない奇妙な形をしたバージェスモンスターと呼ばれる動物が現れた。しかしやがて姿を消した。その当時に脊椎動物の出現、魚類の出現に至る。

5億年前にオゾン層ができ、コケ植物やシダ植物が地上に進出した。4億年前には昆虫が地上に進出、3億6000年前に魚類の一部から両生類が誕生し陸上に進出、後の両生類から爬虫類が分化し、鳥類、哺乳類へと進化していった。

1億年前から7000万年前には地球上に最初の霊長類（ネズミに似たサル）が現れた。霊長類とは霊長目に属する哺乳類の総称、広義のサル類を言う。

霊長は万物の霊長（不思議な力を持つ優れたもの）で動物界では最も進化した分類群とされている。樹上生活を通じて適応放散した一群で動物界では最も進化を遂げたヒトや類人猿も含むが同時に原始的な原猿類も含む。

動物が現れてからの移り変わりを簡単に示すと以下のようになる。

動物の遷移：魚類（5億年前）→両生類（3・6億年前）→爬虫類（3・2億年前）→鳥類（1・7億年前）→哺乳類（7000万年前）→人類（700万年前）

以上のような進化の過程で生物は新しいやり方をとった。それは、個体ではなく、設計情報を持つ物質を安定させ、それを複製する設計情報を持つ物質ができた、それがDNAである。二重らせん構造で「ハシゴの段」の部分が情報つまり生物の作り方を記憶する場所である。

遺伝において親から子に受け渡されるのは遺伝子であり、その実体はDNA塩基配列情報である。DNAは細胞分裂に際して複製されるが、その過程でエラー、すなわち突然変異が起こる時がある。これによって生じる個体差が遺伝的変異である。

時にはエラーが生物の新しい作り方につながり、そこで多様性、複雑性が増した。それが40億年にわたり起こってきた。かなり長い間、生物は単細胞生物だけであったが、6億～8億年前から多細胞生物、菌類、魚類、両生類、爬虫類、恐竜へと進化を遂げてきた。

多細胞生物が出現以降、生物の進化の過程で5度にわたって大量絶滅があったと言われている。動物の遷移の中で大きな出来事の一つに今から6500万年前の恐竜の絶滅がある。その当時は三畳紀に爬虫類から進化し中生代に繁栄した巨大生物である恐竜がいたが、6500万年前に直径10㎞くらいの巨大隕石がメキシコのユカタン半島付近に落下した。

その衝突エネルギーは、現在全世界にある核弾頭を全て同時に爆発させたエネルギーの10万倍と計算される。その衝突で数百メートルを超える大津波の発生と粉塵が地球を覆い太陽光を遮断した。それによる温度低下などの急激な環境変化の影響で白亜紀末期に脊椎動物門から恐竜は絶滅した。

脊椎動物門から分岐進化した鳥類は、現代に至るまで繁栄を続けている。そして一方同じく脊椎動物門から哺乳綱へと進化を続け、4000万年ほど前になると、霊長目の亜目として類人亜目が出現することになる。このグループは後ろ足で立つことができ、顔も人間に近くなる。

3000万年前にはヒト上科として区分される尾のないサルが現れた。現存するヒト上科に属する種としては、たとえばテナガザルがいる。さらに1700万年前になると、より大型のサルであるヒト科が現れる。現存するヒト以外のヒト科の生物にはゴリラ、チンパンジー、オランウータンがいる。

そしていよいよ今から600万~700万年前に、より人間に近いヒト亜科として区分される我々人類の祖先である猿人の登場となる。

人類の始まり（700万年前）

21世紀の初頭にはヒトの全DNAの解読を始めとして、霊長類などの生物種のDNA情報の解読が進んだことで人類の起源や進化の歴史をより正確に追跡できるようになった。その追跡を元に人類の誕生について述べてみたい。

ヒトの起源は、600万〜700万年前にチンパンジーの祖先から分かれたとされている。ヒトと一番近い動物はチンパンジーである。見た目ではかなり違うが遺伝子を比べると1・23％くらいの違いしかない。一番大きな違いはヒトが直立二足歩行をすることである。その結果、他の類人猿との違いは歩行により行動範囲が圧倒的に大きく広がったということにある。

何故二足歩行を始めたのかについてはいろいろ議論があるが、気候変動により森林がなくなり草原に取り残された結果、視野、活動範囲が広まる一方、他動物から襲われる危険性も高まりその行動を迅速にするため直立二足歩行をするようになったとの説が有力である。

このような環境の変化を引き起こした原因は気候変動が主因と考えられている。マントル対流によってアフリカ北部で大規模な地殻変動が起こりアフリカの気候や植生が変わり森林がなくなり取り残された類人猿が二足歩行を始めたものと思われる。

生物学上では、人間は「霊長類」（霊長目）に属している。1億年から7000万年前に、最初の霊長類が出現した。霊長類のなかでも最も原始的なサルで原猿類と呼ばれた。原猿類はネズミに似ており、目の仕組みと手先の繊細さと脳の大きさが他の動物より秀でていたと言われている。

4000万年ほど前に、顔がヒトに近くなり霊長目の亜目として類人亜目が分かれ出て来た。3000万年前には、尾のないサルが出現した。ヒト上科と呼ばれる種でテナガザルがその種に属する。1700万年前になると、ヒト科に属する大型のサルが現れた。ゴリラ、チンパンジー、オランウータンがその種に属する。

そして、600万～700万年前になって、人間により近いヒト亜科と呼ばれる動物の出現に至る。これが我々の人類の祖先である猿人の出現である。それでは、サルとヒトの共通祖先から猿人が分かれて、ヒトへの長い道のりを歩み始めた時期を纏めてみたい。

その前に、生物分類上の基本単位のおさらいをしたい。2004年現在、命名済みの種だけで200万種あり、実際はその数倍から十数倍と言われている。基本単位は、界《かい》に始まり種《しゅ》で大きく7段階に分けられる。それは以下である。

界《かい》↓門《もん》↓綱《こう》↓目《もく》↓科《か》↓属《ぞく》↓種

その他、中間的分類が必要な時は、上記の頭に大・上・亜・下・小を付ける。

我々現生人類（ホモ・サピエンス）は以下の種になる。

動物界・脊椎動物門・哺乳綱・霊長目・ヒト科・ヒト属・ヒトとなる。

そしてヒト科に属する猿人の出現である。

☑猿人（哺乳綱・サル目・ヒト科・アウストラロピテクス属・アファレンシス）

20世紀の終わりから数年前までは最も古い猿人の化石は、440万年前のラミダス猿人と見られていたが、2001年に700万年前頃のものとみられる猿人の完全な頭蓋骨が中央アフリカのチャドで発見された。これがトゥーマイ猿人と名付けられて公表された。

これにより、一気に最古の猿人の登場が250万年も遡り、700万年前とされているのが現在の有力な説である。ラミダス猿人そしてそれよりも若いアファール猿人、ガルヒ猿人をも含め、アウストラロピテクス属と呼ばれている。

類人猿から分かれた猿人は600万年前から130万年前まで直立二足歩行をし、道具、石器を使っていたと言われている。アウストラロピテクス属としては、そのほか、ルーシーが有名である。ルーシーは小柄ながら頑丈な成人女性で幅広の腰骨、類人猿並みの脳容量を持った最初の直立二足歩行のレディで疎林と灌木の混じる熱帯草原地帯で生活をしていたと言われている。４００万年前から３００万年前に生きていたと言われている。

その枝分かれとして２３０万年前から１８０万年前には最初の原人と呼ばれるホモ・ハビリスが登場した。ホモ・ハビリスは初めてヒト属（ホモ属）に属する生物種で最も早く道具（石器）を作った人類と言われている。アウストラロピテクスとは南の（Australo）サル（Pithecus）の意味である。

この時代には諸説があり、今後の新発見があれば歴史は変わる可能性がある。最近では、ルーシーより１００万年以上前の「人類の最初の祖先」であり二足歩行をしたと推定されるアルディという最初の猿人の女性が公表されている。

アルディはアルディピテクス・ラミダス（ラミダス猿人）からとった愛称で森林地帯に住んでいたと言われている。そして１８０万年前には新たな原人で、火を使い始めたと言われるホモ・エレクトスの出現である。ヒト属の出現である。

☑原人（哺乳綱・サル目・ヒト科・ヒト属・ホモ・エレクトス）

ホモ・ハビリスの後の１８０万年前から１６０万年前にホモ・エレクトスと呼ばれ、脳は約９００〜１１００ccくらいで猿人の２倍以上を持つとされる新たな原人の出現である。ヒト属の出現である。

系統を定めた種として１５０万年も地球を支配し石器を持ち手斧もつくるようになり、初めて火を使い始めたと言われている。ホモ・エレクトスとは「直立2本足歩行するヒト」の意味で、ジャワ原人、北京原人がこれにあたる。60万年くらい前から地球は氷河期に入った。その当時原人は毛皮を身につけ、天幕を張ったシェルターに住み洞窟に暮らしていたようである。

50万年くらい前には火の使用の痕跡が中国の北京で見つかっている。夜には明かりがとも り食物を熱処理していたようである。ただこれらの原人は今日のインドネシア人や中国人の祖先ではない、理由はよく判らないがいずれも絶滅している。そして旧人が出現する。

☑旧人（哺乳綱・サル目・ヒト科・ヒト属・ホモ・ネアンデルターレンシス）

20万年前から3万年前に存在したのはネアンデルタール人でヨーロッパを中心に暮らしていたが、3万年前頃に絶滅（理由不詳）した。同じ時代に存在したクロマニョン人（南仏のクロマニョン洞窟で発見）も同様に絶滅した。旧人と呼ばれ脳の大きさは1300〜1600ccくらいで現在の人間よりも大きいくらいで脳の拡大で精神的にも進化していたようで、イラクのシャンダール洞窟に史上初の葬式の跡が発見されている。

いずれも現生人類との交雑はなくDNAは一切伝承されていない。つまりこれまでの人類の種はいずれも絶滅しており、現在地球上に残っている人類は次に述べる我々新人の祖先であるホモ・サピエンス1種だけであるというのが定説である。ではなぜ共存した2種の人類の中でホモ・サピエンスはその後爆発的に人口を増やした一方、ネアンデルタール人は絶滅したのだろうか。その違いは一体何故だろうか。

その一つの解答として「おばあさん仮説」なるものがある。ネアンデルタール人の化石を調べてもおばあさんの骨が見つからない、どういうわけか現生人類だけに見つかるのである。脳の容量、直立二足歩行などに大きな違いはないが、おばあさんの存在が重要な違いとして見られるのである。

おばあさんとは生殖年齢が過ぎ卵子のなくなった更年期を過ぎたメスのことを意味する。更年期障害とは現生人類を除くと死の病であった。おばあさんが存在するとお産がより安全になる。おばあさんはお産の経験をしているのでお産の知識が娘に伝わることとなる。

また産んだ子供の面倒も手間がかからなくなり、次回の出産までの間隔も短くなる。その結果として人口増加につながり、現生人類が生き残ったのがそのような生物的特殊性によるのかもしれないと考えられている。

そして人口増加が起こると一つの地域での食物の供給は限られ、生きられるヒトの数は制限されるので地域を移動するようになる。このため現生人類は「出アフリカ」と呼ばれるような行動をとったと考えられる。

もう一つの現生人類の特徴は言語を明瞭に話すことができるということである。このことは次のホモ・サピエンスで詳しく述べるが、言語を使い話す能力が高ければ、目の前で起こっていないことでも相手に伝えることができるようになる。

さらに進化すると抽象的な思考ができるようになり、その結果「共同幻想」を抱けるようになった。その「共同幻想」がその後の人間に大きな影響を及ぼすこととなる。

２０１０年12月23日に新しい説が発表された。その説とは、現代人の祖先がデニソワ人であるとの説で、デニソワ人は４万８０００〜３万年前にロシア南部にいた人類でネアンデルタール人に近いゲノムを持つと言われ、現生人類と交雑していたことがドイツの国際チームの研究でわかったと発表されている。

現代人の祖先が世界各地で先住の人類を絶滅させつつ広がったとする従来の説を覆す可能性がある。デニソワ人のゲノムとオーストラリア北東の島々に住むメラネシア人のゲノムの４〜６％がデニソワ人固有のものと一致しているのもわかった。

一方ネアンデルタール人にも欧州やアジアにも交雑を示す研究がある。だがいずれもデータとしては１カ所の調査結果しかない現在では、可能性としてとどめ現在の主流となる説で話を続けたい。ネアンデルタール人もデニソワ人もいずれも約３万年前には絶滅しているものと現時点では考えられている。

そして、いよいよ我々、現生人類の祖先の誕生である。ヒトの出現である。

現生人類の誕生（哺乳綱・霊長目・ヒト科・ヒト属・ヒト「ホモ・サピエンス」）

現生人類であるホモ・サピエンスは、20万年前の最も厳しい氷河期に総人口が1万人まで落ち込んで人類が絶滅しそうになった後に誕生したと言われている。ホモ・サピエンスとは、「考えるヒト」という意味である。

脳が発達し脳の容量が他の生物に比べて圧倒的に大きく、特に大脳皮質が発達するとヒトが「考える」ということを始めるようになる。まさに「我とは何ぞや」といった抽象的なことを考えるようになった。

ヒトの特徴の一つは「考える動物」であると言われているが、ヒトの中でも現生人類は特に大きな脳を持っていて、この特徴が著しく「考えるヒト」と言われる所以である。

ちなみに脳の大きさと知性の関係であるが、過去の標本では平均値は１４００ccに対し、夏目漱石は１４２５cc、ツルゲーネフは２０１２cc、カントは１６００cc、アインシュタインは１２３０cc、アナトール・フランスは１０１７ccと記録がある。脳の大きさもある程度の水準になると知性との相関関係は特にないというのが一般的な考えである。

我が人類の共通の祖先は、20万年前にアフリカに出現し、約5万年前にアフリカから出発した１５０人程度の集団が各地へ移動し、以降全世界に移住したホモ・サピエンスであるとされている。

だが「われわれ」という人類は宇宙において地球上のみで存在する唯一の知的生命体なのか、それとも宇宙誕生から100億年以上経過した中で他の惑星にも存在するかもしれない知的生命体の一つとするかでその存在理由に対する考え方は当然変わってくる。それは今の段階では判らない。

とにかく今は、種々の新しい説も出てきているが、現生人類の共通の祖先は5万〜6万年以上前にアフリカを出発した小集団であると言われている。もちろんその前にも移動を始めた人類もいたが、何等かの理由で全て絶滅した可能性が高い。その中にネアンデルタール人なども含まれている。

ここでもう一つ違う観点より現代人の起源について考えてみたい。諸説あるが優勢なのがやはり人類の出アフリカ説を裏付けるものである。その根拠は共通の母系の子孫である「ミトコンドリア・イブ」と呼ばれる女性たちの存在である。

このイブは一人の最初の母を意味するのではなく、現生人類が受け継いでいる遺伝子は20万年前頃に生きていた2000人から1万人のアフリカ人を核とする集団に由来する可能性が非常に高いと思われているのが、現生人類の出アフリカ説の別の根拠である。

現在地球上に住む70億人が持っているミトコンドリアをたどれば、全てのヒトDNAが、アフリカに住んでいた太古の集団の女性のミトコンドリアDNAまで全て1本の線でつながると言われているものである。

その証拠から人類はアフリカで生まれ、しばらく留まった後、世界各地に広がったと解釈するのが可能となったのである。現生人類は当時アフリカとユーラシア大陸にいた原人の中からアフリカのキリマンジャロ山の麓、大地溝帯に生存していたある原人集団から誕生したとみられる。

男性精子のミトコンドリアは受精の時には卵子の中に入ることはなく運動のためだけに使われ消滅し、子孫に伝わることはない。だが女性のミトコンドリアＤＮＡだけは生き残る。そのＤＮＡに生じた突然変異等を後世に伝え蓄積していくので、その歴史を調べれば我々の共通の祖先に行きつくのである。その行きつく先が今のアフリカにかつて存在した特定の女性なのである。

最近では男系の子孫もＹ染色体によって子孫を追跡する方法も可能になってきた。Ｙ染色体とは男になることを決定する遺伝子のことである。Ｙ染色体で追跡された現生人類の祖先はＹ染色体アダムということになる。だが、ミトコンドリア・イブほど信頼性はない。今後の成果が待たれる。

最近ではミトコンドリア研究の成果から現生人類の出アフリカ説がより信用のある説と認められつつある。結論的には出アフリカ説での移動人数及び移動時期などに若干議論となる部分はあるが、初期のホモ・サピエンスがアフリカを起点として全世界に広がったとするのは間違いないであろう。

その出アフリカは複数回ある。10万年前頃に東アフリカの約１０００人の人々がアフリカの外に広がっていき人口が増加したが何等かの事由で絶滅し、2度目の5万〜6万年前頃に再度移動を始め全世界に拡大し、アジアに行き南はオセアニア、北は中国や日本まで広がり、アメリカ大陸まで達したと言われている。それが我々現生人類の共通の祖先と言われている人類である。

1万年前頃から、気候が安定し農耕・牧畜生活を始め人類は1カ所に定住するようになった。その結果、爆発的に人口が増加し現在の世界人口である約70億人にまでなったと言われている。

この広い地球に存在する人類はこのホモ・サピエンス1種類のみであり、我々の祖先は約5万年前にアフリカを出発した150人程度の小集団であるとの説が有力となっているのである。確かに最近の研究で新しい発見もあるが、根本的に変更させるような説ではない。

従って、現在の人間は、アフリカ生まれの共通の祖先にルーツを持つ生物である。ゆえに人類全ては親戚である。体格も違い、髪の色も違い、肌の色、言葉も違うが、血は繋がっているのである。それなのに、人類は何故戦争をするのだろうか、何故争うのだろうか、何故殺し合うのだろうか、何故助け合わないのだろうか、誠に悲しいことである。助け合い仲良くするほうがずっと簡単であるし、楽しい人生が歩めるはずである。

それは人間には限りない欲があり、差別意識があるからであろうか、その悲劇を無くす一つの考えが宗教でもあるはずであるが、逆に悲劇を増長するのに一役買っているのが宗教ではないだろうか。宗教の教えは、時には信者の欲を満たし、不安を取り除く効果もあるだろうが、組織が巨大化すると宗教集団内部に権力者が生まれ、その権力者たちが自己保身や権益の維持のための利己的行動や排他性などから新たな闘争・不安を呼び、新たな差別を生むなどの弊害が生まれてきた。

その権力者が華美な生活、高価な品々を保有し君臨しているのは私には到底納得できることではない。過去の一部の預言者、宗教者、呪術師らが神が宇宙を作り、地球を作り人間を作ったなどと荒唐無稽な作り話をしたために……またそれを信じた人がいたために、……また現在もそれを信じるふりをしている人たちのために、無用な争いを起こしているのではないだろうか。

真実をよく理解し、人類の成り立ちと宗教の在り方について考え直さない限り、我々の住む地球という狭い世界の破滅というのは近い将来に到来する可能性は小さくないと思われる。

また、最近の研究で２００７年に中国広西チワン族自治区の崇左市《すうさし》のジーレン洞窟で発見された人骨がホモ・サピエンスよりさらに6万年遡る可能性があると２０１０年10月に発表された。また前述したように旧人（ホモ・ネアンデルターレンシス等）などの別のヒト種と混在し異種交配の可能性にも言及している。

歴史については新しい発見で見直しがなされることは今後もあるだろう。だが神が人間を作ったとの話が正当化される可能性はない。ここで、視点を変え科学的に「人間は一体何でできているのだろうか」との疑問に対しての検証をしたい。ユダヤ教、キリスト教の聖書は「泥から、人間を神に似せて作った」と教えているが、ここでは、当然ながら科学的説明に基づき述べていきたい。

人間の体は、60兆個の細胞からできている。1個の受精卵が46回細胞分裂をすると60兆個の細胞になる。その細胞は、4カ月ごとに全て入れ替わる。細胞は核膜で覆われ核を持っている。核は父母から受け取った2本1組で23組の計46本の染色体でできている。染色体は2重のらせん構造のDNAという物質とタンパク質からなる。DNAには遺伝情報が収められている。

遺伝情報は、A（アデニン）、T（チミン）、C（シトシン）、G（グアニン）という4種類の化合物（塩基）に記録されている。染色体を全て解くとA・T・C・Gの文字数は32億文字になり、その遺伝情報を「ゲノム」と呼ぶ。

人間が生きていくために必要なタンパク質に指令を出している部分を遺伝子と呼ぶ。ヒトの体は水（67％）、タンパク質（15％）、その他、脂肪などでできている。遺伝子とはタンパク質を作る設計図とも言われている。ヒトゲノムの中で解明できているのは2％足らずだけで、残りの98％のA・T・C・Gの化学文字の配列は実際にどんな働きをしているのかは判っていない。

地球上での生物の種類は200万以上と言われており、全てが同じ化学文字を使っている。そして①4種類の化学文字、②20種類のアミノ酸（タンパク質を作る）、③何かを作るのに必要なエネルギー源などの三つが全く同じと確認され、生物は間違いなく「一つの細胞から始まった」と言えるものである。

我々は、母親の体内で280日をかけて誕生する。羊水という液体に浮かびながら、魚類、両生類、爬虫類と姿を変えながら成長し世に出る。1組の父母からは70兆通りの組み合わせが可能である。遺伝情報のうち0・5%の違いで、それが背丈、肌の色、髪の色、性格といった違いに繋がる。生命とは極めて不思議なものである。今後の更なる解明に期待したい。

DNAは「学習」するが、その進みは非常に遅い、それは突然変異と呼ぶ偶然のエラーを学ぶというやり方でするからである。それに反し、人間は脳の発達により頭で覚え学習するという効率よい形がとられるようになっていた。だが、生物が死ぬと情報も一緒に死ぬ。ただし、人間は他の生物と違い、言葉を使うことができた。言葉は優れた情報伝達手段であるので、学んだことを皆で共有し蓄積することができる。

そして、人類は文字を創り出した。人間だけが持つ「言葉」と「文字」は極めて効率的な情報伝達方法である。そのため、情報は個人よりも長生きであり継承され増えていく。従って、人間は創造的であるし、過去に学ぶこともできるし、歴史を利用できる力を持つようになっていく。

こういった能力があるのは、人間だけのようである。「集団的学習」ができるから特別な存在にも成り得た。人類はアフリカのサバンナで誕生し、後に全世界各地に移住し、移り住んだ土地の環境でうまくやっていく方法を学び世界各地で生き残った。

ここまで、非常にラフではあるが、地球の誕生、人類の発生について科学的にみて現在一般的に正しいと考えられている事柄について述べてきた。ここからは人類が約1万年前に爆発的に増加したその頃のことについてもう少し考えてみたい。

1万年前の時期は氷河期も終わり、気候が安定してきたという外的要因もあり、人間は農耕生活を始め、定住生活にて集団での人間生活圏を作りだした。それは従来の自然の環境に順応して生活する生き方、つまり生物圏から分化し、人間のために他の物質圏を利用し人間本位の生存するための仕組みを作り上げる新たな生活圏すなわち人間生活圏を作り上げていった。

その人間生活圏の中で、人間は集団で暮らし都市も作り共同体を構築し集団行動を始めた。そして、その集団、共同体をどのように維持していくかという大きな課題に直面し、すでに個人としての行動、感情のみでは生活を維持できない規模まで集団が拡大しつつあった。

その場合には統一行動をとるためには共通の感情や公平感等が要求される、その要求を満たすため「共同幻想」という概念が作り出されるようになった。その共同幻想なるものを共有することができる能力もついてきた。

それができたのは脳の神経細胞回路の接続の変化により抽象的思考ができるようになったが故である。以来人間は単なる生き延びるための存在ではなく「何故存在するのか」、自らその存在理由を問うようになった。そして「我々とは何か」をも考えるようになった。しかしこの当時は宇宙、地球などの概念はない。

現在では、科学で解明した事実で我々は宇宙、地球という概念には何ら疑問はない。そして、この宇宙が現在のようになるためには、我々が現在知っている物理定数が機能しなければ、我々は存在しないと今は考えている。あえて言うならば、その数値の場合のみ宇宙は地球を生み、生命を生み、人類を生む。そこまで、認識は変わってきたが、「我々は何故存在するのか」「我々とは何か」との疑問の解明には道のりは厳しい。それは人間が抽象的思考を始めた頃からは何ら変わるところはない。

ちょっと脇道にそれてしまったが、もう一度これから現在の我々の共通の祖先であるホモ・サピエンスについて、現状一番信頼性のある説を取り上げてみたい。ホモ・サピエンスとは「考えるヒト」との意味であるが、考えるが故に人類はいろいろなことを知り、様々なことを作り出してしまった。

それがその後に必要なことであるとともに苦しみの元になってしまった。その一つが「人間は死ぬ」ということであった。そしてその死が恐怖であり不安であるが故に「死後の世界」を知りたくなった。しかしながらその世界を現実には知ることができない。

その不安を取り除くために、人間が脳の中に作り上げたものの一つが神（宗教）であった。その宗教の発生の要因も必然なるもの、絶対なるものはない。様々な体験、言い伝え、自然現象などが要因となり初期の宗教は出来上がっていった。つまり、神は、自然現象の違い、住む場所の違い、作り出す人の考え方の違いなどから異なる神が出来上がっていった。

ここで現れるのが前述した「共同幻想」なるもので、それぞれの環境で違うものが生まれ、その一つが宗教という形に発展していった。当初は統一性のない多神教のようなものが広まっていったと思われるが、時代の進展とともに共同体が巨大化し共同幻想も統合されていき、現代の三大宗教と言われるキリスト教、イスラム教、仏教等が生まれてきた。

また、初期の全ての宗教は創世神話を持っていた。古代ユダヤ人たちには彼等のアダムとイブがいたし、古代のバビロニアのシュメール人にはマルドウックとギルガメシュが、ギリシャ人にはゼウスとオリュンポスの神々が、古代スカンディナヴィア人にはヴァルハラがいた。だが、それらの神では社会的集団を纏めるには十分ではなかった。そのために特別な神が創造されてきた。

それらの宗教の創始者の当初の教えは全てが荒唐無稽なものではなかった。イエスもブッダもムハンマドも自分自身の生活については質素で無欲なものであった。また3人とも自分は神であるとも言わなかった。ブッダは死後については一切語っていない。

全ては彼らの死後に弟子らが作り上げた妄想である。後の人が組織を作り巨大化する中で体制を維持するために創造したものが大半である。つまり、世界中の全ての信仰は虚構に基づいている、象徴や寓話や誇張によって神を描いているのである。

ここからは、その信仰についてのいい加減さを証明するために世界の宗教の教えと成り立ちを述べてみたい。宗教とは知れば知るほど矛盾に満ちたものであると思われる。かつ宗教がいかに過去の不幸を作り上げたかも判ると思う。

宗教の功罪を述べれば圧倒的に罪のほうが多いと思わざるを得ない。宗教の出発点は「人間はどこから来て、どこに行くのか」への疑問が大きく、それに答えるための作り上げた妄想であることは否定できないと思われる。

その疑問に答えている一例としてユダヤ教の『旧約聖書』が述べているが、それがいかに荒唐無稽なものであるか判ると思われるので、それから話を始めてみたい。

ただこの本を書いているのが私のような素人であるため、話の順番や構成については雑である。従って自分自身に対する知識の整理を『旧約聖書』の事柄に入る前にしてみたい。それは人類のラフな整理と文明の年代順の整理と宗教の起源についてである。

このように人類を考える場合には、生命の起源、文明の起源、宗教の起源などの関連性を調べ「生命と文明と宗教の普遍性」を探索する必要があると思われる。その探索をする学問に現在版として「アストロバイオロジー」（東京大学名誉教授松井孝典氏が提唱）なるものがある。その研究目的は次の10のテーマが設定されている。参考までに引用したい。

■松井氏による「アストロバイオロジー」論

①地球上の生命の起源。
②生命システムを維持する一般原則は何か。
③分子レベル、個体レベル、生態系レベルでの生物の進化はいかにして起こったか。
④生物圏はいかにして地球とともに進化してきたか。
⑤他の天体の環境にも適応しうる地球生命の生存限界条件を明らかにする。
⑥地球は何故生命の住む惑星になったか。
⑦地球外生命の存在をいかなる方法で検出するか。

⑧太陽系に生命は存在するか。たとえば、火星、タイタン、エウロパには。
⑨生態系は人類による100年程度の環境変動にどのように応答するか。
⑩地球生命は宇宙空間や他の惑星の環境条件に適応できるか。

このような学問を「宇宙生物学」と呼ぶそうである。これには宗教が欠けているのが気になるが是非これからの発展を期待したい。これは宇宙でも成立する生物学の構築であろう、「普遍的な生物学」の創生である。物理学や科学の世界では、ある程度の普遍性はあると考えられるが、是非とも「生物学」の分野での普遍性を探っていただきたい。

その「普遍性」を追求している学者の一人がリチャード・ドーキンスであろう。ドーキンスは生物学の普遍性の探求に宗教も含め研究をしている。彼は、イギリスの進化生物学者で、熱烈な無神論者、反宗教主義者、懐疑主義者、ダーウィニストである。彼の著書をいつも楽しみにしている。

宇宙ベースで普遍性を見つけるのは大変な作業であり、難しいかもしれないが世の天才の努力を期待したい。それでは、人類の歴史と文明の歴史を簡単に整理し、現在社会に大変大きな影響を与え、人間社会の融合の弊害となっているとしか思えない宗教の起源と歴史について少し詳しく検証してみたい。

ここから我々人類に直接関係する課題に入っていくが、その前に多神教の文明と一神教の文明の発生の違いを少し述べてみたい。現生人類は農業を発明し定住することにより都市文明を作ったと思われるが、その性質はユーラシア大陸でも東と西では大きく違う。

夏に雨の多い東のモンスーン地帯には稲作農業が、雨の少ない西には小麦農業が起こった。気候の違いが農業の違いになり、それが東と西の文明の決定的な違いになった。小麦農業は牧畜を伴い約1万3000年前に今のイスラエルの地で興り、イラクの地で都市文明を生んだ。稲作農業も黄河長江近辺で養蚕を行い都市文明を生んだ。

この二つの文明は農業の生産方法によって思想を異にし、小麦農業は人間による植物支配の農業であり、牧畜は人間による動物支配である。この動植物支配文明は人間の力がより重視され、一切の生きとし生けるものを含む自然は人間に支配されるべきものとされる。そして集団の信じる神を絶対とみる一神教が芽生える。

それに対し稲作農業を決定的に支配するのは水であり、雨である。その雨水を蓄えるのは森である。そこでは自然に対する畏敬が強く、人間と他の生き物との共存を志向し、自然の至るところに神々の存在を認める多神教が育ちやすい。そのような文明の進展の中では、人間中心主義の西の文明の優位性は圧倒的であったように思われる。

近代ヨーロッパの科学技術文明は人間を豊かにし便利な生活を享受できるようになった。だが20世紀に入り、その人間中心が起こした自然環境破壊により、一神教同士は激しく対立し、人間の大量殺戮を導き今後の人類の存続を危惧させる状況に陥らせている。

その人間中心主義は西洋哲学の発生及び発展に大きく関係している。哲学はギリシャのソクラテスに始まり、その思想は弟子のプラトンやその弟子のアリストテレスに受け継がれる。

彼らは人間のみが持つ理性を重視し、理性の上に哲学を樹立しこの思想はキリスト教に受け継がれる。キリスト教は理性を人間のみに付与された神の似姿と考え人間の他の被造物に対する無条件の支配権を与えるものとした。

現代哲学の課題は人間中心主義から生きとし生けるものとの共生の思想を作り上げることであると思われる。それと同時に一神教こそ理性的な宗教であるという通説が今なお真理のごとく存在していることに危惧を覚えざるを得ない。つまり、その危惧は排他性にある。

一般的には多神教はもともと森に棲んでいた人間が人智の及ばない多くの自然現象に霊を感じ生まれたものであろう。その為に他者の信ずる神を認める素地はある。つまり、様々な神の存在を受け入れることができる。

私は決して多神教を信じる者ではないが、今世界で起こりつつある一神教同士の争い、自然を破壊する人間中心主義の社会はいずれ破滅に向かうと思われる。人類の平和共存を図るためには一神教のエゴイズムを見直す必要があるのではないだろうか。

決して他の宗教を信じるわけではないが、共栄共存し尊重しあう信仰も必要ではないだろうか。私はできれば宗教がなくなった方が良いと考えているが宗教はなくならないだろう。ある宗教が消滅すれば必ず違う宗教を人類は考え出すであろう。以上を前置きにしてこれから人類の文明と宗教の歴史について述べていきたい。

2011年にロンドン大学の考古学者チームが新説を米科学誌『サイエンス』に発表し

た。その内容はアラブ首長国連邦のジェベル・ファヤ遺跡から見つかった石器などを分析した結果、現生人類が故郷のアフリカを旅立ったのはこれまで考えられていた5万〜6万年前より古い12万年前であったとする説を出したことである。今後とも新説が出る可能性はあるが、我々現生人類の出発の地はアフリカであるのは間違いないものと思われる。

文明の始まり（1万年前、農耕定住生活の始まり）

現生人類が出現してからの祖先の生活は、相変わらず狩猟生活で小集団を形作り毎日の食糧を得ることに翻弄され、日々の暮らしで精一杯であった。その頃は、基本的には平等社会であり、富の偏在はない世界であったと思われる。食糧が取れた時は全員に行きわたるように分配していた。保存するという手段もまだ進んではいない時期であった。

物事に対し抽象的な思考を働かせる余裕なるものはなかったと考えられる。当然ながら、まだ文明、宗教等と呼ばれるような行動もなかったであろう。しかし毎日の生活の中では生物は死ぬ仲間であり、人間も死ぬという日常の経験から死への恐怖、そして人間は死んだ後どうなるのだろうか、洪水、雷、暴風、地震、火山などの自然現象への恐怖を漠然と抱いていたと考えられる。

10万年以上前のネアンデルタール人がすでに死者の埋葬で儀式的な施しをしていたとする証拠が発見されている。ただそれは組織的であるとか集団をまとめるほどの宗教や文明と呼ばれる形ではなかったと考えられる。

また一方では、集団社会間での対立などが発生した際の解消あるいは団結の手段として現在の道徳的なるものが発達しつつある過程にあったと思われる。その後も各地で死者の埋葬に副葬品を添えるなど種々の儀式が行われた証拠が見られるなどの変化や、宗教的習慣に繋がるような兆候も見られるようになってきた。それも一部に限られ組織的なものとは言い難いものであった。

そのような状況に大きな変化と組織性が感じられるようになってきた時期があった。それが気候の安定した1万年前頃の農業革命と言われる農耕定住生活が始まった頃であった。つまり、それまでの狩猟採集生活から農耕定住生活への移行が始まった頃であったと考えられる。

道具も旧石器時代とは違い、新石器時代に入り加工した石器、磨製石器が登場した。最初に農耕が始まった場所は、メソポタミア地方であるのが定説であったが、中国の長江地域でもそれ以前からあったとの説もある。いずれにしても1万年前頃の出来事であった。

その農業革命がもたらしたものは多々あるが、まず農業革命で毎日の消費量以上の生産、いわゆる余剰生産物の発生がある。余剰生産物で毎日働いていた人間社会に労働する必要のない人々が出てくる。ここに違う役割の人々が出現し差別、階級の発生ということに繋がっていく。

その一つに自然等の脅威に対処したり、人々の不安を和らげたりする人で農業・狩猟に従事しない人たちができ始めた。その人たちの中から死者の儀式を専門に行ったり、様々な妄想も作り上げていった人が存在するようになったと思われる。

そして時にはそのような人々の中に偶然の出来事から、雨を降らしたり、病人を治したり、奇跡のようなことをすると、特殊能力を持っている人と信じられ特別扱いをされる地位を得たり、中には権力や家畜を持つことも許され、特権階級として部族の中で行動していた者もいた。また、その階級の者は毎日の労働に従事しないため時間と気持ちの余裕があり種々の発想をもたらす存在となった。

人間の脳の進化と農耕定住生活による生活の安定が生活圏に大きな変化を起こした。自然が主役の生物生活圏から他の動物と異なる人間支配の人間圏なるものを形づくる大きな岐路が今から1万年前の時代に起こりつつあった。

この時代にはまだ組織的な宗教は生まれていないが、一部の人々には神官のような役割を果たす者がいたものと思われる。集団が広がりを続けると他の集団との間に境界争いなどの紛争が発生するようになり、戦いを専門にする戦士も生まれてきた。彼らは集団を守るために農耕を免除され特権階級になっていく。

それらの人からリーダー層が生まれ階級分化し、指導者が支配者となって今までと異なる機能を持った大規模な集団が生まれてきた。そして農耕定住生活、余剰生産物から階級制度、私有財産、権力者、都市国家へと発展した。

その集団を団結させるために生活規範や組織ルールなるものが必要になり、その過程の中で独自の文明が生まれてきたという図式になっていったのではないかと思われる。

世界の中では、各地で違う環境ながら同様な農業革命に始まる組織の発展が見られ、文明と呼ばれる大きな変革を成し遂げた地域は四つあったと言われている。それらはすべて大河の流域に生まれた。それが四大文明と言われている。またそれに、メソアメリカ文明、アンデス文明を含め、世界六大文明とも言われている。

現代でも、世界各地で六大文明に匹敵する規模の遺跡が発見されつつある。従って、人間が創り出した高度な集団あるいは組織社会なるものは、世界の各地で固有の文明を作り発展したと考えるのが妥当であろう。この頃の日本はまだ縄文時代であり、弥生時代はまだまだ先の時代であった。

因みに世界四大文明とはいずれも、大河に面して発生している。それは、大河での氾濫農耕、灌漑農耕で肥えた土壌での余剰生産物の蓄積ができる土地であることが共通する要素の一つである。

それらの文明は、ほぼ同じ時期に世界各地の大河流域で発生した。その四大文明は以下の通りである。

①メソポタミア文明（BC3500）……ティグリスユーフラテス川
②エジプト文明（BC3000）……ナイル川
③インダス文明（BC2600）……インダス川
④黄河文明（BC5000）……黄河

そもそも、文明とは「civilization」、ラテン語の「civitas」などの「都市」「国家」に由来するものであると言われている。

また、文明と非文明の区別をする指標としてマルクス主義の考古学者ゴードン・チャイルドは以下のように区別をしている。

①効果的な食糧生産と余剰生産物
②都市（限られた地域に人口が集中している領域、大きな人口）
③記念碑的公共建造物（ピラミッド、モヘンジョダロなど）
④冶金術
⑤職業と階級の分化
⑥文字
⑦支配的な芸術様式

その指標以外に、全ての文明に共通するものとして次がある。

①小麦、稲作、トウモロコシなどの貯蔵ができる食糧の生産
②広範囲な貿易
③単一の定住に比べてより広域な地域にまたがる組織や民族
④文字などの筆記（メソポタミア文明の楔形文字、エジプト文明のヒエログリフ、イン

ダス文明の象形文字など）

この四大文明の時代の信仰とはまだ組織宗教とはいえる状況でなく、原始宗教の時代であった。それは、アニミズム（自然界の森羅万象に由来する精霊崇拝）やシャーマニズム（呪術信仰：憑依や脱魂など特殊能力を有する呪術師、巫女による行為を信ずる信仰）のような自然崇拝の時代であった。

自然宗教は小集団や部族の中で定着していたが、自然宗教では権力者の支配権や富の移動を正当化したり無関係な個人間の平和を維持するのは役にたたないものであった。

しかし一方では人間にも変化があった。それは宗教的な心は脳の進化の結果の一つであり、宗教的、哲学的思考が可能となり道具の使用（道具とは自然に存在しないものを心に描きつくるもの）、そして人から人に伝える言語のような記号的コミュニケーションシステムが生まれた。

宗教儀式は口頭的な音楽や踊りを含む宗教的真理が定まっていなければならない。そのための言語も生まれ、その機が熟してきた時代であった。組織が更に大きくなると、自然宗教以外に組織宗教として社会的、経済的安定、独立都市国家を維持するため手段と利用する必要性が生じてきた。そして自然崇拝的な原始宗教から組織宗教へと変貌する時代へと移っていった。

いわゆる組織宗教と呼ばれる宗教は姿を現してくるが、その組織宗教の起源はインド・

ヨーロッパ語族に属し、BC1700年頃に中央アジアからインド、イランに移住した民族であるアーリア人のミトラ信仰であると言われている。ミトラ信仰とは宗教の神の一柱ミトラ（太陽神、正義と光の神）を主神とした宗教でメソポタミア周辺で信じられていた。12月25日のクリスマスは実はミトラの誕生が由来との説もある。

それが分裂してゾロアスター教が生まれた。ゾロアスター教では世界は大火災による終末を迎え、人々は最後の審判を経て救済されるとした。拝火教とも呼ばれる。ユダヤ人はゾロアスター教からユダヤ教を作り上げたと言われている。

ユダヤ教はキリスト教に受け継がれた。インド・アーリア人はミトラ信仰を元にバラモン教を作り出し、ヒンズー教や仏教が生まれた。ユダヤ教やキリスト教とイスラム教が同じ起源を持つことは知られているが、ミトラ教まで遡るとヒンズー教や仏教まで同じ起源となる。つまり、儒教を除いて古代宗教の全てが同じ起源だということになる。

これらの共通の概念は最後の審判、天国と地獄、神との契約、終末と神（救世主）による救済であるが、それらの概念は、古くゾロアスター教やミトラ信仰に始まり、その後の一神教にも見られる。

それぞれの宗教には創始者がいるが、宗教は創始者の深い思考の末に一から創造されたものではなく、脈絡と伝承された既成の思想体系があり、それらが修正され自分たちの置かれた状況に適応させ発展させていったと思われる。

集団生活を維持するために共同認識を最大の武器とする人類は異性や仲間や集団との共同

認識の充足なしには生きられない動物である。そのために権力者たちが共同幻想なるものを作り上げ集団をまとめあげるために組織宗教を作り上げたのである。

古代人類に見られた死者の埋葬などの習慣は、宗教的な理由ではなく、当時の人間は「存在しない観念」、つまり「神」を追い求めるほどの余裕は待っていなかったと思われる。宗教としては人類が知的、精神的にある段階に達した時に初めて出現したのであろう、死への恐怖、自然への恐怖と人間の真実のあり方を探求しようとした志向と努力の結果から信仰が生まれたと考えるべきであろう。

余剰生産物の蓄積生活の中で日々の労働に従事しなくてすむ階級の人々に、自然という枠の中で人間存在の意識が生まれ抽象的な考えが展開されていった。このような歴史の中で生まれてきた宗教は特殊階級、特権階級の限られた世界に恵みを与える仕組みになっていた。

この時代頃から、階級制度ができつつあった。その階級制度を見ると、富を蓄積する権力者が階級のトップに立つのではなくバラモン教のカースト制度にあるように、僧侶つまりバラモンが頂点に立ちそれを支える権力者や組織の長（国王、国主）は僧侶の下についた。それほど聖職者の地位は高かった。また、庶民との格差は大きく差別社会に育っていった。

その後の世界に大きく広がり民衆まで浸透した仏教、キリスト教、イスラム教等のこれらの宗教は階級社会の中で身分的、階級的差別等に反対するいわば反体制的な運動として起こった。その運動は古い社会体制から伝えられた平等と自由とを復活しようとする要素を持っていた。

ここで若干脇道にそれるが、日本人の祖先について簡単に述べてみたい。本土の日本人、沖縄の琉球人、北海道のアイヌ人、そして朝鮮人および中国人の5グループのミトコンドリアＤＮＡ分析から、本土の日本人の50％は中国人か朝鮮人に由来しており、日本人の遺伝子のおよそ65％は弥生時代に大陸から移動してきた人々で、日本人と朝鮮人の遺伝子は最も近いとされている。琉球人とアイヌ人は20％以下しか大陸由来ではない。

これらの結果、日本人のルーツとしては、縄文人の先祖はインド沿岸からインドネシアを経由、太平洋を北上し、北東アジア一帯に広がり西モンゴル、中央アジアのルートでの移動と見られる。弥生人の先祖はビルマから中国の沿岸、台湾から日本への東南アジアルートで移動してきたと思われる。

以上のように、ＤＮＡ分析で日本人のルーツはかなり精度が増してきたようであるが、実際は私にはあまり重要とは思えない。過去の縄文人・弥生人や日本国内土着の住民はいずれもモンゴロイド（東アジア人）に属すると単純に認識すれば十分であると思う。何故なら、現在、地球上の約70億人の全人類は現生人類のホモ・サピエンスのみで、すべて同じ遺伝子を持ち親戚で家族である。それで十分である。

では、ここからはその後の人間世界に大きな影響を与え現在もその功罪から抜け切れない個別の宗教の起源について述べていきたい。

宗教の始まり

宗教の定義の一つは以下の通りである。

(1) 神仏などの超自然的存在に対する信仰、教義を信じ儀礼などを行い組織活動をする社会的集団のこと

(2) 神仏などを信じて安らぎを得ようとする心の働き、また神仏の教え

古代において人類が宗教観や宗教的行為を始めたのは何時かとの視点に遡れば、ホモ・サピエンスが出現する前の30万年前からその兆候は見られる。それは先史時代と歴史時代に分けられる。ただ、先史時代は文書として残っている史料は存在しない。先史時代は間接的な証拠からの兆候として認められるに留まるが、歴史時代は文字が発明された約３５００年前から兆候を認められる。

その兆候である宗教的行為は中期旧石器時代（5万〜30万年前）から見つかっている。その行為は、死者の意図的な埋葬の仕方から見られる。その最古は30万年前のスペインのアタプエルカの洞窟から見つかっている。その後も、ネアンデルタール人の死者の埋葬、洞窟壁

画、シャーマンの埋葬などに宗教的な思考の始まりを認められる。だが、「神」なるものの概念はないと思われる。

宗教的な心は脳の進化の結果の一つと言われている。進化によって宗教的、哲学的思考が可能になった。人類の進化の歴史の中でヒト科の脳は初期と比べて3倍になり、50万年前にピークとなった。

その宗教史としての始まりは、約3000年前のシュメールでの筆記の発明と考えられている。そして神話などの記録に用いられたと考えられている。その後古代エジプトで発見されたピラミッド文書の中では、世界で最も古い宗教的記述が見られる。筆記は宗教的習慣に永続不変の概念を与え、組織宗教の維持に重要な役割を果たした。

そのような環境の中で、現代の主要宗教であるユダヤ教、キリスト教、イスラム教、ヒンズー教、仏教などの起源はアーリア人のミトラ信仰（原始ミトラ教）と考えられている。原始ミトラ教は、アーリア人の神ミトラを主神とした宗教で、紀元前1700年にメソポタミア周辺に定住したイラン・アーリア人が創りだした。ミトラとは牡牛を屠る太陽神を言う。

それが分裂してゾロアスター教が生まれた。ゾロアスター教では、この世は善（光明）の神アフラ・マズダと悪（暗黒）の神アーリマンが絶え間なく争い、最後に悪は敗北し、世界は大火災による終末を迎え、人は最後の審判を経て救済されるとした教えである。

ユダヤ人はゾロアスター教から二元論的終末論を採用し、ユダヤ教を作り上げた。それがキリスト教にも受け継がれた。一方、インド・アーリア人は、ミトラ信仰を元に、土着の信仰を取り込んでバラモン教を作り出し、そこからヒンズー教や仏教が生まれた。仏教の「弥勒」の起源も、ミトラ神と言われている。

ユダヤ教とキリスト教とイスラム教が同じ起源を持つことは知られているが、原始ミトラ信仰まで遡ると、ヒンズー教や仏教まで同じ起源となる。つまり、儒教を除いて、古代宗教の全てが同じ起源だということになる。

以上の経緯の元に生まれた宗教から、現代に至るまで大きな影響を及ぼしている宗教の起源を更に検証してみたい。それをユダヤ教から始めたいと思う。

ユダヤ教の歴史

ユダヤ教の発生以前の世界は各地でつくられた多神教の世界であった。多神教というのは日本の神道もその一つであるが、ギリシャやローマではゼウス（ジュピター）、アポロ、ヘルメス等のオリュンポスの神々が信仰の対象であった。その中で一神教が生まれ始めた。

その気運はBC2000年頃のアブラハムのカナン（現パレスチナ）への移住からであった。アブラハムは、ヤハウェ（神）が人類救済のために選んだ最初の預言者とされ、ユダヤ人の祖先である。かつユダヤ教、キリスト教、イスラム教の共通の聖人であり、これら三大宗教が「アブラハムの宗教」と呼ばれる所以である。

メソポタミアで生まれたアブラハムは75歳まで嫡子に恵まれなかったが、神の言葉により、かなり高齢の妻サラとの間に嫡子イサクを得る。アブラハムにはイサクとイシュマエルの二人の息子がいた。イサクの息子ヤコブがユダヤ人の直系でまたの名はイスラエルであり、ユダヤ人を「イスラエルの民」と呼ぶ所以である。サラの奴隷ハガルの子であるイシュマエルはアラブ人の先祖である。

ヤコブ（別名イスラエル）の時代に飢饉のために逃れてエジプトに移り奴隷にされた。その解放のためBC1280年頃、モーゼがエジプトから古代ヘブライ人（今日のユダヤ人、イスラエル人の祖先）をエジプトから脱出（出エジプト記）させシナイ山で神ヤハウェと契約を結んだのが「モーゼの十戒」である。それが後のユダヤ教のもとになる。

「出エジプト記」では、モーゼたちがエジプト軍の追手から逃れる際に、目の前の海が割れ対岸に渡った後に海が元に戻り助かったとする『旧約聖書』の中でのエピソードが有名である。

その契約を記したトーラー、すなわち「モーゼ五書」が『旧約聖書』（創世記、出エジプト記、レビ記、民数記、申命記）の基となるものである。そしてモーゼの後継者ヨシュアのときカナン周辺に散っていたイスラエルの諸民族が連合し、カナンに定住し、ヤハウェを神とする宗教的な共同体を形成したのがイスラエル民族の興りである。

その後カナンの地に２００年間、12部族からなるイスラエル民族が繁栄した。因みに**「モーゼの十戒」**とは以下のとおりである。その内容は立派なものであるが、守られていないのが現代の姿である。是非教えの原点を忘れないでほしい。

■「モーゼの十戒」

①あなたにはヤハウェ以外の神があってはならない
②偶像を制作するな
③神の名をみだりに唱えるな
④安息日（1週間に1度）をとれ

⑤父母を敬え
⑥殺すな
⑦姦淫するな
⑧盗むな
⑨隣人に対して偽証をするな
⑩隣人の持ち物を欲するな

20世紀から21世紀の現在に至るまでの中東地域での紛争またテロの頻発は「モーゼの十戒」から見れば当然許されるものではない。争いの主たる要因は「隣人の持ち物を欲するな」に反するもので、その結果「殺すな」「盗むな」「隣人に対して偽証をするな」に大きく反している。それらの行為は宗教を利用した偽善で到底許されるものではない。

その後BC1020年頃、サウルがイスラエルの最初の王になり、サウル王の死後、ダビデがユダヤの民をまとめ王となりエルサレムにイスラエル王国を築いた。ダビデの死後、ソロモン王が交易を盛んにしエルサレムに神殿（第一神殿）を構築した。

ソロモンの死後、南のユダ王国と北のイスラエル王国に分裂した。北のイスラエルはBC722年にアッシリア共和国に滅ぼされた。BC597年には南のユダ王国では新バビロニアがエルサレムに侵入し、1万人ほどのイスラエル人を連れ帰り捕虜とした。これが「バビロン捕囚」である。BC586年にはユダ王国の滅亡と共にソロモン王がエルサレムに建設した第一神殿も破壊された。

その後アケメネス朝ペルシャのキロス2世によって帰還を許されユダ王国の人々がユダヤに帰還したが、ユダヤ王朝の復興は禁止された。だがこの圧力にも屈せずイスラエル民族は生き残った。『旧約聖書』の天地創造の物語はこの当時著述されたと言われている。

これが、ヤハウェ信仰のもとで「エルサレム神殿の儀礼」と「ヤハウェの教えであるトーラー、律法の遵守」を二本の柱とするユダヤ教団つまりユダヤ教の成立である。「神ヤハウェが、この世界を創造した神であり、唯一神である」と理解したユダヤ教の誕生であった。

そのような経緯を持つユダヤ教の死生観には、一般的な宗教に見られる「死後の世界」というものは存在しない。最後の審判の時に全ての魂が復活し、現世で貧者の救済などの善行を成し遂げた者は永遠の魂を手に入れ、悪行を重ねた者は地獄に落ちると考えられていた。

バビロン捕囚後のBC515年には第二神殿を再建した。しかしユダ王国の滅亡以来ユダヤ民族は安定した祖国を失いディアスポラ（民族離散）が始まった。その後イスラエルはローマの植民地にされた。

BC43年、カエサル暗殺後の混乱の中でヘロデが支配しユダヤ王の称号が認められた。またその頃イエス・キリストが生まれた。

AD70年、ローマによってエルサレム神殿が再度破壊され、「エルサレム神殿の儀礼」とする一本の柱は喪失したが、もう一本の柱である「律法の厳格な遵守」を目指し、シナゴーグでの祈りや日常的律法研究を重視しユダヤ人としての行動規範を作り上げ、成文律法のほか口伝律法いわゆるタルムードにより現在に続くユダヤ教を作り上げた。
だが、「エルサレム神殿の儀礼」は現在でも「嘆きの壁」としてユダヤ人の信仰の場となっている。その壁は2度に亘る破壊の後、ヘロデ王によって改築された神殿を取り巻いていた外壁の西側の部分であり、ユダヤ人は「西の壁」と呼び現存するユダヤ教の最も神聖な建物として今日の信仰の場である。

このようにしてアブラハムを始祖とし、モーゼの教えを律法としてユダヤ教は出来上がったが、その後ユダヤ人であるイエス・キリストにより大きく変貌していくことになる。

ユダヤ教の歴史の中で『旧約聖書』が大きな役割を果たすことになるが、その教えのなかでも注目すべき教えである「創世記」について述べてみたい。内容は大きく分けると「天地創造と原初の人類」「イスラエルの太祖たち」「ヨセフ物語」の三つに分けることができる。それは以下の通りである。

(1)　天地創造と原初の人類

1章　天地創造
2章　アダムとイブ
3章　失楽園
4章　カインとアベル
5章〜11章　ノアの箱舟

11章　　バベルの塔

(2)　イスラエルの太祖たち

12章～25章　アブラハムの生涯
18章～19章　ソドムとゴモラの滅亡
22章　　　　イサクをささげようとするアブラハム
26章～27章　イサクの生涯
27章～36章　イスラエルと呼ばれたヤコブの生涯

(3)　ヨセフ物語

37章～38章　夢見るヨセフ
38章～41章　エジプトでのヨセフ
42章～45章　ヨセフと兄弟たち
46章～50章　その後のヨセフ

ユダヤ人の歴史の物語は、聖書「創世記」の次に書かれている「出エジプト記」へと続いていく。ここから、「創世記」の中から現在もよく知られている記述についてもう少し詳しく述べてみたい。驚くべきことはその教えが現在も語られ信じている人がいるということである。

特に、今、政治・経済面で世界のリーダーである米国の最近までの各種の世論調査で、国民の4割近くが、聖書を信じて創造説を奉じ、進化論を認めていないとの驚くべき報告がある。

私は巨大化した宗教組織を維持するために信じたふりをしているのだと思いたいが一概にそうとも言えないのが恐ろしいことである。それほど『旧約聖書』の教えは荒唐無稽な受け入れがたい物語であるからである。それでは概略を簡単に述べてみたい。

☑ 天地創造（ユダヤ教、キリスト教の聖典『旧約聖書』「創世記」にある記述）

厳密に言えば、ユダヤ教のヘブライ語聖書、キリスト教の『旧約聖書』の「創世記」における世界の創造のことを指す。それによれば、BC4000年頃に天地創造は創造主であるヤハウェ（エホバ）によってなされたとなっている。その記述を以下に述べてみる。

第一日目：原始の海の混沌とした暗闇に神は光を作り、昼と夜ができた。
第二日目：神は空（天）を作った。
第三日目：神は大地を作り海が生まれ食物ができた。
第四日目：神は太陽と月と星を作った。

第五日目：神は魚と鳥を作った。
第六日目：神は獣と家畜と神に似せて人を作った。
第七日目：神は休んだ。

以上のように聖書では、この地球は約6000年前に1週間で作られたことになっており、恐ろしいことには現在でもアメリカでは40％の人々が『旧約聖書』の天地創造を信じているとされている。

あるいは信じるふりをしているかもしれないが、また小学校の低学年層には進化論の説明をすることに反対する教育体制が今も一部で残っていると言われている。キリスト教原理主義者はこれを信じているとも言われている。

ただ、荒唐無稽な教えであることは間違いないが、「創世記」の時系列はある程度の知識がなければ語れないものである。例えば、動物の記述であるが、魚➡鳥➡獣➡家畜そして最後に人間となっている。これは、単なる知識ではなく科学的な知識も反映されていると言わざるを得ない。科学的思考も見られる。

そして神に似せて人を作った部分を以下のように述べている。「ヤハウェは土を使って神に似せて人間の形を作り息を吹き込みアダムを創造した」そしてアダムをエデンの園に住まわせた。アダムはヘブライ語で「土」「人間」の二つの意味を持つ言葉である。イブは「生きる者」または「生命」の意味を持つ。アダムの肋骨を一本取ってイブを作った。

諸説あるが、エデンはアルメニアの首都エレバンに在ったとされている。その近くには「ノアの箱舟」が流れ着いたアララト山がある。「エデンの園」とは、理想郷で楽園の代名詞である。そこには食用果実の木が、園の中央には生命の樹と善悪の知識の樹が植えられていた。

アダムは禁じられていた善悪の知識の樹の実（禁断の実）を蛇の誘惑に負け食べたため、最初の罪を犯した。それを「原罪」という。禁断の実はよく絵画などにリンゴとされているが、「創世記」には記述はない。その罪のためにアダムとイブはエデンの園を追放された。それを失楽園という。アダムとイブは子供をもうけた。それはカイン、アベルとセトである。カインは農耕を行い、アベルは牧畜をするようになった。二人はヤハウェ（神）にカインは収穫物をアベルは羊の子を捧げた。しかしヤハウェはアベルの供物に目を留めカインの供物は無視をした。嫉妬にかられたカインはアベルを殺害した。これが、人類最初の殺人の加害者・被害者とされている。

カインとアベルの兄弟の争いによりエデンから追放された物語がジェームズ・ディーン主演の映画『エデンの東』に反映されている。それは、『旧約聖書』の「創世記」におけるカインとアベルの確執、カインのエデンの東への逃亡の物語を題材に、父親からの愛を切望する息子の葛藤、反発、和解などを描いた作品である。

『旧約聖書』は「創世記」以降の神の御業として数々の寓話のもとになったり、映画、小説、美術の題材として数多く活用されている。それを単に寓話として捉え考えてくれればよいが、一部では本気で信じている人々がいることが恐ろしい気もする。

次にノアの箱舟などの物語を簡単に述べていくと以下のとおりである。

BC3000年頃には、ヤハウェは地上の人々が悪に染まり拡大したため、ノアに命じ箱舟を作らせ地上にいる全ての動植物を一対ずつ舟に乗せさせた。そして40日40夜にわたり雨を降らせ、地上の全ての生き物を全て滅ぼした。そしてその箱舟に乗せた一対の動植物が生き延び現在の動植物の祖先とされている。

過去には何度も映画が作られているが、つい最近にも2014年6月に封切られたアメリカ映画に、ラッセル・クロウがノアを演じる『ノア　約束の舟』があった。妻と一緒に鑑賞したが、面白く観させてもらった。日本人にとっての神話である天照大御神の「日本創世神話」のように受け止めればよいのであろうが、教育の違いで異なる印象を持つ人々が今もいることを考えると背筋は寒くなる。

その後古代メソポタミアのバビロンに天に届くような塔を作った王がいた。「バベルの塔」の物語である。その傲慢さが神の怒りを買い、途中で破壊された。従って現在では「バベルの塔」は比喩的に空想的で実現不可能な計画のことを言う。

それらの物語はヤハウェに選ばれた最初の預言者でユダヤ教、キリスト教、イスラム教の共通の始祖に繋がるアブラハムの物語に繋がるのである。ここまでユダヤ教に始まる組織宗教について述べてきたが、ここから、その後世界に大きな影響を及ぼしたキリスト教の起源について述べていきたい。

キリスト教の歴史

キリスト教はユダヤ教から派生した一神教で、ナザレのイエスをキリスト（救い主）として信じる宗教のことである。イエス・キリストが、神の国の福音を説き罪ある人間を救済するために自ら十字架にかけられ、その3日後に復活したものと信じられている。ナザレのイエス自身もその弟子たちもユダヤ人でユダヤ教徒であり、エルサレム神殿で礼拝を行った。

当時のユダヤ教は神殿祭儀中心のサドカイ派、禁欲主義のエッセネ派、律法主義のパリサイ派があった。イエスはパリサイ派の一派と見られる。ユダヤ教は神殿崩壊後、神殿中心の体制を放棄し、シナゴーグを中心とする体制に移行し世界宗教への指向を放棄、民族宗教に進んでいった。

シナゴーグとは、ギリシャ語のシュナゴゲー（集会所）に由来するユダヤ教の会堂のことである。聖書には「会堂」の名で登場し、ユダヤ教会と俗称されることもある。現在では祈りの場であると同時に結婚や教育の場となり、コミュニティーの中心的存在になっている。

キリスト教はユダヤ教から閉め出され、独自の道を歩んだ。古代オリエントとギリシャの文化が融合した文化あるいはアレクサンドロス大王からプトレマイオス朝エジプトが滅亡するまでのヘレニズム思想と落ち合い、ユダヤ教の聖典『旧約聖書』を取り込み発展した。

キリスト教の信仰の根幹は『旧約聖書』の教義・教理を共有している。その一つにアダムとイブの「原罪」がある。原罪以降、子孫である全ての人間は生まれながらにして罪に陥っている存在である。イエス・キリストの十字架の死はこれを償い、イエス・キリストを救世主と信じるものは罪の赦しを得て永遠の生命を得るものとされている。

ローマ帝国下では元々多神教国家であったことや東方の影響によって発生した皇帝崇拝にキリスト教徒が従わなかったことで、当初キリスト教は国家に反逆する宗教として大迫害にあった。

その代表はユダヤ教徒であったパウロである。パウロは「聖パウロの回心」として有名で実質的なキリスト教の創始者と言われている。パウロを使徒と呼んで崇拝するが、イエスの死後に信仰の道に入ってきたためイエスの直弟子ではなく、「最後の晩餐」に連なった12使徒の中には入っていない。

パウロと並んで首座使徒と捉えられた直弟子にペテロがいる。ペテロはガリラヤ湖の漁師で捕らえられた時に3回イエスを知らないと言ったことで有名である。12使徒のトップとしても有名である。ローマにあるバチカンのサンピエトロ寺院はペテロ（聖ペテロ＝サンピエトロ）の墓の上に建てられた建造物である。

初期キリスト教は、イエスの死後の弟子たち（その代表がパウロ）が行った布教活動が直接の起源であり、ユダヤ教の律法を基礎としたイエスやその使徒たちの言行から発展した。理論的発展を基礎づけたのはパウロの書簡及びヨハネによる福音書である。ペテロやパウロはネロ皇帝時代に迫害により殉教した。

その後もキリスト教は幾多の迫害を受けながらも広まりは衰えることはなかった。313年には「ミラノ勅令」でローマ皇帝コンスタンチヌス1世に公認された。392年にはローマ帝国の首都がイスタンブールに移るがテオドシウス1世はキリスト教をローマ帝国の国教とした。

その経過の中でキリスト教自身も数度の変貌を遂げてきた。まず第1回はアリウス派とアタナシウス派の分裂である。アリウス派は一神教に基づきイエスの人性を主張、アタナシウス派は325年の第1回ニカイア公会議で三位一体説を唱えた。

その説とは、「父」（エホバ）と「子」（イエス）と「精霊」（目に見えない聖なる霊の力）を一体としてとらえ、三位一体説と呼ぶ。ユダヤ民族は「ヤハウェ」（エホバ）が唯一神であった。従って、ナザレのイエスを神とすると2人の神がいることになるため解決策として生まれたのが三位一体説である。どうしても三つのものが見えるが本当は一体であると考えることとされている。

ただしユダヤ教もイスラム教も三位一体説を認めていない。彼らにとってイエスは単なる預言者ムハンマドと同じ一人の預言者にすぎないとされている。イスラムが信じる神「アラー」は「エホバ」と同じで唯一神かつ造物主であるとの考えに基づく。因みにイエスの両性「神性と人性」を主張したアリウス派は消滅している。

395年にはローマ帝国が東西に分裂し違った展開をみせた。東ローマ帝国はローマ帝国の東方を継承し、オスマン帝国に滅ぼされるまで1000年以上存続し、首都はコンスタンティノポリス（イスタンブール）である。

東西分裂後の431年にはマリアを聖母として認めた第2回のエフェソス公会議が開かれた。聖母マリアはその後のカトリック教徒の間では厚い信仰を得ている。その時ネストリウス派は異端とされ追放された。ネストリウス派は、その後ローマ帝国を離れ、現在はアッシリア東方教会として中東に少数の信徒が残っている。

第3回の会議は451年のカルケドン公会議で非カルケドン派が分離した。3度にわたるキリスト教内での分離後の476年には、ゲルマン人の侵入により西ローマ帝国が滅亡し、以後は諸国が割拠した時代でヨーロッパの中世のルネサンスの時代まで続いた。

ローマ帝国の東西分裂後、キリスト教会は東のコンスタンティノポリス総主教庁と西のローマ教皇庁の対立が激化した。ついに第4回目にあたる大きなキリスト教の分裂が起こり1054年に東方の正教会と西方のローマカトリック教会に分裂した。その相互破門は20世紀まで続くことになり現在では相互破門は解かれているが、分裂の解消までには至っていない。

1054年の東西分裂後にローマ教皇はキリスト教の聖地エルサレムへの巡礼がイスラム教徒によって阻害されていると考え第1回十字軍の派遣を決めた。十字軍とはヨーロッパのキリスト教国が聖地エルサレムをイスラム教団から奪回するために派遣された遠征軍とされているが、実態には疑問が見られる。

１０９６年から２００年間にわたって聖地を巡る十字軍の戦いが繰り広げられた。キリスト教国から見れば義勇軍であったが、イスラム諸国や東方正教諸国から見れば残忍な侵略軍だった。１０９６年にエルサレムを奪還した。以後７回十字軍を派遣したが、十字軍国家はイスラム教徒の巻き返しに遭い、14世紀初めまでにオスマン帝国に全て滅ぼされた。

イスラム教は７世紀にムハンマドを始祖としてキリスト教から派生して生まれた一神教である。キリスト教の聖地とされるエルサレムなどを領土として宗派が拡大していた。

十字軍による聖地奪還の戦いは２００年にもわたる長期に繰り返されたが、その軍事力は軍人だけではなく、従者のほかにも巡礼者や女性、子供、娼婦など雑多な人々が交じっていた。イスラム教徒と対峙する軍事力の基盤としては十分とは言えなかったようであった。これを補うために作り出されたのが騎士修道会（騎士団）であった。

その代表的なものが、テンプル騎士団、聖ヨハネ騎士団、ドイツ騎士団などである。聖ヨハネ騎士団はエルサレムの聖ヨハネ修道院の跡に病院を建て巡礼者のケアや宿泊所を設置した歴史を持つ。ホスピタル騎士団とも呼ばれ、聖地巡礼に訪れたキリスト教徒の保護を任務とした。現在も国際人道団体として活動している。

さらに有名なのが、テンプル騎士団である。彼らは修道士であると同時に戦士である。聖地エルサレムの防衛に主要な役割を果たし、エルサレム神殿から聖杯、聖櫃、十字架を発見したと言われている。それらを利用しソロモン王の建てた神殿（テンプル）を活動拠点とした。実際は１３０７年に壊滅させられた。後に多くの団体から自らの出自をテンプル騎士団と結びつけた団体がある。

その著名なものはフリーメイソンで、それはイギリスに始まり、男性のみの秘密結社で活動内容は非公開で学校運営や慈善団体への寄付などをしており日本にもある。

その他の秘密結社としては啓蒙、開化を意味するラテン語名の「イルミナティ」やキリストの出生の秘密を守り続ける秘密結社である「シオン修道会」がある。また13日の金曜日が不吉な日とされているがその由来は、テンプル騎士団が１３０７年10月13日の金曜日に一網打尽にされた日で呪われた日とされ、不吉な曜日とされたとする説がある。その他にも、イエス・キリストが磔刑につけられたのが13日の金曜日であったとされるなど諸説ある。

その他中世の宗教にまつわる有名な物語がある。それらは都市伝説として各地に古くから伝承され伝説として残っている。魔女狩りなども中世に起こった不幸な出来事の一つであろうと思われる。魔女狩りは15世紀から18世紀まで全ヨーロッパで４万人が処刑されたと言われている。

全てが女性ではなく男性も含まれていたと言われている。魔女として捕らえられた者は、女性で貧しく、友人の少ない人、あるいは小さな村落共同体で活躍する呪術師、シャーマン、助産婦が多かったと言われている。

実体は中世の宗教改革の前後の教会ないし民衆による狂信的な異端者摘発追放運動のことである。魔女とは中世のヨーロッパで悪魔と契約を結び魔力を持ち災いをもたらすとされた。男性原理が支配的な世界であるが故に一神教的コスモロジーが女性を敵視したのではないかと思われる。

なおユダヤ教には魔女狩りはない、それはトーラーにユダヤ教徒の条件に母親がユダヤ人でなければならないとの規則があるためであると言われている。

このように様々な変革を経験してきたキリスト教であるが、過去4回の分離後の一番大きな出来事が16世紀に起こった西方教会での宗教改革によるプロテスタントの誕生である。

宗教改革とは16世紀の初めにドイツでマルティン・ルターの主導でプロテスタント教会が生まれた運動のことを言う。それまでのキリスト教の聖書は神の言葉であるとの理由によりラテン語で書かれていた。一般の人々はあまり理解できず教会の牧師による説教のみでの信仰であった。

ルターを中心とした運動は、信仰とは聖書に基づきなされるもので聖書の教えに立ち返れとの主張であった。キリスト教はそれまでローマカトリック教会を総本山として広められていたが、本来の教えから離れつつあるとの危惧そして一部特権者の富の蓄積などへの反発もあった。

それまで許されていなかった聖書の翻訳をドイツ語で始めた。時を同じくしてグーテンベルグの印刷術が生まれ、印刷術が追い風となり出版物による大きな広がりを見せたのがプロテスタント派発生の過程であった。

またイギリスでは、1534年にイングランド国教会がカトリック教会から分離した。その真相は、ヘンリー8世の離婚問題が発端と言われている。カトリック教会は離婚を認めていないために、ヘンリー8世は自らの離婚のためにカトリックから脱退したとも言われている。

それらの動きに危機感を覚えたカトリック教会もイエズス会など布教部隊を作り、海外に多くの宣教師を送った。日本に来たフランシスコ・ザビエルもそのひとりでカトリック教会の男子修道会に属し教皇の精鋭部隊と呼ばれていた。

分裂の結果、キリスト教会は東地中海沿岸や東欧諸国に広まる正教会、ローマ教皇を中心とするカトリック教会、それに対抗して発生したプロテスタント、イングランド国教会他、イラクのネストリウス派（アッシリア東方教会）、非カルケドン派のエジプトのコプト教会、エチオピア正教会、シリア教会などの東方諸教会が存在することになった。

またカトリックは一つに統一されているが、プロテスタントに属するキリスト教徒の宗教団体の数は多くある。その中には「アーミッシュ」と呼ばれ、16世紀のオランダ、スイスの流れをくむプロテスタントの一派で現代文明を拒否し、電気や車を使わず農業を学び世界に85万人、北アメリカに40万人を要する団体がある。

「クエーカー」と呼ばれる集団は、17世紀にイングランドに設立された宗教団体でクエーカーとはキリスト友会《ゆうかい》、友会徒として知られる、全世界に60万人の信徒を持ち、正式な教義は特にない。

それからモルモン教は、1830年アメリカで設立されたプロテスタントの一派で「初代教会へ戻れ」という復古主義と再臨待望論を掲げ、信徒は500万人を超え聖書を聖典とする。

その他ではクリスチャンと呼ばれ、キリストの派生語で多様な信仰を持つ種々の団体が「クリスチャン」と自称している。極端な自由主義神学的な教派では単にナザレのイエスに従う人はクリスチャンであるとも主張している。「クリスチャン」という言葉は曖昧なものである。例えば、日本の仏教のように、浄土宗でも真言宗でも浄土真宗でも「仏教徒」と呼ぶように自称キリスト教徒がクリスチャン程度の理解で良いと思われる。

かつてはカトリックの基本教典は聖書のみで聖書に載っていない事柄は「解釈権」という権限を唯一バチカンが持っており、そこが決めていたが、プロテスタントができてから解釈権が一人一説となり沢山の宗派ができた。ただやはり教典は聖書一つで、それぞれの教祖が独自の聖書の解釈法を持っている。

現代の世界のキリスト教の分布状況は三大宗派のカトリック、正教会、プロテスタントのそれぞれの勢力は一応落ち着きが見られ、新しい動きとしてはエキュメニカル・ムーブメント（世界教会運動）と呼ばれるものがある。

キリスト教は長い歴史のなかで分裂を繰り返し様々な対立さえ生み出してきた。各派バラバラの海外伝道による混乱への反省と共産主義への対抗意識から各派共通のキリスト教者としての信仰において、一致して現代社会に対処しようとする考えから世界教会運動を生んだ。

1948年アムステルダムで「世界教会協議会」（WCC）が結成され、1961年ニューデリーの会議ではロシアと東欧の正教会が加盟し、第二バチカン公会議（1962～1965年）以来、ローマカトリック教会も積極的に参加するようになった。

1964年のローマ教皇のイスラエル訪問と東方正教会大主教との会見、1982年のイギリス女王との面会はカトリック教会の歴史的に対立する教派・宗派との和解を示すものである。今一番信徒を増大させるイスラム教への対応とキリスト教自体の信徒の伸び悩みからの変化と見られる。

ここまで、三大宗教の一つであるキリスト教の成り立ち、概要について述べてきたが、ユダヤ教からキリスト教へと一神教の流れがあり、そして更に、イスラム教が起こり、本来、人類の幸せを願うはずの宗教が古代から現代に至るまで、紛争の火種になっているのは、神の意図とは違う方向に進んでいるように思われる。

そもそも、宗教とは何かについては諸説あり、まとめ難いものである。最大公約数的に言えば以下のような説が存在する。宗教とは、「『宗』は根本の教えのことを言い、『教』とは生きとし生けるものが調和して栄え幸せへの道を示唆し『この世の摂理』の理解を深め、自分のものとする修行の道」とする考えがあるが是非守ってほしい定義である。

その定義は宗教を信じる人の考えであって、無宗教、無神論者のような私には違う定義が判りやすい。宗教は哲学に神の存在を加えたものと定義したい。

ここで、少し宗教と哲学との違いについて考えてみたい。そもそも、両者は動物の中で人間だけが持つと言われる理性を探求するもの、すなわち思想の探求という面では同じと言える。だが、宗教は「神」という絶対的な存在を介して神の教えを人間に伝えるのに対し、哲学は人間自身が考え、その考えを伝えるものである。

宗教は、非合理的でより感情的な立場から自分の救いを求め、都合の良いことを言うに過ぎず、「神話」の示す世界観・人生観をあり得るものとして信じることを要求される。宗教を信じる人は「自分で物事を考えることをやめ、楽な方向に流れた人」である。つまり合理的理性が消極的にしか働かない。宗教は地上の現実の故に形而上（抽象的）の世界に意識を向けさせるものであろう。

哲学は、合理的な立場から世界や人生について論理的に考察することで、論理性・理性のある「言葉」・「考え」によって成り立っている。合理的理性が積極的に働く。言い換えれば、哲学者も天上を意識しながらも、あくまで地上の形而下（物質的、具体的）の世界観・人生観である。両者の大まかな概念としては、宗教は哲学の一部であるとの定義が成立すると考える。

哲学の定義にも諸説あるが、例えば「世界や人間についての知恵・原理を探求する学問、臆見や迷妄を超えた真理認識の学問」、「自分自身の経験などから得られた基本的な考え。人生観」がある。それに神の概念を加えたものが宗教とする考えを私は支持したい。

つまり、人間が不可知なもの、見えないものなど超自然的な出来事の原因に「神」を介在させ、解決したような妄想に陥らせる教えがどの宗教にも存在するような気がする。それは既に述べたユダヤ教、キリスト教にも当然ながらある。また、これから述べる他の宗教の起源の中にも必ずある。それをこれから示していきたい。まず、一神教の流れを持つイスラム教について成り立ちを整理してみたい。

イスラム教の歴史

イスラムとは、アラビア語で全知全能の唯一絶対神（アッラー）に帰依することで、神に完全・完璧に服従することとの意である。現在全世界にキリスト教に次ぐ信者がいる。今もイスラム教はイスラム圏での多子化やアフリカなどでの布教の浸透で拡大を続けている。いずれキリスト教の信者数を超すのではないかと言われている。

他宗教への改宗及び棄教行為は歴史的には死罪となるのが建前となっている。イスラム教の教典はムハンマドが最後の預言者として語った内容を書物にした『コーラン』である。

イスラム教徒にとって、イエスですら絶対の造物主である神の預言者にすぎない、最後の預言者はムハンマドである。ムハンマドこそ完全な言葉で神の意思を啓示したのだと教えられている。

イスラムでは新約・旧約聖書を聖典としては尊ばなくてはならないとされているが、現実には聖書は改竄と捏造を繰り返し、価値を失ったとされている。またキリスト教はまだ完全な形ではなく、イスラム教で完全な形として完成し、神を信じていることになっている。

ユダヤ教やキリスト教と同様にアブラハムの宗教の系譜に連なる一神教で、偶像崇拝を徹底的に排除している。アラビア語を母語とするアラブ人の間で生まれた。イスラム教に帰依する者（イスラム教徒）は、アラビア語でムスリムと呼ばれ、「身をゆだねること」「神に帰依すること」を意味する。日本を含むアジアの漢字文化圏では「回教」と呼ぶことがあるが、今は「イスラム教」と呼ぶのが一般的である。

イスラム教の教典として全てのムスリムが認め、従うのはアラビア語で「朗唱されるもの」という意味を持つ『コーラン』が唯一で、アブラハム、モーゼなどの預言者たちが説いた教えを、最後の預言者であるムハンマドが完全な形にしたと言われている。神（アッラー）が預言者ムハンマドを通じて人類に下した啓典が『コーラン』と言われている。

イスラム教の信仰の根幹は、六信と五行、即ち、六つの信仰箇条と、五つの信仰行為から成り立っている。

■六信（イマーン）

1 **神**（アッラー）
2 **天使**（マラーイあるいはマラク）
3 **啓典**（コーラン・クトウブ）
4 **使徒**（ルスル、ナビー、預言者）
5 **来世**（アーヒラ、戒律を守れば天国に行ける）
6 **定命**（カダル、イスラム教の教えを守るために死ねば天国に行ける、殉教）

このうち、根本的な教義に関わるものが神（アッラー）と使徒（ルスル）である。入信する者は、証人の前で「神のほかに神はなし」「ムハンマドは神の使徒なり」の2句からなる信仰告白（シャハーダ）を行うこととされている。

■五行（イバーダート）

1 **信仰告白**（シャハーダ）

2 **礼拝**（サラー、1日5回）

3 **喜捨**（ザカート）

4 **断食**（サラム、イスラム暦の第9月9番目の月「イスラム教社会で使われるヒジュラ暦による断食月〈ラマダーン〉としている、太陰暦で太陽暦と1年に11日ほどずれる」）

5 **巡礼**（ハッジ、カーバ神殿のあるメッカに生涯のうち一度でもよいからお詣りすること）

さらにこれに**聖戦**（ジハード）を加え、六つの柱とする意見もある。以上のようにイスラムには、来世があり天国が語られている。信教を貫いたものは死後に永生を得、天国に行ける。男性は天国で72人の処女とセックスができるなどと語られている極めて荒唐無稽かつ理不尽な部分も感じられる宗教である。また危険性を孕む宗教であると言える。また男性社会でもある。

しかし、私は仕事でシンガポールに4年半暮らしたことがある。シンガポールは、人口の75%を占める華僑の国であるが、人口の約15%はマレーシア人でイスラム教徒である。確かに、豚肉禁止・1日5回の祈り・ラマダンなど彼等特有の慣習があるが、人柄的には友好的かつ親切で好感が持てる。隣国のインドネシア、マレーシアも同じくイスラム国家であるが、同じく好感の持てる人々である。

今、大きな問題になっている一神教のイスラエルとの争い、一部のイスラム過激派の暴走などは、宗教の教え自体が大きな問題なのではなく、お互いの排他性にあるのではないだろうか、お互いの慣習、思想を受け入れる姿勢が大事ではないかと痛感する。それが実体験に基づく感想である。

それに、中東地域のイスラム国家と比較すると、インドネシアはオランダに、マレーシアはイギリスに占領され、ヨーロッパの近代文明に触れた歴史を持つ。その後の国家体制は、いずれも聖俗分離の政教分離体制である。それが、イスラム国家の中で、過激に走らなかった要因の一つであろう。

イスラムの始原は610年、ムハンマドはメッカで天使ジブリール（ガブリエル）から唯一神の啓示を受け、アラビア半島でイスラム教を広めた。神父、牧師、僧侶はいない、全て平等とされている。ただし信仰行為や礼拝を指導するウラマー（イスラム知識人）がいる。

メッカにあるカーバ神殿は古くからの聖地とされ、クライシュ族がカーバ神殿の守護者でムハンマドはクライシュ族の出身である。ムハンマドはガブリエルに導かれてメッカのカーバ神殿からエルサレムまで飛来し「岩のドーム」の中にある「聖なる石」から昇天しアブラハム、モーゼ、イエスに会ったとされている。

「岩のドーム」はかつてのエルサレム神殿内にあった。今のドームは神殿破壊後の692年に「聖なる石」を囲むように作られた。聖なる石とは、アブラハムが息子のイサクを神のために捧げようとした石の台であるとされている。岩のドームは、内径20・3メートル、高さ20・5メートルである。

メッカにあるカーバ神殿のカーバとは、「立方体」の意味で建物は大理石の基盤に建つ石造モルタル造りで縦10m、横12m、高さ15mほどの規模である。内部には何も置かれておらず、カーバの東隅に直径30㎝ほどの黒石が据えられている。

イスラム教徒は、一生に一度はカーバ神殿を巡礼するように教えられている。その儀式としては、カーバの周囲を7度回り黒石に7度接吻しようと試みるそうである。預言者ムハンマドがかつてそうしたそうである。黒石は隕石であろうと言われている。大勢の信者がカーバの周囲を回るために、たとえ触れることができなくても黒石を指さすだけでも良いそうである。

ムハンマドの死後、代理人として指導者となった4人のカリフたち（信徒の代表者の意味）がイスラム共同体を拡大させイスラム帝国が構築された。

しかし3代目カリフの死後4代目のアリーが暗殺され、カリフの地位争いが起こり、結局アリーの息子ハサンがカリフを継いだが、すぐにその職を投げ出し、ウマイア家のムアウィアがカリフの地位をムハンマドの家系から奪い取った。そしてムアウィアはウマイア朝を興し、それが今のスンニ派に繋がる。

結局イスラム帝国はウマイア家のカリフが世襲支配をし、スンニ派はムハンマドの子孫を滅亡させて、正統なカリフの家系をシーア派から奪ったとされており、シーア派は少数派となった。

8世紀半ば、ウマイア家は同じスンニ派のアッバース家に倒されアッバース朝が成立した。そして1299年にオスマン帝国を建国し、1922年の帝政廃止まで続いた。その歴史は以下のとおりである。

1　ウマイア朝（661～750年）
2　アッバース朝（750～1258年）
3　オスマン帝国（1299～1922年）
4　トルコ共和国（いずれもスンニ派の王朝）

イスラム帝国はいずれもスンニ派の王朝であり、現在の勢力関係も、スンニ派（現実主義）が90％を占め、シーア派（理想主義）は10％に留まっている。

ムハンマドが示したとされる例えやモデルを「スンナ」といい、スンニ派はこれから生まれる。イスラム教徒には現在72の宗派があり、イラン（ペルシャ）の国教はシーア派、イラクにも一部信徒がいる。スンニ派はイラクでは正統派である。そのため、未だに両派は国内でも争いを続けている。イラク国内では今も全く意味のない戦いが続いている。

アメリカ同時多発テロを発端とするアメリカの軍事介入で倒されたスンニ派独裁者フセイン政権の後、政権を握ったシーア派を中心とした新生イラク政府が樹立した。しかしアメリカ軍の撤退後、スンニ派とシーア派の間で石油利権などを巡り対立が激化している。イラク戦争が終結された現在でもテロが頻発している。全く困ったものである。

ここで同じ起源であるとされているユダヤ教、キリスト教にはないイスラム教の特色を少し述べてみたい。

1　イスラム教では「チャドル」という黒い布を女性はかぶる。女性は顔や体の線を隠さなければならない。人間は誘惑されやすい存在である。その気持ちをおさえるために女性にチャドルという布を着させる。また、一夫多妻の習慣がまだ残っており、男尊女卑を感じさせる。

2　イスラムは偶像崇拝を禁止する。神は人間を超越した存在であり、偉大なものを人間が作ったりするのは冒涜である。彼らの信仰の対象はメッカにあるカーバ神殿で、中には神像などは一切なく石の塊（黒い石）があるだけである。

偶像崇拝の禁止を示す例が世界遺産であるバーミアンの石窟の大仏のイスラム教徒(タリバンというイスラム原理主義者)による破壊であった。ただ彼らはメソポタミア文明の神像は破壊していない、メソポタミア時代はイスラム教がまだなく正しい神を知らなかったから許されるという考えからである。

ユダヤ教、キリスト教も偶像崇拝を禁止している。同じく釈迦も禁止している。キリスト教の十字架のイエス、マリア像、仏像などは、後世の人々が結束の象徴として作り出したものである。

3

戒律宗教で「食物規定」がある。代表的なのは豚肉禁止である。豚肉は汚い食べ物と考えられたとの説もあるが、豚は砂漠地帯で人間と同じもの(雑食性)を食べるがミルクなど人間に対する恩恵は少ないので家畜としては共存に相応しくないと考えられたとの説もある。一方、牛や羊は草を食べミルクを作り出し肉を供給するなど人間との共存に適している。

ヒンズー教では牛肉は食べられないが、牛は神の使いとされているからである。このように宗教ごとに根拠が定かでない決まりがある。その理由も憶測に過ぎない部分もあり、理解に苦しむところである。

近年は日本企業の海外進出も多いが、インドネシアでは味の素事件があった。それは味の素の製造過程で材料の中に豚に関連するたんぱく質が含まれているということで大問題になった。インドネシアはイスラム国家であったために問題が起こったのであるが、結果としては豚には関連がないことが証明され事なきを得た事件であった。

　ますます国際化が進展するなかでこのような宗教習慣なるものをよく理解しないと大事件に繋がる可能性があることを示唆する出来事であった。宗教の慣習自体は、理解できない部分もあるが、本質的には大きな問題ではなく、信じる人々の信仰行為は尊重すべきで受け入れるべきであろう。そうすれば、争いは少なくなる。


　以上、まず中東に起源を持ち西に広がり、その始祖をアブラハムとするユダヤ教、キリスト教、イスラム教について述べてみた。それらの教えは同根であり同じ神を信じているはずである。しかしその歴史を見てみると世界で発生し現在も終わることのない宗教の違いを原因とする戦いが続いている。

　戦争は宗教の教えの相違及び宗教により結びついた民族の価値観、思想の違いに起因している。その戦争も神が介在し干渉し、我々には理解することができない神の考えのもとで日々行われているのだろうか。本当は一番罪深い存在は神ではないだろうか。いやそうではなく神の名前を語り、自分に都合の良いように人々を扇動する一部の権力者の責任ではないだろうか。

　それを我々はよく考えるべきであろう。私はこの世は神が作ったものではなく、証明された物理定数の法則に基づき幾多の偶然から生みだされたものであると信じている。またこの世で幾多の偶然から生まれた人類が、偶然発達した脳で考え出した最大の妄想が神なのであると思う。その神に我々は振り回されてきた。

その神により人類が救われてきたことより、苦しめられてきたことの方が圧倒的に多いのではないだろうか。

このままでは、人類は自らの妄想で苦しみこれからも苦しみ続けるのではないだろうか。人間の人生は苦に満ちたものである。各種の宗教も人生は苦であると教えている。その苦を乗り越えさせる教えが宗教のはずである。だが、実際の宗教はそれを増幅している。

現在では科学の進展と情報の多様化などで人類は徐々に学習効果を得て賢くなっているような気がするが、まだまだ不十分な状態であると思われる。真理を全人類が共有し納得するのにはまだまだ時間がかかるであろうし、その前に人類が絶滅する可能性も大いにあると考えなければならない。

宗教に対し私自身は大変心配する一人の人間ではあるが、冷静に宗教について考察していくといずれの宗教も始祖たちの教えは立派である。その後の弟子たち、あるいはそれに連なる組織を作った権力者たちが問題なのである。権力者たちが巨大化した組織を守るために宗教を都合よく解釈、利用し、それを基礎に人々、国家を統率したために堕落してしまったと考えられる。

特に一神教に問題が多い。排他性の強い西洋宗教の一神教が過去から現在にかけ多くの災いを我々人類にもたらしているのではないだろうか。始祖とはかけ離れた教えを広め人々を欺いているのではないだろうか。

ここから、我々日本人に一番影響が強く日々の生活に入り込んでいるインドに興り、東に広がった三大宗教の一つである仏教について述べていきたい。キリスト教やイスラム教より早くに広められた宗教であるが、一神教の世界である西には広がりを見せずに東に広がったのはユダヤ教、キリスト教、そしてイスラム教に阻まれ東に進まざるを得なかったのであろう。

それでもアジアを中心に多くの信者を持つ宗教である。仏教国でも小さな争いはあったが、西洋の宗教ほど紛争の要因にはなっていない気がする。私自身は仏教の始祖である釈迦の本来の教えには共感する部分もあるが、釈迦の後世の弟子たちが広めた教えには西洋宗教と同様に決して共感はしていない。ただ人類の救いとなる教えもあることは否定しない。

過去の偉人たちが広めた宗教なるものの中で一番知るに値するのは仏教ではないかと思っている。だがしかしそれはあくまで釈迦の教えについてである。数ある宗教の中で釈迦仏教が一番まともであろう、これは私が日本に生まれた日本人であるからかもしれないが、そう考えている。

歴史的及び現在の世界各地を見てみても、仏教の教えに純粋に影響された戦い、戦争というものは西洋宗教と比べると圧倒的に少ないと思われる。基本的には超自然的な存在や神についてはは多くを語っていないし、排他性もそれほど強くなく他の宗教を受け入れる余地即ち排他性は小さいように見える。

しかしながら他の宗教と同様に教えの大半は荒唐無稽なものも多いことは否定できない。だが本来の釈迦の教えにはそれは少ない。後世の弟子たちの教えに矛盾が見られるようになる。だが人類の文化、思想を知る意味で参考になる事柄はたくさんある。そのような観点から我々に一番なじみの深い仏教史についてこれから述べてみたい。

仏教の始まり（釈迦の教え）

仏教の始祖は言うまでもなく釈迦である。釈迦とは仏教の開祖が生まれた種族のシャカ族の名である。従って、シャカ族出身の聖者という意味であれば、「釈尊」と呼ぶことが固有名詞としては正しいと思われるが日本で俗に「お釈迦様」あるいは「釈迦」と言われているので、ここでは「釈迦」で統一したい。

釈迦の誕生は、諸説あり定まっていない。主な説としては紀元前500年頃にインドのシャカ族の村、ルンビニにおいて生まれたと言われている。従って、今から2500年前と大まかに知ればよいと考える。その頃の日本は縄文時代の終わり頃であった。

また、「ブッダ」（仏陀）と呼ぶこともある。「ブッダ」とは「覚者」「真理を悟った人」という意味で、仏教の理想的存在を示す普通名詞であって、固有名詞ではない。開祖個人をいうときは、ゴーダマ・ブッダの名が使われる。ゴーダマとは、釈迦の属していた姓である。

釈迦の出家のいきさつには「四門出遊《しもんしゅつゆう》」が有名である。

インドのシャカ族の若きシッダールタ王子（釈迦の幼年名）は大事に育てられ、老病死のあることを知らなかった。たまたま城の三方の門を出た時、東の門を出て老人に会い、南の門を出て病人に会い、西の門を出て死人の無残な姿を見て衝撃を受ける。最後に北門を出た時、修行者の平静な姿を見て出家を決意したと言われている。

その釈迦が始めた仏教というものは非常に判りにくく、宗派により僧侶により大きく教えが異なる。日本ではその経典数を３０５３部で１万１９７０巻との記録があるが定かではない。一方西洋宗教には教典という聖書一つしか教えがない。しかしながら、その解釈は多様である。

仏教では膨大な数の経典があり、そしてそれぞれが正しい釈迦の言葉とされているので判りにくい。だがその本来の釈迦の思想・教えについては、書物のようなものは一切残されておらず、全てが口承である。釈迦の死後、その弟子たちが理解しまとめたものである。ここでは、仏教を述べるが、釈迦の死後に弟子たちが作り上げた仏教ではなく、釈迦の考え、教えを主体に述べていきたい。

釈迦の本来の考えは世の中の真の仕組みを知ることにあり「世の中の事物は常に変化し不変のものはないのが本当の仕組み」であることを知ること。つまり、**釈迦の教えは、「今目の前で起こっている事にどういう意味があるかを考えることであり、今をどう生きることが大事であるかを考えることである。真理をとらえるために中程を貫く『中道』が大切である」**との考えが基本にある。

それ故、弟子が釈迦に死後の世界について質問した時には「知らない」と答えているのである。釈迦の本来の教えは、今、この世でいかに心の平和を得るかについての方法を述べているのである。

釈迦の教えは、人生は「縁起」・「四諦《したい》」・「八正道」から成り立っている。「縁起」とは物事がお互いに関係しあっている状態のことを指している。そして、人生は「苦」であり、苦の根本的な原因は「無明《むみょう》」すなわち無知であるために迷い、迷うために「愛（愛憎の念）」を持ち、それに対して「取（執着）」し、執着することで苦しむと考えた。「四諦」「八正道」で「苦」から抜け出すことができると教えている。

また、そのことを以下の教えの中では、異なる言葉で判りやすく説いている。

⑴ 命を大切にすること
⑵ 偶像崇拝の禁止
⑶ 人間を平等に扱うこと
⑷ 自分で物事を考え自分の責任で行動すること
⑸ 死者に対する儀式の禁止

以上の教えのごとく、本来の釈迦の教えは我々凡人にも判りやすいし、理解できるものである。だが、その後の弟子たちが理解困難なものにしてしまった。仏像についても偶像崇拝を禁止している。釈迦の死後５００年間仏像はなく釈迦の骨（仏舎利）以外は拝むものがなく仏像を持つのはその後のことである。葬儀の禁止であるが、釈迦の教えは生きている人のものであり、死者に対しては関わるなと言っているのである。葬儀は在家のものであると答えている。

釈迦以前のインドの宗教はバラモン教の時代であった。その教えは輪廻転生の世界観であった。それはインド人の信じている世界は輪廻転生を繰り返すもので、世界は六つあるという考えである。上から天上道、人間道、修羅道、畜生道、餓鬼道、地獄道で、それらを総称し六道といった。

人間は死後も生まれ変わり六道を輪廻するというものである。それついては、釈迦は生きている時の行いが全てであり、死後は関係ないと言っている。実際、釈迦は死後のことは判らないと言っており、死後の世界については一切語っていない。

つまり、釈迦自身はこの世が唯一であり、この世での行いが重要であり来世は判らないし語ってもいないのである。今の仏教の教えは後の弟子たちが作り上げた妄想なのである。仏教の経典もしかり、その他の宗教も始祖の教えから乖離しており、後の弟子たちが作り上げた宗教観なのである。それゆえ、私は今のあらゆる宗教なるものを信じることができないのである。

過去の宗教者の中で釈迦の教えが一番信頼するに値すると私は考えているので釈迦の教えを少し詳しく述べていきたい。まず釈迦が修行中に得た諸行無常偈と悟りを開いた後の言葉について述べる。

☑ 諸行無常偈（釈迦が修行中に帝釈天が唱えたと言われている）

この諸行無常偈を和訳したのが「いろは歌」と言われており、ひらがなで重ね字なく（全ての仮名を重複させず使う）ならべて47文字の七五調で構成されており、昔は手習いの手本やカルタ遊びの読み札として用いられた。戦前の教育を受けた人は意識することなく知らないうちに諸行無常偈を体得している。私の母親も諳んじている。それを以下に述べるので参考にしてほしい。

諸行《しょぎょう》無常《むじょう》……すべての存在は不変のものはなく常に移り変わる
　色は匂へど　散りぬるを（花は咲き乱れてもやがて散る、全てうつりかわる）
　いろはにほへと　ちりぬるを

是《ぜ》生滅法《しょうめっぽう》……是（道理にかなったこと、正しいこと）がこの生滅する世界の法である
　我が世誰ぞ　常ならむ（この世に存在するものは生滅する。諸法は無我である）
　わかよたれそ　つねならむ

生滅滅已《しょうめつめつい》……生滅へのとらわれ（煩悩）を滅し尽くして、乗り越えて
　有為の奥山　今日も越えて（この迷いの山を乗り越えれば）

うゐのおくやま　けふこえて

寂滅《じゃくめつ》為楽《いらく》……寂滅（煩悩の夢にうなされず）をもって楽を為す

浅き夢見じ　酔ひもせず（煩悩の火は消え、やすらぎ、悟りの境地）

あさきゆめみし　ゑひもせす

以上が修行中に得た諸行無常偈である。そして釈迦は悟った後に三法印という真理を示し、最後の説法にも三法印を説いたと言われている。それを以下に述べる。

☑三法印

その三法印とは**「生まれたものは必ず死ぬのであって、誰しも諸行無常（一切は変化する）の道理にさからうことはできない。それゆえ諸法無我（一切は所有できない）の道理を悟って欲を少なくしなければならない。そこに涅槃寂静（永遠のやすらぎ）に入るさとりがある」**と釈迦が述べた教えである。

諸行無常……一切の現象（諸行）は、他の現象との相互関係の上に成り立つもの（縁起）だから一定の状態に留まることはない（無常）、一切は変化する

（あらゆる一切のものはうつりかわる）

諸法無我……現象の根底にある道理（諸法）は、現象が無常である以上、実体（我々）があるとは言えない。だからどんな現象も思いのままにならず苦しむ（一切行苦）一切は所有できない

（すべてのものはひとりでは存在しえない、多くの縁のおかげで存在する）

涅槃寂静……思いのままにならないものを思いのままにしようとすること（煩悩）を捨て去った静か（寂静）な心の状態が理想（涅槃）、欲を少なくする

（欲望煩悩の火が消えれば、心身は落ち着いていける）

その他、諸法無我と涅槃寂静の間に「一切行苦」を加えて四法印とすることもある。さらに、釈迦は悟った真理を別の形で語っているが、その一つが「初転法輪」である。「初転法輪」とは、釈迦がインド北部ガンジス川中流域のブッダガヤで悟りを開き、サールナートで初説法を行ったことを言う。

そこでは、釈迦は人生とは十二因縁（縁起の理法：苦、悩みはどうして起こるのか、根本原因は苦の生起する過程は）に基づくところの四諦（四つの真理）を示し、八正道（悟りに至る実践道）を実行していけば自らいろいろな物事に対する執着がなくなり、良い行いを重

ね、全てのものへの執着を捨てられ苦がなくなるのであると語っている。

要は、**人間の人生は苦の状態にある**。そしてその苦には原因がある。その**原因を滅すれば苦はなくなる**、そのために修行する。真理は苦行によって得られるものではない。快楽に溺れるのではなく、肉体を痛めつけるのでもなく、**中道を守ることによってのみ真理を得ることができる**。執着が苦を生む、**苦から逃れるために全てのものへの執着を捨てること**。

人間には108の煩悩（執着＝あらゆるものに対する欲求）があり、それを無くせば苦しみはなくなる。煩悩の炎の消えた状態を「涅槃」という。それを解脱ともいい、六道から離れ、ある意味永遠の存在となるそれを悟りという。悟りとは煩悩を捨て全て無常と悟ればよい。

以上の教えである十二因縁、四諦、八正道について述べてみたい。ただ、釈迦の本当の教えとしてこれらは難解である。凡人として理解すべきことは三法印の教えをまず理解するように努めることだろう。しかし参考までに述べてみたい。

■十二因縁

1　無明（因果道理を理解できない無知のこと）による無明から
2　行（縁に関わる力・行為）が生じ、行から
3　識（心の作用・識別・意識）が生じ、識から
4　名色（名はこころ、色は形という形態）が生じ、名色から

5　六処（眼・耳・鼻・舌・身・意たる6種の感覚器）が生じ、六処から
6　触（心が対象と接触し認識する）が生じ、触から
7　受（苦楽と感受する働き）が生じ、受から
8　愛（苦を厭い楽を渇望する妄執）が生じ、愛から
9　取（欲しいという執着）が生じ、取から
10　有（所有を欲する性格）が生じ、有から
11　生（生存性格を備えて生まれていること）が生じ、生から
12　老死（生老病死の苦悩を受ける生死輪廻）が生じるというもの

■四諦の教説

1　苦諦《くたい》……苦に関する教説（我々の生存は本質的に苦である）
　四苦八苦（四苦：生・老・病・死）
　他の四苦：愛別離苦《あいべつりく》：愛するものとの別離
　　怨憎会苦《おんぞうえく》：恨む者との出会い
　　求不得苦《ぐふとくく》：求めても得られない苦（無病・不死）
　　五陰盛苦《ごおんじょうく》：感覚があるが故の苦
2　集諦《じったい》……苦の原因に関する教説（苦の原因は愛欲である）
3　滅諦《めったい》……苦の原因の生滅に関する教説（愛欲を滅ぼすことをさとる）

4　道諦《どうたい》……苦のもとを知り、苦を滅した涅槃の境地への道（戒律を守る）

■八正道

1　正見《しょうけん》：正しい見方
2　正思惟《しょうしゆい》：正しい思考
3　正語《しょうご》：正しい言葉
4　正業《しょうごう》：正しい行為
5　正命《しょうみょう》：正しい生活（の基本はおもいやり）
6　正精進《しょうしょうじん》：正しい努力（は中道、偏らない精進）
7　正念《しょうねん》：正しい心の集中（釈迦の教えを念頭に）
8　正定《しょうじょう》：正しい心の安定（戒律を保ち、自愛の心、慈悲心）

以上のように初期の仏教釈迦の教えは、四諦、八正道、十二因縁の考え方である。つまり四諦は苦を滅するための方法を説いたもので、八正道はそのための生き方を示したものである。十二因縁は苦が生まれてくる根源に無知の存在があることを示したもので苦についての分析ないしは認識論である。苦の生まれてくる根本的な原因を知り、正しい生き方を実践すれば、解脱に達することができる。それが釈迦の説いた教えに基づく初期仏教の基本的な考え方である。

原始仏教経典の成立

仏教の初期経典は釈迦から習ったことを忘れないうちにお互いの記憶の確認と意見交換をしようとしてまとめられたものである。これも文字ではなく口伝によるものであった。口伝であるため、正しく伝わらず教えの統一というものが十分ではない。

後に文字化された釈迦の説いた法話は経・律・論と三つに大きく分類される、要は「三《さん》蔵《ぞう》」である。「経」とは釈迦が説いた教えをまとめたもの、「律」とは僧侶の規則・道徳・生活様式をまとめたもの、「論」とは「経」と「律」の注釈・解釈を集めたものである。

当初、アーナンダが経、ウパーリが律の編集責任者となった。編集者が特定されていない論は、後に根本分裂の原因となった。従って経典が膨大な教えになる要因ともなった。また異質なものが混入する余地も高かった。例えば、バラモン教の神様も混入した。弁財天、帝釈天、水天宮などの「天」のつく仏様はすべてバラモン教の神様である。また解釈による分裂も起こった。

その最初の分裂は、釈迦の死後100年頃に保守的な上座部と進歩的な大衆部とに分裂した。死後500年に仏教内での宗教革命が起こった。大衆部の流れは大乗仏教へと、上座部の流れは小乗仏教への分離である。そして大乗仏教は釈迦の本来の真意とは違う方向に進んでいった。

小乗仏教は出家者が自分の事だけを考えて、在家の人々を締め出し修行するので真の悟りには至らないと批判し、小さい乗り物（小乗）とされた。大乗仏教は在家の人々の救済も述べた新しい教えで大きい乗り物（大乗）と主張した。

その後小乗系が南伝仏教となり、仏教のプロ（坊主）が登場する一方、大乗系は北伝仏教として仏教と言いつつも基本的には釈迦のもともとの考えから分かれて独自の道を歩み始め、中国、韓国を経て日本に伝わった。これが今の日本の仏教のルーツであり、本来の釈迦の教えからかなり違ったものとなっている。

大乗仏教が成立した結果、釈迦の思想継承ではない独立の哲学思想として膨大な大乗経典が生まれた。そのために「三蔵」構造が大きく崩れることになる。三蔵に代わる「仏典」の全般を総称して「大蔵経《だいぞうきょう》」・「一切経《いっさいきょう》」と呼ばれた。極楽浄土という言わば荒唐無稽なユートピア論が生まれたのもこの頃である。それに般若経の「空」の考えが加わった。

また、釈迦は当初偶像崇拝を禁止したが、紀元1世紀頃、インド北部のイラン系民族、クシャーナ族がガンダーラ地方に侵入し、大量虐殺が行われた。人々は苦しい状況の中で釈迦の教えに救いを求め、石に釈迦の像を刻んだそれが仏像の始まりである。それは釈迦の死後500年くらい経た後であった。

既に述べたように日本に伝わった仏教は北伝の大乗仏教であり、中国を経由し、更に内容が変貌し釈迦の教えから離れたものとなった。その伝来の流れをこれから少し述べてみたい。

仏教の伝播と中国仏教

中国への仏教の伝来は、後漢時代の紀元1世紀頃と推定されている。紀元3世紀頃より、サンスクリット仏典の漢訳が開始された。中国に伝わった仏教は当初、経典の中国語への翻訳の形を取った。後秦時代の4世紀頃にインド出身の鳩摩羅什《くまらじゅう》は約300巻の仏典をサンスクリット語から漢訳した最初の三蔵法師として有名である。そして7世紀唐時代の玄奘《げんじょう》三蔵《さんぞう》（西遊記の三蔵法師）の訳が我々に比較的有名である。三蔵法師とは経・律・論の三蔵に精通した僧侶のことである。

紀元1世紀頃、中国に伝わった釈迦の教えは、サンスクリット仏典の漢訳を通じて中国で大乗仏教経典群が数多く作成、追加された。そのため大乗仏教は歴史上の釈迦の説ではないとする大乗非仏説もある。中国仏教では、釈迦が抽象化された非人間的存在として見られるようになった。

大乗仏教が伝わった頃の中国では、紀元前後に中国を統一した漢が認めていた宗教は儒教であった。その考えの根本は目上の人を敬い、親孝行の勧めであったため、仏教の家族を捨てて修行する出家は受け入れ難く中国では儒教の考えを入れた中国製のお経がたくさん作られた。これを「偽経」あるいは「疑経」と呼ぶ。

中国などで作られたお経はサンスクリット語のお経を翻訳されたものとされているが、サンスクリット語で書かれた原典類は殆ど残っておらず、パーリー語で書かれた初期の経典が少しあるくらいである。従って、中国のお経は漢訳された経典を中国独自の意味や解釈、更に儒教の考えが加えられ出来上がったものであると考えるのが妥当であろう。

その当時には老子の教えである道教も民間信仰になって広まっており「空」を基本とする考え方と一致した。このように、中国では民間信仰と仏教が一緒になり、さらに儒教の教えも取り入れ中国式仏教が生まれてきた。その方向性についても中国中心主義の中華思想などその独自の風土・文化・土壌の中で屈曲した発展を遂げることになった。

道教・儒教などと習合し輪廻転生などの考えを取り入れ偽経の「閻羅王授記四衆逆修正七往生浄土教」が作られ、晩唐の時代に十王信仰は成立した。この考えは十王説として今の法事の基礎になっている。それは死後、閻魔大王など10人の裁判官に前世での善行・悪行を審理され、死後の輪廻の六道界を決めるとの教えで本来の仏教にはなかった考え方である。

輪廻に関わるものとして、釈迦の十代弟子の一人である「目連」の親孝行の物語がある。それは、現在の日本の「お盆」の行事に影響が見られる。お盆の正式名称は「盂蘭盆会《うらぼんえ》」と言われる。「盂蘭盆会」とはインドのサンスクリット語で「逆さ吊りにされて苦しんでいる人を救う法要」との意味がある。

その物語は、目連は亡くなった母が餓鬼道に落ちて逆さ吊りにされ苦しんでいるのを知り、釈迦に教えを請い母を救ったとの話で、それが「盂蘭盆経」に示されている。しかしながら、釈迦の当時の教説には極楽浄土や地獄といった概念はない。よって、この逸話は後年に中国で作られた「偽経」と言われている。

日本における「お盆」は、古くから農耕儀礼や祖霊祭祀のしきたりと中国から渡来した仏教の「盂蘭盆会」の教えが融合し現在のお盆の原型ができたとされている。本来の釈迦の教えではなく、中国で仏教と道教が融合した結果でもある。その概要をまとめてみる。

中国伝来：十王信仰「初七日～七七日（7日×7＝49日で満中陰、7回の法事）、百か日、一周忌、三回忌」つまり、当初中国から日本に伝わった死後の供養は三回忌までの10回の供養であったが鎌倉時代に供養が加わり十三仏信仰となり、その後の寺院の大きな収入の源泉となり、現在にも引き継がれ、高齢化に伴いさらに供養が伸びている。法事自体ヒンズー教の輪廻転生が基礎になり、死後の輪廻の世界を決める行事であり仏教に本来ない考えで、先祖を敬う儒教の教えにも通ずるものである。

日　本：十三仏信仰（鎌倉時代に七回忌、十三回忌、三十三回忌を追加）。因みに神道では三十三回忌で荒御霊《あらみたま》が和御霊《にぎみたま》になるとなっている。中国の十王信仰に供養が追加され、三十三回忌は神道とも関係するなど日本の法事の基本形となった。仏教にない考えである。

これらの形を変えた仏教が大乗仏教としてアジア各地に伝播していった。一方アジアの考えは儒教が重要であり、アジアの文化はある行為に対して金品を渡してお礼の気持ちを示すのが当然という風潮がある。それが人にお願いをする時は金品を渡さないと失礼になるとの慣習が生まれ、コネだけで物事が決まるようにエスカレートして賄賂文化が定着していった。賄賂文化を色濃く持つ韓国は中国以上に儒教の国と言われている。

その風潮が続き、日本もそうであるが中国・韓国は儒教が都合よく解釈利用され、未だに賄賂文化が定着し、政治・経済を時に混乱させている。歴代の韓国大統領の一族の多くが在任中に多大な財力を親族一同に残し、退任後問題を起こしているのがそれを証明している。中国でも、習近平政権に入り相次ぎ共産党の高官が不正蓄財で逮捕されている。

3世紀にはインド仏教の僧であるナーガルジュナ（竜樹）が般若経の中の「空」を理論づけている。あらゆる現象はそれぞれの時間的・空間的な関係「縁」の上のみに成り立っており現象自体が存在しているのではないと考え、「空」は釈迦の因果関係の上でかろうじて現象が現れているのが「縁起」との教えと同義になると述べている。

更に、4世紀になると無着、世親が体系化したこの世のあらゆる物や存在がただ心の作用で成り立っているとする唯識論がある。これは事物的な存在はないが、8種類の意識（魂）「眼識、耳識、鼻識、舌識、身識、意識、末那識、阿頼耶識」が存在する。唯識論では死後にも不滅の魂に相当する阿頼耶識も存在すると考える。これは竜樹の空観と対立する。

無着らは仏教ではそもそも「霊」を認めていないが輪廻転生の世界だから「霊」ではなく

「識《しき》」だというのである。これが唯識論であり一番重要な原理であると主張した。しかしながら釈迦はそのような死後の世界については一切述べていない、その後の僧侶が作った考えである。この空観と唯識が大乗仏教を代表する二大哲学と言える。

6世紀では中国人で天台大師智顗が有名である。智顗は釈迦が説いた教えを「五時《ごじ》の教《きょう》判《ばん》」と名付けた。五時とは釈迦が悟りを得た後の50年を年代順に五つの時期に分けて教えを整理したものである。つまり、釈迦が説教をした時の年齢が違うし聞いた相手の年齢も違うのだから、年齢を重ねれば同じ教えであっても違う言い方をしていると智顗は解釈した。

釈迦の教えを年齢順に並べると、①華厳経⬇②阿含経（原始経典）⬇③維摩経⬇④般若経⬇⑤法華経となり釈迦の教えの最後が法華経とした。ただ、それは教えの本質となる順番ではないが、その「五時の教判」で経典に優劣をつけるような結果になってしまい、経典の決定版を法華経とし、最後に法華経で救われるとした考えがその後に残ってしまった。日蓮はその考えを理解していたはずであるが、敢えて法華経を最高の経典と位置付けている。

繰り返しになるが、仏教の定着には大きな思想的問題があった。一つは中国人特有の「中華思想」と呼ばれる中国中心主義、もう一つは「道教」「儒教」の既存宗教の存在であった。これらが外来の宗教に強く反発をした。

従って、当時の仏教伝道者たちは、道教や儒教の思想を借りて仏教を解釈する方式（格義仏教）をとり、仏教の定着を図った。この風潮の中で偽経（偽りの経典）も多く制作された。つまり、インドの仏教がそのまま中国に移植されることはなかった。

中華思想もあり、受け入れの態度は、「自分たちの価値観の中で必要と思われる要素だけを取り入れ、その他は捨てて顧みない」という態度で仏教を摂取し、偽経は作られ、一部は捨てられ、一部は加えられ、挙句の果てには、翻訳も間違った仏典が出来上がっていった。そして、中国独自の経典の体系ができ、宗派も生まれた。結局のところ中国を経由し、日本に伝わった仏教は大乗仏教の中では中国独自の仏教として一人歩きを始めたものであった。

中国では、拝む経典に優劣をつけ、僧侶はプロ化し儒教に基づく仏教による葬式を作り出し、死後の世界まで作り出してしまった。本来の釈迦の教えとは離れてしまったが、多くの人々の考えを集めた哲学の体系として価値あるものにはなっている。そのような中国での仏教の進展からいよいよ日本への仏教の上陸となる。

その頃の日本は「怨霊」が絶対存在しているとの社会であった。全ての災いは怨霊の祟りであり、それを鎮魂するのが宗教の最も重要なテーマであった。それまでは神道的な考え方で鎮魂をしていた。それが八百万の神様であった。仏教も入ってきたが日本ではいろいろな神様が存在し、その時その時で都合の良い神様を選べば良いという考えであり、それには造物主的な考えがない。

日本への仏教の伝来

仏教の日本への伝来は、飛鳥時代の552年（欽明天皇13年）に百済（朝鮮半島）の聖明王から日本に釈迦仏の金銅像と経典他が献上された時だとされている。

当初国内では、欽明天皇が仏教の信仰の可否について群臣に問うた時、賛成派の蘇我稲目と反対派の物部尾輿・中臣鎌足（神道勢力）との間でもめたが、蘇我氏が勝利を収め、天皇から仏像と経典を与えられ私邸を寺として開放し、仏像を拝んだ。

その後、国内で疫病が流行ると、外国の神を拝んだので祟りが起きたとして、再び蘇我氏と物部氏の間で仏教の可否論争が持ち上がった。その戦いでは、聖徳太子が蘇我馬子側に参戦、再び蘇我氏側が勝利し聖徳太子は摂津国に四天王寺を建立、奈良に法隆寺を建立した。

蘇我馬子は、法興寺（後の元興寺）を建立した。聖徳太子は「法華経《ほけきょう》」「維摩経《ゆいまきょう》」「勝鬘経《しょうまんぎょう》」の三つの解説書「三経義疏《さんぎょうぎしょ》」を書き、十七条憲法でも仏教に触れ、仏教の導入に積極的な役割を果たした。この後、仏教は国家鎮護の道具となり、天皇家自ら寺を建てるようになった。天武天皇は大官大寺（後の大安寺）を建て、持統天皇は薬師寺を建てた。このような動きは聖武天皇の時に頂点に達した。

奈良時代に入り日本仏教の原型である南都六宗《なんとろくしゅう》が栄えた。当時、僧侶は全て公務員で税金も免除されていた。役割は仏教理論を研究するもので国体維持、鎮護国家の代表として天皇のためにお経を読むもので、民衆の救済などとは無縁であった。その中で民衆の救済が仏教の本道と唱えていた人もいた。それが行基である。南都六宗とは以下をいう。

上部座系：倶舎《くしゃ》（東大寺・興福寺）
　　　　　成実《じょうじつ》（元興寺・大安寺）

大乗系　：律《りつ》（鑑真・唐招提寺）
　　　　　法相《ほっそう》（興福寺・薬師寺）
　　　　　三論《さんろん》（東大寺南院）
　　　　　華厳《けごん》（良弁・東大寺）

以上のように奈良時代は寺院の相互交流も盛んで一つのお寺に種々の宗派の僧侶がいた。聖武天皇は妻の光明皇后の影響から信仰に厚く、国分寺、国分尼寺の建造を命じ、大和の国分寺である東大寺に大仏を建造した。その時代に中国から鑑真が招かれ、唐招提寺を建立した。

鑑真は、日本律宗の開祖で中国唐の僧である。5回の渡航に失敗、失明を乗り越えて753年の6度目の渡航で来日した。聖武上皇に授戒し、東大寺に戒壇院を設立し大僧正になり、唐招提寺を開いた。

仏教が定着するにつれて、日本の神々も、実は仏が化身として現れた「権現」であるという考えである「本地垂迹説」が起こり、様々な神の本地（仏）が定められ、神像が僧侶の形で製作されることもあった。

本地垂迹とは、仏・菩薩を本地（本来）とし、神を衆生救済のための垂迹（仮の姿）とする説。仏教が興隆した時代の神仏習合思想で日本の八百万の神は実は仏（菩薩や天部なども含む）が化身として日本に現れたものとする説である。

■垂迹神と本地仏の例

- 天照大御神＝大日如来、十一面観世音菩薩
- 八幡神＝阿弥陀如来
- 熊野権現＝阿弥陀如来
- 日吉権現＝天照大御神＝大日如来
- 愛宕権現＝秋葉権現＝地蔵菩薩
- 大国主命＝大黒天
- 東照大権現（徳川家康）＝薬師如来

また孝謙女帝に可愛がられた道鏡のように政治に口を出す僧侶もおり、天皇の皇位をも脅

かすようになっていた。桓武天皇はこれを嫌い、仏教の影響力を排除するために894年に大寺院を奈良に残し都を京都に移した。平安遷都である。日本仏教の原型である南都六宗のうち倶舎、成実、三論は現在ない。即ち、上座部系は全て無くなり大乗系のみが残った。

また、桓武天皇は平安京に遷都した後、奈良仏教の影響から抜け出すため空海及び最澄を遣唐使とともに中国に送り出し仏教を学ばせた。最澄は天台宗を輸入し、京都の鬼門にあたる北東に位置する比叡山に延暦寺を建立した。そこからその後に多くの僧侶を輩出した。空海は唐より密教を輸入し、京都に東寺、高野山に金剛峯寺を建立した。

密教とは、「秘密の教え」を意味する。一般の大乗仏教（顕教）が民衆に向かって広く教義を言葉や文字で判りやすく説くのに対して、極めて神秘主義的・象徴主義的な教義を教団内部の師僧によって伝授される教えを言う。日本には空海が伝えた真言宗系の東密と最澄が伝えた天台宗系の台密がある。

このように最澄と空海は以後の日本仏教の発展の元となる重要な僧侶である。庶民の仏教信仰という観点ではいわゆる「御大師様」である空海が重要であるが、歴史的な存在価値からの意味では最澄・天台宗のほうが重要であり、その門下からその後様々な僧侶が出て、新興仏教を生んでいく。

平安時代の中期は、末法の世が始まったと考えられた。末法の世にはどんなに努力しても誰も悟りを得ることはできない。国は衰え、人々の心も荒み、現世での幸福も期待できない。このような人々の状況から、ひたすら来世の幸せを願う浄土信仰が流行し始めた。

平安時代末期には、それまでの仏教の主流が「鎮護国家」を標榜した国家や貴族のための儀式や研究に置かれていたものが、次第に民衆の救済のものになっていきつつあった。日本の仏教が庶民に広まり大きな動きが出たのはそのあとの鎌倉時代であった。

ここで少し「仏像」について述べたい。まず釈迦は偶像崇拝を禁止したが、その後の弟子たちが様々な「仏像」を生み出し世の中を混乱させた。「仏」とは「真理に目覚めた人」「悟りを開いた人」であり、それは釈迦を指していたが、大乗仏教の発達とともに、その概念を具象化するために仏の化身として様々な「仏像」を生み出した。

その「仏像」とは、本来は「仏」の像、即ち、釈迦如来、阿弥陀如来などの如来像を指すが、一般的には菩薩像、天部像、明王像、祖師像などの仏教関連の像全般を総称して「仏像」と言われている。

「仏像」は大きく、如来、菩薩、明王、天部の四つのグループに分けられる。

如来とは、仏すなわち悟りを開いた者（釈迦が元）である。釈迦如来、阿弥陀如来、大日如来、薬師如来などがある。菩薩とは、如来になろうとして修行中の人の意味である。弥勒菩薩、観音菩薩、地蔵菩薩、文殊菩薩などがいる。明王とは、密教特有の仏像で仏を守る役目の不動明王が典型である。顔は憤怒の相、怒った形相をしている。その他孔雀明王などがいる。天部とは、古代インドのバラモン教の神々が仏教に取り入れられ、仏法を守護する者の総称である。毘沙門天、大黒天、吉祥天、弁財天などがいる。それぞれ役割分担があり、北方の守りに毘沙門天、現世を生きる人間にも利益をもたらす大黒天、美人で財宝をもたらすのは弁財天である。

大乗仏教の宇宙論では世界は現世だけではなく浄土もあるし畜生道も地獄道もあり、それぞれ全てに如来がいて如来は釈迦としての形で現れたと考えられている。如来が悪いものをやっつけるときは明王となり、その一番偉いのは不動明王とも言われ、もともとはヒンズー教のシバのことである。そのようにいろいろな形で秩序なく、都合よく広められたのが日本の仏教・仏像の実態であろう。

何度も繰り返すが、釈迦は来世については語っていないし、偶像崇拝を禁止している。既に、中国から伝来した日本の仏教は、釈迦の教えから大きく乖離している。

鎌倉仏教の発展

平安末期から民衆に大きな広まりを見せた仏教は、鎌倉時代に入り急激に発展を見せた。新興の武士や農民たちの求めに応じて、新しい宗派である浄土宗、浄土真宗、時宗、日蓮宗、臨済宗、曹洞宗が生まれた。鎌倉仏教は主に比叡山で修行を積んだ僧侶たちが中心となって発展させた。

開祖はいずれも比叡山延暦寺で天台宗を学んだ僧侶で、浄土宗、浄土真宗、時宗、日蓮宗は「旧仏教」から生まれたもので、臨済宗、曹洞宗は中国から新たに輸入された仏教（禅宗）である。

六宗とも教説も成立の経緯も異なっていた。禅宗では「旧仏教」の要求するような厳しい戒律や学問、寄進を必要とはされなかった。ただ、ひたすら信仰することによって在家のままで救いにあずかることができると説く点で一致していた。

民衆に広まりを見せた鎌倉仏教は、

◆易行《いぎょう》……厳しい修行ではない

◆選択《せんちゃく》……救済方法を一つ選ぶ
◆専修《せんじゅ》……ひたすら打ち込む

の特徴を持ち民衆に受け入れやすいものとなっていた。特に浄土系の浄土宗、浄土真宗、時宗は念仏を重視し「他力易行門」と称し、禅宗（臨済宗、曹洞宗）の実践する座禅を「自力」で難行であると批判した。しかし、座禅も念仏と同様に「専修」としての共通する鎌倉仏教の要素を持っていた。

日蓮宗も同様の要素を持つが、浄土系に反発し、人々を救う釈迦の教えは法華経にあるとして「南無妙法蓮華経」という題目を唱えることを「専修」とした。

浄土宗は天台宗の僧侶の法然が始めたものである。法然は、阿弥陀仏が唱える多くの「行」の中から最も平易な「念仏行」を選び、人はただひたすらに「南無阿弥陀仏」の念仏を唱えれば救済されると説いた。「南無」とは、私は帰依いたしますとの意味である。

法然は浄土門以外の教えを「聖道門《しょうどうもん》」として批判した。「聖道門」とは、「浄土門」に対する言葉で様々な修行を通して、自力によって成仏することを説く宗派のことであるが、仏僧たちは戒律を学びながら実際は退廃した生活を送っていると批判した。

『選択本願念仏集』は、法然の教えを弟子に記させた著作である。末法の世において他力本願がいかに優れているかを説いた。総本山として、法然の月命日に開かれていた知恩講をもとにして知恩院を創建した。

法然の弟子である親鸞は、師の教えをさらに徹底させて稲田の地で『教行信証』を著述し、絶対他力を唱え、阿弥陀仏を信じる心さえあればよいとした。犯した罪を自覚する煩悩の深い者（悪人）こそ、むしろ、仏が救おうとする人間であるという「悪人正機説」を説いて、東国の武士や農民に受け入れられた。

その教えが浄土真宗となり、総本山は本願寺である。90歳で没した親鸞は、自らの生涯を罪業深き一生であったとし「遺体は灰にして賀茂川に捨てよ」と遺言した。また。僧侶の中で公に妻帯、肉食を実践した最初の僧侶である。

時宗は、浄土宗を学び、平安時代の口述念仏の祖と称される空也を先師とし、古代以来の念仏聖の活動を受け継ぎ「遊行上人」と呼ばれた一遍によって開祖された。一遍は寺を作らず、その場に居合わせた人が作る集団で説教をした。一遍は自らの著書は全て焼き払った。その後の弟子が『一遍上人語録』としてまとめたものがある。また、遊行上人4世と呼ばれる呑海が神奈川県藤沢市に創建した清浄光寺が本山と言われている。

以上の浄土系門宗派は、浄土三部経（無量寿経、観無量寿経、阿弥陀経）に基づき念仏を唱えることを宗教活動の中心に捉えている。

次に禅宗系で、禅宗は座禅を修行の中心に置く宗派で、言葉では意思は伝わらないという立場をとる。その始祖は、南インド出身の達磨が中国に入り教えを伝えて成立したとされている。その主な宗派は臨済宗と曹洞宗である。

臨済宗は、唐の臨済義玄を宗祖とする。日本では、中国から臨済宗を伝えた栄西に始まり、その後複数の祖師たちが、それぞれの清規（禅宗の集団規則）を伝えたため分派は多い。その中では妙心寺派が最大である。本山は建仁寺である。

曹洞宗は中国に渡り印可を得て帰国した道元に始まる。「只管打坐《しかんたざ》」つまり、ただ、ひたすら座禅を組み瞑想にふけることの教えを専らとする宗風を鼓舞した。本山は永平寺と総持寺である。永平寺は福井県にある。

総持寺は瑩山紹瑾《けいざんしょうきん》が開いた寺で道元の曹洞宗が一度滅びかけたが瑩山が復興させたものである。曹洞宗は日本にある宗派の中では自力の出家主義で一番釈迦の教えに近いのではないかと思われる。

そうではなく法華経が最も大切で釈迦の考えに近いとした過激な宗派として日蓮宗がある。日蓮法華宗とも称した。開祖は日蓮で、身延山久遠寺を本山とする。法華経を唯一の正法とし、時間と空間を超越した絶対の真理とするものであり、他の教義や信仰は否定される。題目（「南無妙法蓮華経」）は真理そのものであり、そのまま全宇宙を表す曼荼羅とされ、日蓮は中央に題目を記して周囲に諸仏・諸神の名を配した法華曼荼羅を本尊とした。

仏教宗派の中では、日蓮宗は異端であった。その要因としては、他宗派に対しての排他性にあった。ただ、ひたすら「法華経」を重視しその他の経典を無視した。一種、日本仏教の中の一神教的性格を持っていた。独断的であり、他の教えを認める寛容さに欠けていた。そのため狂信的な信者がいた。

日蓮は鎌倉時代中期の各仏教宗派を「四個格言」として、「真言宗は国を亡ぼす」「禅宗は天魔の所業」「念仏宗を信じれば無間地獄行き」「律宗の僧は国賊である」と排撃した。お寺から威勢の良い読経や唱和が聞こえてくれば大体が日蓮宗のお寺である。お題目を唱えるときには太鼓を鳴らすなど独特の「空気」を持つ。

また、他宗派との大きな違いは、浄土宗系が極楽浄土で救われるとしたのに対し、日蓮宗はあくまで現世救済が重要とした。

ところで、この時代の葬儀について見てみたい。貴族や上級武士の葬儀は行われていたが、それまでの庶民の遺体は川原や野原などに放置されていた。それがあまりに酷いため、鎌倉幕府から遺体放置禁止令が出された。一方、鎌倉仏教の庶民への布教活動の結果、埋葬の習慣が定着しつつある時代であった。

ただ、費用のかかる火葬は行われず、田畑の片隅や村落の共同の土地などを墓地として遺体は土葬されていた。そして集まって念仏を唱えていたようである。当然ながらこの当時の宗派では、偶像崇拝も勧めず葬儀形式についても特に語っておらず、またこの頃も、戒名、法名などは庶民には無縁のものであった。道元などは仏教を金儲けの道具にするのはもってのほかと述べている。

現在のように在家信者に戒名、法名を与えたり、階級をつけるなどは論外であり、平等主義から外れた話で本来の仏教とは相いれないものである。そもそも、戒名・法名は仏門に入る出家者のもので、在家信者には縁のないもので、それに階級を付け料金体系が異なるなどあり得ない話である。

いずれにしても鎌倉時代において仏教は大きく広まり日本の仏教の完成を見た。その後にも新興宗教などの台頭もあり、日本仏教の骨格は鎌倉時代に完成したといえる。また、新たに台頭してきた武士階級や一般庶民にも広まった。

親鸞以前と以後の僧侶には違いがある。それは仏教の僧侶は結婚をしてはいけないのだが親鸞は結婚した最初の僧侶である。浄土真宗本願寺派及び大谷派における歴代のトップ（法主や門主）には親鸞の子孫がついている。妻帯以外にも肉食も禁じていなかった。

現代では、僧侶が妻帯したり肉食をするのは当たり前で、無戒に近い状況になっている。その傾向は江戸時代の檀家制度で強いものになり、明治時代になって政府が結婚をしてもよいとの太政官布告を出したからであるが多くの僧が妻帯をした。本来の宗教の教義上は結婚するのはおかしいことである。

結婚することにより、末寺の住職は世襲制となり、特に宗教を学ばなくとも、また出家しなくても、実力がなくとも自動的に住職となるなどにより、僧侶のレベルが下がり寺の堕落が始まったようである。檀家制度で得た権益の継承のためにも結婚することに意義があった。

そのような批判を受けないためにも、宗教従事者はもっと宗教を学び、正しい教え、教義を信者に伝える態勢を構築するべきであろう。また特権的な特殊社会を宗教界に作るべきではない。

南北朝・室町時代・戦国時代の仏教

鎌倉時代に、日本の主要仏教が興り一気に庶民まで浸透した仏教は、次の時代においては各宗派とも民衆の力を得て拡大の時代であった。その中で禅宗は武家層にも広まり水墨画・書院造・茶の湯・生け花などの後世に残る文化が生まれた。また室町幕府に保護され禅の五山が定められるなど仏教を通じて武家文化と貴族文化が融合し北山文化（足利義満の金閣寺など）・東山文化（足利義政の銀閣寺など）が花開き、室町文化に大きな影響を与えた。

都市部の商工業者間では日蓮宗が広まり、庶民の間では曹洞宗が広まった。臨済宗は幕府に保護され、建長寺・円覚寺・寿福寺・浄智寺・浄妙寺の鎌倉五山は、南禅寺・天龍寺・相国寺・建仁寺・東福寺と京都五山にその場所を譲った。浄土真宗は蓮如が講と呼ばれる信徒集団を形成し一向宗とも呼ばれ、武力も備え戦国大名に匹敵する勢力まで拡大した。

蓮如の布教活動によって、本願寺の勢力が地方にどんどん拡大していった。この動きでそれぞれの地域が結束して独自の勢力を持つようになった。そのため、農村を支配しようとしていた大名と浄土真宗の門徒集団がぶつかるようになり、各地で一向一揆が起こるようになった。その代表的な一揆に加賀の一向一揆がある。

日蓮宗は、東国の地方武士を基盤にして発展したが、更に京都に進出し公家や商工業者に信者を得た。財力を蓄えた商工業者は京都を戦火から守るため法華一揆を組み、自衛のために戦ったこともあった。この時代は各宗派とも信者拡大のために布教活動を活発化した。

日蓮宗の日親は京都一条戻橋で辻説法を始めた。日親の厳しい折伏（布教活動）が反発を買った。また足利義教に他宗排斥を主張して怒りを買い投獄され拷問を受けた。その拷問は「鍋かぶり日親」と呼ばれ、赤く焼けた鉄鍋を頭にかぶせられその鍋が頭から外せなかったそうである。

どの時代のどの国でも、宗教は時の権力と結びつき、その闘争に巻き込まれる傾向にあるが、日本の仏教史の中でも、室町時代はその傾向が強く感じられる。

1467年の応仁の乱に始まり、室町幕府の崩壊までの戦国時代には、幕府は勢力を失い、各地の武将たちが領地拡大に走った下剋上の時代であった。多くの領主たちは一向宗と手を結んだ。

だが、天下人を目指した織田信長、その後継者豊臣秀吉は、一向宗を徹底的に弾圧した。伊勢長島の願証寺は信長の大虐殺で壊滅し、石山本願寺が落とされて以降、浄土真宗は大きく勢力を弱めた。その後、浄土真宗は、本願寺派の再起を嫌った徳川家康によって、東西本願寺派として分裂させられた。

信長はまた比叡山を焼き打ちするなど、仏教寺院の勢力を徹底して排除した。一方で秀吉は、紀州根来寺の壊滅や刀狩りを行うなど僧兵の排除に努めたが、逆に本願寺や比叡山、高野山、興福寺などの復興を援助し、奈良の大仏をも凌ぐ方広寺大仏を京都東山に建立するなどの懐柔策を取り寺院勢力との関係修復も図っている。

室町時代の後期から武家権力に翻弄されて衰弱していた仏教は、イエズス会のフランシスコ・ザビエルが来日しキリシタンが伝来したにもかかわらずその教えに対抗する手段を持たず、形骸化し、新しい時代に生き延びる道を模索していた。

江戸時代の仏教と宗教

豊臣秀吉の後を継いだ徳川家康は、寺の軍事力を削ぐため寺院諸法度を制定した。1601年に高野山に対し初めて出された。また、個人に対してはいずれかの寺院に登録をさせる寺請制度（主にキリシタンを取り締まる制度）を作り、仏教の布教活動を実質的に封じた。更に、最大の仏教勢力であった浄土真宗に対しては、真宗内のお家騒動を理由に東西に分裂させ勢力の弱体化を図った。

徳川幕府の仏教政策作成には、南禅寺の崇伝と天台宗の天海が関わったことで有名である。崇伝は家康の信任を得て駿府に赴き、宗教政策全般に関わり外交文書を起草したとされ、天海は家光に至る徳川三代の宗教顧問として尊重され、家康の没後、家康を東照大権現として日光東照宮に祀り江戸の鬼門に上野寛永寺を造営して盤石な幕府の礎を築いた。

寺請制度の結果、僧侶たちは信者を獲得する努力は不要となり、生活を保障される一方で、布教の余地が無くなり、骨抜きにされていった。江戸時代のこの制度が寺院と庶民の関係を深め、葬式と法事を主な仕事とする葬式仏教の起源となり、現在に至っている。

一方、徳川幕府は権力の維持のために仏教の思想も都合よく変化させた。その影響が現代の法事、葬祭、習慣として冠婚葬祭の中にも表れている。江戸幕府の仏教を利用した政治が仏教の思想的衰退に止めを刺したのである。それにより江戸仏教は釈迦仏教からは更に乖離したものとなった。

幕府が仏教を政治利用した具体的内容は、本末制度と檀家制度の導入である。本末制度とは、総本山➡大本山➡末寺の体制を作り上げ、各寺院を上下関係の中に組み込んで、総本山などに人事権などの権限を与えて、末寺を支配させるという寺院の間の制度で、幕府は末寺までの管理を支配下に置いた。

檀家制度とは、人々をいずれかの寺院に檀家として登録させ、宗旨人別帳という今で言う戸籍なるものを作り、それで人々を管理した。その制度はキリシタンの把握、土着の小作農の定着化による年貢の取り立てなどに寺院を利用し幕府の治世の基本とした。これで庶民の管理も幕府の管理化に置いた。

一方、寺院側も幕府との密接な関係を利用し、寺院の経済的安定を得ることができたために、仏教を学ぶとの姿勢は薄れ、僧侶の堕落に繋がるケースが見られた。僧侶は尊大となり、戒律を守らず贅沢に陥り幕府の官吏として反感を買い、林羅山、藤原惺窩などの儒学者(朱子学)から仏教批判が起こった。林羅山が上野忍ヶ岡に建立した学問所昌平黌《しょうへいこう》(湯島聖堂)が有名である。あるいは山崎闇斎のように禅僧から朱子学に転向する人々も現れた。

また、江戸中期以降には、国学が興り本居宣長、平田篤胤らの学者が登場し、仏教批判をした。国学とは儒教や仏教が伝来する前の古神道による社会を理想として、日本固有の思想・精神を究めようとする学問である。神国への復古を叫び、多くの人々の共感を呼び、維新の王政復古運動へと結びついていく。

そのような徳川幕府の体制強化の発端の一つに1637年に発生した天草四郎による「島原の乱」がある。それはキリシタン教徒3万人の武装蜂起で、幕府はその教訓を生かして全国民を仏教で囲い込み、キリシタンと不受不施派（日蓮宗の一派で他宗派からお布施の授受を禁じた）を禁止する制度の強化を図った。

それが寺請制度であり檀家制度である。そのことが、士農工商などの身分制度による差別の発生、寺院は檀家という安定的顧客をつかみ経済的地盤を確立させ、本来の役割から逸脱し堕落した。

士農工商とは、紀元前1000年頃の古代中国で用いられた四民のことで、「四民に業（職業）あり」と言われ、職業概念である。四民平等が基本である。日本には奈良時代に取り入れられ、戦国時代に兵農が分離され、江戸時代になり、「士」が支配者層として地位を強化され身分制度としての概念が定着した。

身分制度の概念が定着するとともに、農工商の不満を解消するために、その下に非人・穢多を位置付けた。本来は、士農工商は職業概念であるが、それらに属さない職業を生業とする人々を非人・穢多とした。そしてそれが身分の上下であるかのような体制として作り上げ、不満のはけ口に利用した。その幕府の愚策が後世に大きな問題と意味のない差別概念を植え付けてしまった。

即ち、「士・農・工・商・非人・穢多」は、本来、職業分類であるが、徳川幕府が世の混乱を収めるための施策により、身分制度とされてしまった。また、その職業分類は、奈良時代には既にあったものである。従って、差別の意識を持つことは全く意味がない。そして、明治4年にその身分制度は廃止されたが、翌年に壬申戸籍《じんしんこせき》が生まれ、非人・穢多は「新平民」とされ、身分制度の概念が残ってしまった。戸籍の閲覧も自由であった。

それが、現在に至っても、「被差別部落」「同和問題」などの「偏見の目」が向けられ、根拠のない差別に悩む人がいることは悲しいことである。それらも権力者が体制の拡大、維持に走った利己的な行動である。釈迦の教えである「人間を平等に扱う事」に真っ向から反する行為である。

さて、寺院は幕府の方針のもと檀家の冠婚葬祭のみを営めば安泰となったため、仏教の教えを広め実践するのでなく死者の弔いとその後の儀式だけをすれば寺院は安定し、俗に葬式仏教という名を頂くほど堕落する結果となった。つまり「寺院」と個人の「家」の関係が結びつき寺院が祖先崇拝の役割を担った。それにより仏教に儒教の教えが大きく取り入れられることになった。

江戸幕府は指導原理を儒教とし統治手法を仏教寺院で行ったため、その後の日本人の精神面でも統一性のない不合理なものになるなど、大きな禍根を残すことになった。また、冠婚葬祭などの習慣も江戸時代に様々な宗教を都合よく組み合わせ作られたために、一貫した根拠もなく存在することになったのである。

例えば、本来先祖崇拝と仏教の関係はないが、庶民に縁のなかった個人のお墓を寺院に作るようになり先祖崇拝も寺院が執り行うことになったため繋がりができた。そして葬式も僧侶が取り仕切るようになり、その後の法事も担うことになった。

江戸時代の僧は宗旨人別帳で人々の戸籍管理する「地方公務員」であり、難しい漢文で書かれたお経を読む「学者」の身分を兼ね、現在でいう特権階級であった。学者であれば、お経が何を言っているのかその中味を判りやすく信者や檀家たちに説明するべきであろうが江戸時代の僧侶には無理であったようだ。恐らく、現在も大半の僧はそうであろう。

ある説では、明治初期の「廃仏毀釈」は、「仏教は社会統合観念にはならない」「庶民もバカにしている」という二つの理由から山崎闇斎らが仏教を捨て、朱子学に走ったように、庶民が寺や仏壇に火を放つほどの暴動を引き起こした。よほど仏教に対する不満が大きかったからであろうと言われている。

江戸時代の経済は米をベースに作り出された社会である。大名の大小、給料の多寡も全て米をもとにした社会であった。その担い手である百姓を多く抱える必要があり、その移動を極力抑えなければならない。それが宗門人別帳で管理を行い地元の寺院を使った冠婚葬祭のしきたりで土着民を定着させ各地を支えていた。寺院はその制度のお蔭で寺院の住職の世襲制度を作り、富の蓄積が可能となると共に寺院の腐敗が始まった。

本来の仏教の教えを学ばず、世襲と檀家のお蔭で葬式仏教のみで寺院が維持されるという体制を江戸幕府は作ってしまった。日本に伝わっているのは大乗経典に基づく仏教であるが、その経典は釈迦の死後４００～５００年後に編集されたもので、釈迦の思想を反映したものではない。釈迦は決して死後の世界を語っているわけでもなく現在のような葬祭儀式を唱えたわけでもない。

親鸞も自分が死んだら遺灰は賀茂川に捨てろと言っている。仏教では肉体はそのままにしておけば鳥や獣の餌になり植物の肥料になり自然に溶け込み、新たな生命を生み出す助けになるとの考えである。だが一般的には僧侶の教えでは死者はそう考えずお葬式をしてほしいと思い迷わず成仏するため、家族は葬式、供養をするものだと教えている。

だが、現在の葬式、戒名、法名、法事などの意味を檀家に十分に理解可能な形で説明できる僧侶、寺院がいくつあるだろうか、一方葬式、戒名、お布施の高額化は寺院の維持のため僧侶の欲のために利用されているのではないだろうかと思いたくもなる。

我々一般の市民を先祖のためだとか、死後の世界だとか、未知の恐怖を道具に金儲けをする宗教に対し、いい加減我々も気が付くことが必要ではないだろうか、先達の偉人の教えとは全く違う状況になっている今の宗教に振り回されるのはやめにしようではないか。

今日本に入っている宗教としての概念は、仏教の要素が最も強いものであるが、日本のような多神教的な世界では種々の要素がからみ、独自の民族的宗教となっている。一昔前の日本の庶民生活から現代に至るまで見てみると日本独自の慣習が残っているような気がする。いわゆる思想的に統一性のない暮らしぶりである。その結果を少し述べてみたい。

まず暦であるが、明治6年に西洋諸国の太陽暦（グレゴリオ暦）を突如採用した。その背景には政府の財政難で新暦を採用すれば月数が一時的に減少し給料支払いが節約できる効果があったそうである。その導入には十分な検討がなされていないため、自然に神の姿を見る和文化が凝縮されている旧暦が突如無くなったため、新暦の採用後も太陰太陽暦は旧暦として現在も利用されている。

太陽暦は、太陽の動きを元に作り、旧暦は、月の満ち欠けを元にしている。旧暦は「天保暦」と呼ばれていた。だが、旧暦で行われていた習慣は、現在の生活の中でも生きている。例えば、「中秋の名月」、旧暦では8月15日（新暦9月の満月の日）の夜の月を言い、「七夕」も旧暦の7月7日の名残である。お盆は旧暦では7月15日前後で、8月15日前後は月遅れ盆と言われ新暦である。

更に「暦注《れきちゅう》」があるが、それは先勝、友引、先負、仏滅、大安、赤口の六曜を指し七曜に機械的につけられるものであるが、幕末の頃から吉凶を関連づけて言われるようになった。しかし、それは迷信であって何の根拠もない。だが現代でも日々の吉凶を判断し田植えから漁にふさわしい日を知り、ついでに方角の善し悪しも判断することに使われている。

次に1年の主な宗教年中行事を述べてみたい。

初　詣……大晦日に寺院で煩悩をはらうため108回除夜の鐘を聞き、元日には老若男女・善男善女が自分の信仰とは縁が薄い寺院や神社に行き新年を祝い、祈禱や祈願を行い1年の平安を願う。正月は1日の大正月と15日の小正月がある。大正月は神道的色彩、小正月が仏教的色彩を残している。

節　分……新暦の2月3日に災難厄疫を追い払う。「鬼は外、福は内」の呪文を唱え、疫病や災害を退散させる呪物として豆をまく。元々は四季の分かれ目の4回を指していたが、現在は立春の前夜のみで寺院でも神社でも行われる。従来は宮中行事であったが、江戸時代から民間にも広まった。

彼岸会……いわゆる「お彼岸」で、春分と秋分の日を中日として、前後各3日の7日間の法会のこと。先祖を供養しお墓に詣でる。各寺院では彼岸会の法要を営む。この行事は、日本古来の行事でインド、中国にも見られない。従って、仏教とは縁のない行事である。

盂蘭盆会……いわゆる「お盆」である。一般には7月ないし8月の13～16日で13日が「迎え盆」、16日が「送り盆」と呼ばれる。先祖の霊が帰ってくると言われ、供養をする。道教に基づく先祖崇拝であるが、後に儒教と仏教と結びついた。

除　夜……12月31日の午後12時頃から元日にかけて、過ぎ去った1年を反省して、一〇八つ（煩悩の数）の「除夜の鐘」がつかれる。先祖を祀り家族の1年無事であったことを感謝する。そして「年越しそば」を食べる。そばのように細く長く生きることを願う。

以上は、主な年間宗教行事であるが、日常生活では更に様々の催しものがある。

お祭りがくれば身を清めてハレの行事に臨み、お寺では数珠を手に持って拝し、神社に行けばパンパンと柏手を打つ。年末に煤をはらい、年越しそばを食べ、お寺で除夜の鐘を打つ。正月には門松（神）をたてて、雑煮を食べ、神社に初詣をして1年の平安を祈る。節分には豆をまいて邪気を払い、お彼岸には儒教に従い墓参りをし、盆には先祖供養のために僧侶に読経をしてもらう。

田んぼが実る頃は秋祭り、結婚すれば三三九度、安産は神社参り、男は42歳、女は33歳の大厄では神社かお寺で厄払い祈願、病気になったら病気によく効くという神社やお寺へ参拝、60歳を超えると赤いチャンチャンコを着て還暦を祝う。臨終の時は枕経、親戚が集まり通夜、戒名をもらい初七日から四九日そして三三回忌が過ぎれば、先祖の世界に入る。

最近の日本では、葬式仏教化により吉事は神社で、凶事は寺院でとの棲み分けが大まかにあるようだが、信仰の関係でお葬式が神社でも行われることもあるようである。統一性がない。そのいい加減さが日本の長所かもしれない。

更に近代では、12月25日はクリスマス、2月14日はバレンタインデーなど数えきれないほど一生のうちには行事、しきたりがあるが、こうして見るといかに一貫性が無いかがわかる。節目節目で、神が見え、仏が見え、儒教が見える。そして時の組織・権力者がお金儲けのために様々なしきたりを都合よく作っているのが垣間見られる。

我々もその背景をよく知り、理解した上で受け入れなければならないと思う。それはそれぞれの人の価値観、信念による決断であると思う。行事やしきたりが悪いのではなく、よく理解し臨むことが大事である。

　江戸時代に様変わりした仏教は、現在でも大きな変化はなく日本人の生活に浸透している。日本人は無宗教であり、宗教的生活とはあまり縁が無いと思っているかもしれないが、どっぷりと宗教の行事に漬かっていることを認識しなければならない。そのような事例を明治以降の慣習から更に述べてみたい。

明治以降の日本の宗教

明治以降の日本の宗教は、本居宣長ら国学派に影響された長州藩・薩摩藩を中心とする新政府によって左右された。まず、新政府は神道重視への政策転換を図った。明治初年に新政府の神道国教化政策に基づいてなされた廃仏毀釈で仏教の排斥、寺院・仏像・仏具などの破壊運動が起こった。

従来の神仏習合によって神社と寺院が共存する形態が分離され、仏教寺院が大打撃を受け寺院数も大きく減少した。一方では日蓮宗などの不受不施派やキリスト教は解禁された。

文明開化政策の中で、仏教界も変貌を見せた。仏教の変遷過程を歴史的視点に立ってみる研究も進み、村上専精や姉崎正治らによって大乗非仏説論が唱えられた。その後、和辻哲郎、西田幾多郎といった仏教思想を背景に哲学的考察を行う思想家も現れた。

日蓮主義者の中からは、田中智学、北一輝など国粋主義的な活動をする人が出た。彼等の活動は昭和の国家主義者の先駆けとなり、その他の仏教教団も昭和に入り、戦時色が強まると、国家主義に迎合しなければならなくなり、政治色を帯びたものとなった。ここでも、政治に宗教は翻弄されていた。

以上のように、明治維新以降は様々な批判の中で、仏教は衰退を余儀なくされ、江戸時代から寺院の数は半減したと言われている。だが、徳川幕府によって250年余りも、政治利用され、葬式仏教化されてきた江戸仏教のしきたり、習慣はその後も、国民の生活に浸透し続け今日まで至っている。

一方、明治以降に多種多様な宗教団体が生まれた。それらは既成の宗教組織を引き継いでおらず、新たな教義を掲げて伝統仏教から自立したもので、新宗教と呼ぶ。一つの典型的な形態としては、教祖的人物の天啓や神がかりにより創始され新たな宗教として体裁をなし、組織的教団になっていくようなものがあげられる。

新宗教として代表的な団体には創価学会、天理教、世界救世教、生長の家、PL教団、霊友会、顕正会、幸福の科学、真如苑などがある。現在、日本の宗教団体は法人格を取得しており、その数は、平成23年度で約18万2000団体に上っている。

新宗教は、一部には政治まで影響を与える団体もあるが、大半は団体内に属する信者間での取り決め、慣習などにより一般世間に対する影響力は限られたものとなっている。やはり現在において、圧倒的な影響をもっているのは、従来の伝統宗教で、特に江戸時代に確立し、葬式仏教化した日本仏教が今日の日常生活に影響を及ぼしているのは否定できず、その在り方が今、疑問視されているのは間違いない。

日本の冠婚葬祭と葬式仏教

冠婚葬祭とは、人が生まれてから亡くなり、死後も含め行われる家族的な行事のことを指す。日本では、人生の節目での行事及び死後の扱い方を指し、滞りなく行うことで一人前と見なされる風潮がある。その中でも、葬祭が重視されるようである。葬とは、葬式で、祭は、先祖の霊を祭ること（法事、お盆など）を指す。

日本の葬式仏教は、本来の仏教とは大きくかけ離れ、葬式の際にしか必要とされない現在の形骸化した仏教のことである。釈迦は弟子に「死後の遺骸の処理は」と問われた時、「僧侶は手を出すな、僧侶は真理の追究に専念せよ、供養は在家の信者がしてくれる」と答えたといわれている。

日本では当初豪族・貴族などの上層部のものであった仏教が鎌倉時代に庶民の間に浸透した。その当時の葬儀は、僧侶は関係せず、一般的には村社会で行う在家の葬儀として行われていた。ただ、精神面では、儒教と習合した中国仏教の「先祖霊の崇拝」が基本であった。

その葬儀が、現在のようになったのは、徳川幕府が定めた檀家制度による。それまでの葬儀は村社会の在家が中心に執り行っていたが、檀家制度で寺の僧侶による葬儀が一般化していった。更に、元々、日本にも先祖霊崇拝の文化があったので、寺院も違和感なく従来の葬儀を取り入れ定着した。

このように、葬式仏教は、儒教の「先祖供養」「位牌」「墓参り」「お盆」を取り入れ、日本独自の葬式仏教ができ、現在に至っている。更に、神道なども加わっている。その違いを述べてみたい。

①「振り塩」は清めの塩であるが、死を穢れと見る神道由来の考えで、仏教の教義に反する。最近では、浄土真宗派は死を穢れと見ないため、浄土真宗系の葬儀では、清めの塩は廃止されている。
②「告別式」は友引を避ける。それは友を引かないとの配慮によるが、六曜の一つで六星を旧暦各月の朔日（1日）に順番に付けるもので、何ら根拠がなく、江戸時代に広まったとされている。六曜と仏事は関係ない。
③「お墓」「位牌」は儒教の考えであり、「空」「無常」を説く仏教の世界では、不要である。
④「法事」も本来、中国儒教の教え（道教との説もある）で仏教にはない教えである。当初の法事は、紀元6世紀に仏教が伝来した同時期に中国から儒教の教えとして持ち込まれたもので、「十王信仰」と呼ばれ、初七日～四九日（計7回）、百か日、一周忌、三回忌の計10回の供養である。
鎌倉時代には、日本で七回忌、一三回忌、三三回忌を追加して、「十三仏信仰」の計

13回の供養になった。因みに、神道では、三三回忌をもって荒御霊が和御霊（祖霊）になるとの教えがあり、ここでも、葬式仏教は神道と習合している。

また、「法事」の本来の意味は、死者の生前の行いを計7回の裁判（閻魔大王もその一人）により、悪行・善行の判断を受け、四九日の満中陰に判決を受け、輪廻転生の六道の中から死者の向かう世界が決まるとされている。そのために、法事は残された家族が、死者が四九日に無事天国に行くようにお祈りする行事とされている。

その後の供養についても、死者（仏）が天国にいることを前提に、引き続き天国に居続けるようにお祈りする行事とされている。これらについては、釈迦は一切話をしていない。

⑤「お盆」とは、和暦（天保暦など旧暦）の7月15日（新暦8月15日の月遅れ盆）に行われる先祖の霊を祀る行事である。釈迦の教えからは、説明できない行事である。

以上のように、日本の葬儀には、仏教系の僧侶が、時には、儒教、神道、道教、陰陽道を取り入れた形での葬儀を執り行っている。その事を、僧侶はしっかり認識しているのだろうか。また、知っていればそれらを檀家などに説明しているのだろうか。少なくとも、私が経験した数多くの葬儀でそのようなことを、感じたことが無い。

僧侶たちは、立派な衣服に身を包み、法外なお布施を要求し、パソコンで作り上げた戒名、法名、卒塔婆などに高額な料金を取り、安定した生活を営んでいるのではないだろうか。日本の仏教の内部からの自発的改革を望みたい。

次に、仏教以上に荒唐無稽な言い伝えである日本の神話についても述べてみたい。ただ日本の神話の場合はあまりにもあり得ない事柄が多いので昔話としては面白いもので興味を持てる一方、あまりにも現実離れしているため、現実の生活の中では実害は少ないと思われる。だが他の宗教は妄想と現実を混在させている部分があり、それが問題である。我々はそれをしっかりと見極めなければならない。その概略を述べていきたい。

日本の神話

日本の神話は『古事記』（712年、太安万侶の撰、日本最古の歴史書）と『日本書紀』（720年、舎人親王の撰）に記されており、最初の部分は世界誕生の頃の物語である。本来、日本各地には出雲を始めとして何らかの信仰や伝承があった。それらの神が形を変えられて「高天原《たかまがはら》神話」に統合されたと見られる。また、後世まで、中央権力に支配されなかったアイヌや琉球は独自の神話を持つ。

最初に、高天原「天津神（高天原から天降った神の総称）の住まう場所」で別天津神《ことあまつかみ》、神代七代《かみのよななよ》という神々が生まれた。これらの神々の最後に生まれてきたのが、伊邪那美《イザナミ》、伊邪那岐《イザナギ》である。

イザナミとイザナギは結婚して、オノゴロ島を作り、大八州《おおやしま》と呼ばれる日本列島の島々を作った。イザナミの死後、イザナギは黄泉の国でのイザナミを見て、「穢れ」を感じた。これは日本人が神道的要素に縛られている部分で、その要素は「けがれ」であり「言霊」である。

例えば日本人は他人の使った箸や湯飲みは使いたくないが、フォーク、カレー皿は平気で使う、和食器の共有を嫌う傾向にある。日本人の一種の原始的な感情で科学では理解できない部分である。

イザナギはイザナミを見て禊《みそぎ》をした。その時、イザナギの左目から天照大御神《アマテラスオオミカミ》（日の神、神武天皇の祖先）、右目から月読尊《ツキヨミノミコト》（月の神、夜を支配）、鼻から須佐之男尊《スサノオノミコト》（海を支配）が生まれた。

スサノオは高天原で乱暴を働いたためアマテラスは天の岩戸に隠れ、スサノオは下界に追放された。スサノオは出雲の国に降り立ち八岐大蛇《ヤマタノオロチ》を殺した。その時、大蛇の尻尾から剣が出てきた。それが三種の神器一つの剣である。スサノオは奇稲田姫《クシナダヒメ》と結婚した。そのスサノオの子孫である大国主命《オオクニヌシノミコト》（出雲大社の祭神）は葦原中原《あしはらのなかつくに》（日本のこと）の国作りを始めた。

アマテラスの子孫ニニギの子に海幸彦、山幸彦がおり、山幸彦が海神の娘と結婚し、ウガヤフキアエズという子をなした。その子がカムヤマトイワレヒコで後の神武天皇（初代天皇）である。カムヤマトイワレヒコは畝傍橿原宮の山麓で即位した。以降の神話は天皇家が主人公のため、神を主人公とする神話と異なり、歴代天皇の実在を確認できる部分もあり、神話と史実との判定については、諸説が存在する。

今、この天皇家の誕生神話を書いているが、あまり違和感がなく述べている。この部分は、アブラハムの物語、キリストの誕生、モハメッドの物語と比較し同様の内容である。日本人である私から見れば、天皇家の物語は受け入れられるが、他の宗教の物語は荒唐無稽と言ってしまう。

そのことは、私も両親から天皇のことを聞き、少年時代に天皇の行幸で興奮する民衆あるいは新聞報道を見て育った一種の幼児洗礼の影響かもしれない。大人になってからいろいろなことを知った上でも簡単に修正できるものでもない。それほど育った環境、家族の関係で思想的なものは決定されてしまう。それ故我々はお互いの考え方を理解し、受け入れなければならないのであろう。

神道とは、日本民族の古来の習俗に由来する自然信仰、祖先崇拝を基調とした信仰を総称したものであり、「神社」に象徴されるように日本人の民間信仰が長い年月をかけて体系化され、特に明治以降宗教として意識されるようになったものである。様々な伝承があったと同時に、天皇家自体が連綿と続いてきたため比較的体系化しやすい環境にあった。

神社神道はキリスト教、イスラム教のように経典は存在しない。神道には「水に流す」という日本人の一つの価値観があるが、それは「穢れを全部水に流すと人間は良くなるとの考え」が神道にある。

他国からの恨みも「水に流す」で許す国民性もある。例えばソ連の日本人シベリア抑留、アメリカの原子爆弾も恨みとしては強くない。ところが、韓国人や中国人にはそれがない。ただそれは日本人独自の価値観で他国には期待できない考えかもしれない。お互いの考え方の違いを知ることが国際的相互理解につながるのであろう。

この本を書いている今日は、2014年8月5日である。今から70年前のこの日は、第二次世界大戦中であり、オーストラリアのカウラで日本人捕虜脱走事件が起こった。それは捕虜収容所の脱走事件としては史上最多の人数（日本人収容者1104名のうち、545名が脱走）であったと見られている。

大戦中の日本軍は、戦陣訓に「生きて虜囚の辱めを受けず」という一文がある。日本の兵隊には、捕虜となることが一番不名誉で非国民と見られるとの考え方があり、集団脱走し231名が射殺された。その慰霊祭が今日現地で行われ、その時の生存者（既に91歳）がその式典に招待されたとの記事があった。

その式典に出席していた人の話していた言葉が印象に残った。それは「私は、戦後70年の慰霊式典に招待されて感激しています。戦友の供養ができたことをうれしく思うとともに、今、日本とカウラが悲しみを乗り越えて親しい関係であることをうれしく思います」との言葉であった。私はこの91歳の日本人を誇りに思った。これは、まさしく日本人の持つ国民性であると思う。この心を持ち続ければ世界から争いはなくなるのではないだろうか。

話を戻そう。このような背景のもとに日本の宗教自体の統一性がないものであった。そもそも神道というのは、天皇家だけが中心であったわけではない。出雲大社の大国主命、北野天満宮の菅原道真、鶴岡八幡宮の源頼朝など土地ごとにいろいろな神がいた。

日本の神話は、神代（神の時代、神話時代）としてのまさに神話部分と神武天皇以降の歴代天皇など明らかに実在の確認できる記述もあり、神話部分と史実部分が混在しており、統一性のないものである。その頂点に天皇がいることにしたのが明治の「国家神道」である。

大日本帝国憲法では信教の自由を明記されていたが、政府は「神道は宗教ではない」との立場を取った。しかしながら、神道・神社を他宗教の上に置き教育の基礎とした。そして国家神道をもとに教育勅語が発布され、国民道徳の基本が示され、国家神道は宗教・政治・教育を一体のものとした。

国家神道の象徴として東京招魂社が創建された。当初は御霊信仰を基盤とし鎮魂を目的としたが、やがて慰霊、顕彰へと展開された。幕末から明治維新の志士が祭神として祀られた。その後、戦死の軍人を招魂社に祀り、これが靖国神社となった。

幕末の志士である薩摩藩の西郷隆盛は合祀されていない。西郷隆盛は徳川幕府の崩壊に至る最大の功労者である。しかしながら、西南の役で時の明治政府に楯突いたとして外されている。坂本龍馬、吉田松陰などは祀られている。

靖国神社は国民統合の精神的中核であり、戦死者を英霊として祀った。靖国神社には戦死した軍人としては戊申戦争から第二次世界大戦までの軍人が祀られている。その柱数（柱は神を数える単位）は、2004年当時で計246万6532柱に及ぶと言われている。

今、日本の歴代総理大臣の靖国神社参拝に対し、特に中国、韓国から強い反発があり、外交問題化している。私は、平和の誓いをする場所として参拝することに問題があるとは思えないし、それは内政干渉であると考えるが、彼等にはそうではないようだ。彼等の反発には、1979年に第二次世界大戦後の東京裁判でA級戦争犯罪者とされた刑死者などが靖国神社の祭神として合祀されていることに対するものである。

また、中国や韓国などとは違う死生観が日本人にはある。仏教では「何人も死して仏になる」、神道では「何人も死して神になる」との死生観がある。死者の生前の行為・行動は不問に付し平等に死後の魂を敬う。つまり「罪を憎んで人を憎まず」との考えが根底にあり、たとえ戦争を引き起こした軍人であったとしても、死後には強い恨みが無い。この死生観の違いが外交には問題となる。

中国や韓国の死生観では、死とは人間の精神を司る「魂」と肉体を司る「魄」が分離するが、「魂」は中空をさ迷っており、それが合体すれば死者が蘇ると信じられている。従って、彼等にとっては、靖国神社へのA級戦犯の合祀に拘り続ける要因も一部にはあることも理解する必要があるかもしれない。

このように明治に入り、国家神道、天皇、靖国という確固たる仕組みが作られ、そして日本の神様とは本当は仏様で、神と仏は実は同体であるという神仏習合といわれていた説を、廃仏毀釈で無理矢理引き離したのが明治政府であった。

このように時の政権に都合よくふりまわされてきた国が日本であった。悪く言えば、「いい加減な国家」、よく言えば「柔軟性のある国家」であった。しかしながら我々はその歴史をよく知り、考え、本当に行動すべき考えを自分なりに決めていかなければならない。

幸運なことにいい加減な国ゆえに日本には個人個人の自由な考えを受け入れる素地はあると思われる。その国家神道は大日本帝国時代（明治維新から第二次世界大戦）に成立していた国家宗教で大戦後GHQにより解体され政教分離された。

戦後神社本庁が設立され、神社神道（伊勢神宮を本宮とし、全国に8万カ所の神社）が再出発した。

戦前には社格制度があったが、現在は廃止、別に神社本庁は昭和23年に包括する旧官国弊社の全てを別表神社として定めている。伊勢神宮のみを別格とし、全国に353社（2006年現在）がある。

このような流れを持つ日本には、独自の宗教観があり、その中に世界で稀に見る「天皇制」なるものがある。天皇家の起源及びその後の流れの中では特に第二次世界大戦時に軍部に利用された天皇など歴史的には問題となる事柄も多いが、今の平和国家日本の中での天皇家はむしろ今後日本の統一と平和のシンボルとしての期待される部分が多々あると思われる。

私は個人的には今の天皇家が好きであり、125代続いた日本の象徴として世界に誇るべき財産であると考えている。今後は平和の象徴として日本国内だけでなく日本の最高の外交官としての活躍を期待したい。現在では天皇家は政治色と宗教色の薄い存在であろうと思われる。この政治色と宗教色に染まらない天皇家の象徴性を支持したいし、好きである。

ここで、少しだけ神話に関する語彙を述べる。

■三種の神器
天照大御神が天孫降臨の際に、ニニギの尊に「八尺の勾玉、鏡、草薙の剣」を神代として授けたと『古事記』に記されている。

知・仁・勇の三徳「鏡（知）・勾玉（仁）・剣（勇）」とも言われる。

鏡………伊勢神宮の皇大神宮に、形代は宮中三殿の賢所にある
勾玉……皇居吹上御所の「剣璽の間」にある
剣………熱田神宮に、形代は皇居吹上御所の「剣璽の間」にある

■万世一系
永久に一つの系統が続くこと。皇室・皇統について言う。男系のみが皇位を継承できるとされ、定義は以下である。

①血統のみによる世襲
②男系のみによる皇位継承
③統（天皇の血筋）が分離・対立することがない

男系のみが皇位を継承できるとする決まりは、現在の「皇室典範」にある。この皇室典範に従えば現在の浩宮皇太子殿下の御子には愛子内親王しかおられないため、皇太子殿下のご子孫が皇位継承することは不可能である。

そのため、一度皇室典範の改定の議論が持ち上がったことがあった。平成天皇で125代となる歴史の中で、10代8人の女帝がいたとの事実を根拠にしたものであった。この8人の女帝のうち、第33代推古、第35代皇極、第41代持統、第43代元明天皇の4人は天皇及び皇太

子の未亡人であり、第44代元正、第46代孝謙、第109代明正、第117代後桜町天皇の4人は未婚であった。従って、8人の女帝はいずれも独身であった。

即ち、次の男性の天皇が即位するまでの中継ぎの天皇という性格を持つものであった。結果として、女帝には結婚の権利も恋愛の自由も持たないものであった。

その規定を破るものとして騒がれた女帝がいた。それは孝謙天皇である。孝謙天皇は僧侶の道鏡を寵愛し、天皇の位を譲ろうとした事件を起こした人物である。

従って、一貫して守られていた万世一系を破る可能性のある皇室典範の改正は大いに議論になった。改正の意図は、内親王に皇位継承権を与え、その内親王から生まれた親王に次の皇位を継がせるシナリオである、そのためには内親王は結婚し御子を産まなければならない。

それは結果として、天皇の歴史上初めての女帝の結婚を認めることになる。同時にその夫の身分をどうするかの問題が出てくる。しかしこの議論は浩宮皇太子殿下の弟君の秋篠宮殿下に親王が誕生したことで現在はその論議が中断した形になっている。

個人的には、天皇家の存在は日本の貴重な財産であると考えているので、皇室典範を優先し天皇家が無くなるような事態だけは避けてほしいと考えている。

そして、これからは日本の宗教に影響を与えた他の宗教として、仏教に関連するバラモン教、中国の民族宗教の儒教・道教も少し触れてみたい。

その他の宗教

☑ バラモン教

バラモン教は古代インドの民族宗教で、古代インドの聖典である『ヴェーダ』を聖典に持つ。バラモン教にインド各種の民族宗教、民間宗教が加えられ再構成されたのが現在のヒンズー教であると考えてよい。バラモンとは司祭階級のことを言う。最高神は一定していない、儀式ごとに崇拝の対象となる神を最高神の位置に置く。

その歴史は紀元前13世紀頃に、アーリア人がインドに侵入し、バラモン教の原型が作られたことに始まる。紀元前5世紀頃に四大聖典が現在の形で成立し宗教としての形が作られた。バラモンは祭祀を通じて神々と関われる特別な権限を持ち宇宙の唯一の根本原理としてブラフマン（梵《ぼん》）があり、個人存在の本体としてアートマン（我《が》）が想定され両者は全く同一であるとする梵我一如の思想が基本である。

つまり、アートマン・自我とはなんであるか、その本質を突き詰めていくと、最後には、あやふやな存在となり、自己と呼ばれる対象は存在せず（一切無我）変化する現象があるに過ぎないと考え、否定され尽くした自我の後に残るものが、実在性のあるブラフマン・梵で世界における両者が同一であることを知り永遠の至福に到達しようとする思想である。

バラモン教は、階級制度である四姓制（カーストと呼ばれる身分制度）を持つ。

それは以下の通りで、カーストに収まらない人々はバンチャマとされた。カースト間の異動は不可能で、異なる階級間での結婚も許されない。古代社会における僧侶の特権階級としての存在を示す階級制度で、宗教が集団・政治社会で如何に権威を有していたかの証左であろう。

■四姓制を持つカースト制

バラモン…………最上位、司祭階級
クシャトリア………戦士、王族階級
ヴァイシャ…………庶民階級
シュードラ…………奴隷階級
　　その他……バンチャマ（不可触賤民）

人間はこの世での行い（業・カルマ）をベースにあの世での生まれ変わりの運命が決められる。来世は輪廻転生の世界との教えが基本にある。しかし、カースト制などの特殊性に反発して、新しい思想や宗教が生まれてきた。その代表が、紀元前5世紀に生まれた釈迦が興した仏教である。

カースト制のもとでは、釈迦はシャカ族の王子であるために階級はクシャトリアでバラモンにはなれない。階級間の異動を禁じているためである。だが、特別に認められたようであった。当時では、王族である国家の長よりも僧侶の方が階級が上であった。

そして、4世紀になり、そのバラモン教はインドの民族宗教を取り入れ、ヒンズー教へと発展・継承された。カーストによる差別は、1950年制定の憲法で禁止されているが、まだ、インド国内では根強く残っている。ヒンズー教の信者は多いが地域的に偏在するため民族宗教である。

☑ 儒教

儒教とは、孔子を始祖とする思考・信仰の体系である。孔子は紀元前500年頃の人物で、教えは語録『論語』にまとめられた。漢の武帝の紀元前136年に国教となり、1912年清の崩壊に至るまで歴代朝廷の支持を得、中国の社会・文化の全般を支配した。

日本へは4世紀から5世紀の初め頃に中国の古代儒教が伝来した。その後、江戸時代に幕府が儒教（特に朱子学）を学問の中心と位置付けた。そもそも儒教は宗教かの議論がある。儒教は儒学という学問であるという考えである。教えの基本は、五常（仁、義、礼、智、信）という特性を拡充することにより五倫（父子、君臣、夫婦、長幼、朋友）の関係を維持することにある。

孔子は「子曰く怪力乱神を語らず」とある。要は超自然現象かつ死後の世界や魂を扱うのが宗教であるが孔子は語っていない。しかし儒教は「天」の存在を認めているという理由で宗教とも言われている。「儒」の起源は、近年は冠婚葬祭、特に葬送儀礼を専門とした集団であったとされている。

儒教の特徴は祖霊信仰であり、祖先の霊を守る最も大切な言葉が「孝」である。次の特徴は身分制である。官吏が民より偉く（官尊民卑）で男尊女卑社会が儒教の考えである。儒教では官僚がエリートで、その考えで生まれたのが「科挙」（官吏登用制度）である。日本でも江戸時代は儒教的な制度を取り入れた身分社会（士農工商）であった。だが武士は試験で選ばれていないなど完璧な形ではなかった。また、日本での儒教は学問（儒学）として受け入れられ、国家統治の政治経済行政思想や帝王学的な受容をされたため、神道、仏教に比べて、宗教との意識は薄い。

本来的には儒教社会には平等思想は生まれてこない。そのため近代化も難しいと言われている。韓国など儒教の影響があるが近代化ができたのは、近代化の妨げである工業差別、商人差別を日本が韓国を統治支配した時代に打破したからと言われている。

更に儒教について述べてみると、儒教には宗教性と道徳性がある。その宗教性は中国を代表する宗教と比較すると面白い。それは死生観である。儒教は「招魂再生」、仏教は「輪廻転生」（但し釈迦は輪廻を認めていない）、道教の「不老長生」である。仏教は輪廻転生という「苦」の連続から解脱して仏になることを目的とする。道教は不老長生を目的とし、それが仙人につながる。

儒教の死生観は招魂再生で祖先祭祀である。祖先がなければ現在の自分もないし、子孫も生まれない、つまり生命の連続を説く宗教なのである。その基本が祖先祭祀である。簡単に言えば、祖先は生きている者の生活に影響を与えており、あるいは与えることができるとの信仰である。

親は将来の祖先であり、子は将来の祖先の出発点である。そこで儒教は以下に力点を置く。

1 祖先祭祀をすること（お墓を作り招魂再生を信じる）
2 家庭において子が親を敬うこと
3 子孫一族が続くこと

この3点を合わせて「孝」と呼び、それが儒教の本質である。

このような教えの儒教は、江戸時代以前にもあったが、寺僧の教養の範囲を出るものではなかった。しかし、江戸幕府は、江戸以前の仏教も認めつつも、仏教諸宗派全てに共通する思想的規範に新たな思想として儒教思想を採用し、天下統治の普遍原理として、全国に隈なく徹底した。

徳川家の菩提寺は、芝増上寺、上野寛永寺などの浄土宗であるが、儒学つまり、儒教を国教としての取り扱いをした。封建制度を取り入れた江戸時代の道徳は、儒教の「忠誠」と

「孝行」が最も重んぜられた。この道徳はまさに「祖先崇拝」に繋がり、仏教の慣習の中に入り込み、日本独特の仏教文化が生まれ、それが後世の冠婚葬祭に影響し、寺院の葬式仏教化に拍車を掛け、今日に至っている。

日本では彼岸、お盆などよく仏《ほとけ》さんの供養をするが、その供養の対象は「霊」つまり死者の魂のことである。儒教はその死者の霊を認めているが、仏教では四九日を過ぎると来世に転生（釈迦は認めていない）し、輪廻転生で別のものになる。そしてこの世には戻ってこない。

そこが儒教の異なる死生観である。儒教における「死者の魂」はこの世にいるのである。それ故お墓が必要であり法事があるのである。「草葉の陰で泣いている」という言葉も墓地のことである。

つまり日本の仏教は中国において仏教と儒教が融合した形で移入され、そして神道なども混入変形され、現在の日本の仏教となり、日本にしかない特異な仏教を作り上げたのである。

本来の仏教から言えば、仏教の世界では当然ながら死者はあの世にいくのであるからこの世のものである墓は必要ないのであり、この世に戻ってくることもないのであるから、法事、特に、供養・お盆等は必要なく矛盾である。仏教では死者を仏《ほとけ》とよぶが仏は悟った人であり、輪廻転生から解脱した存在なのでこの世とは縁がないはずである。

しかし仏教には位牌があり、僧侶が戒名を作ってくれるが、この位牌は儒教に由来するものので仏教の教えではない。従って日本の仏教は儒教との混合した宗教であると言える。あるいは混合ではなく、仏教寺院の僧侶が儒教の慣習に基づき死者の供養をしているのである。

特に日本では日本仏教の中に儒教の宗教性が取り込まれているため、仏教の中の儒教の存在に気が付かない。また儒教の行事ではお葬式以外は家族が行うため、不特定多数のための教団や集会所を持たない。家族のための宗教行為だからである。誰に強制されることもなく墓参りをし、先祖供養をしている。

その儒教の根幹が「孝」である。「孝」とは生命の連続を自覚することである。儒教圏では個人の自立があって家族の中にある。だから道徳意識は常に人間関係の中にある。従って儒教は幸福論ではなく己と己の所属する社会の幸福を求める社会的幸福論であるとも言える。

儒教の教えをまとめると五常（仁、義、礼、知、信）という徳を磨くことにより五倫（父子、君臣、夫婦、長幼、朋友）関係を維持することにある。

日本人の感覚としては、儒教の影響は大きくないと考えられている。しかし、日常の習慣、しきたりの中には隠れてはいるが、実は根深く浸透している。

五常を簡単に述べると以下の通りになる。

仁……人を思いやること、**「惻隠の情」**で孔子は仁を最高の徳目としていた
義……利欲に囚われず、すべきことをすること
礼……仁を具体的行動として表したもの（宗教儀礼やタブーな行動を指す）
智……学問に励む
信……真実を告げること、約束を守ること、誠実であることなど

☑道　教

道教とは、中国で儒教、仏教に対応するために民間信仰、神仙思想、陰陽五行説などをもとに作り上げられた宗教で老子が始祖となる。老子は中国の老荘思想の祖とされる伝説的人物で、生没年不詳である。漢民族の土着的・伝統的な宗教である。

中心概念の道（タオ）は宇宙と人生の根源的な不滅の真理を指す。神仙（仙人とは不老不死を得た人、タオを体現した人）となって長命を得ることは道を得る機会が増えることであり奨励する。中国三大宗教（儒教、仏教、道教）の一つである。現在でも、台湾や東南アジアの華僑・華人の間では、根強く信仰されている。文化大革命によって壊滅的な打撃を受けたが、民衆の間ではその慣習が息づいている。

日本には仏教や儒教と同じ頃に渡来した。また、道教は日本の陰陽道（中国で生まれた自然哲学思想、陰陽五行説の起源）にたずさわる陰陽師が道術を取り入れ、日本独自の陰陽道が生まれた。陰陽師としては平安時代の安倍晴明が有名である。陰陽道の思想は、沖縄の首里城、平城京、平安京、長岡京など古代の都の建設や神社の創建にも影響を与えている。

その思想は、「四神相応《しじんそうおう》」と呼ばれる。風水における好適地の条件のことである。四神相応の地とは、背後に高い山（玄武）、前方に海・河川などの水が配置され（朱雀）、左右に丘陵や低い山（青龍、白虎）が囲む形状のものを指す。このような土地に住むと、一族は長く繁栄すると言われている。「四神＝山川道澤《さんせんどうたく》」説が有力である。その解釈は古代から近世にかけて変化し、日本独自のものとなったと考えられる。

現代に残る四神相応の例としては、平安京について、青龍を大文字山に、白虎を嵐山、朱雀を巨椋池、玄武を丹波高地にあてる説がある。大相撲の土俵にある四つの色分けされた房は元来方屋の屋根を支えた四柱の名残であり、四神を表していると言われている。

また、ちらし寿司の四色の具材で四神、また春、夏、秋、冬の四季、五色（五行）の具材で宇宙を表している。万物は水、金、土、火、木の五種類の元素からなるという説であり、中国では、昔から五つの惑星が観測されており、水星、金星、土星、火星、木星の名称は五行に対応しているとされている。

風水は道教の陰陽五行説を応用したものである。現在でも開運を願って取り入れようとする人が居り、日本や台湾、アジア各国で盛んで、特に香港では盛んである。

道教が日本の文化に深く浸透しなかった理由の一つとして仙人思想が日本文化に確立された天皇制を覆す思想に繋がるという理由と言われている。そのために、体系的な移植には至らず、断片的な知識や俗信仰の受容に留まった。

以上で、簡単に宇宙の始まりから人類史、宗教史を述べてみた。十分ではないが、我々の日々の生活を送っていく上での日常の生活習慣を理解する一つの道具にしてもらえばよいのではないかと思う。

その中で、いくら歴史を知り、先人の考え、科学の力を借りたところで今の状況では結論として「人はどこから来て、どこに行くのか」の疑問については知りようがないのが行き着くところである。

その解決のために、先人たちは想像力を膨らませいろいろな事を考え思いついてきた。またある人は夢や夢想あるいは予期せぬ出来事、偶然の為せる業を正当化させ妄想を膨らませてきた。その典型が各種の宗教でありその宗教が作り出した神々である。だが私はその解決のために、神を介在させ納得することは現時点では到底できない。もちろん、考えもつかない真実が現れれば別である。

だがそんなことは起こるはずがないというのが私の考えである。そこでもう一度、今まで述べてきた歴史と科学が証明しつつある事実をもとにこの問題を検討してみたい。

我々は、これからどこに行くのかは、今までに解読されてきた知の体系つまり歴史を知らないと議論できない。つまり、歴史を知らなければ未来は語れないのである。しかもできるだけ想像を避け事実に忠実である必要がある。

その歴史とは、人類では７００万年、多細胞生物として10億年弱、真菌生物として二十数億年、地球生命として46億年、宇宙として１３８億年のことである。その前後は未知の世界である。この宇宙の歴史、地球の歴史、生命の歴史を解読した知の体系がどんなものか知らないと未来は語れないのである。

今のところこの宇宙の知的生命体としては我々自身しか判っていない。たとえ他の惑星にいたとしても宇宙の歴史を解読する手段としては同じ方法であろう。しかし我々より早く進化し文明を獲得した生物が存在し、今の我々以上のことを解明しているかもしれないし、すでに今の環境破壊、戦争が拡大し滅びているかもしれない。ひょっとするとこの地球上でも過去にその繰り返しがあったかもしれない。

また、地球に話を戻したい。我々人間圏つまり人類が、自然を生活向上のため支配し始めた状況から約1万年間存在してきたが、この状態で行けばこれからの1万年は従来の時間を約10万倍にも加速したような状況で地球環境が変化すると思われる。

それは過去の1万年の人間圏をこれから10億年存在させることと同じであるということになる。つまり、今の我々は地球の資源、エネルギーを大変な勢いで消費しているのである。極端に言えば、今後も地球上において人間中心主義でいけば、今の人間圏を存続できるのは100年程度ではないかとの説もある（東京大学名誉教授松井孝典氏の説で人間圏なる考えの提唱者）。その人間圏であるが、その生き方には大きく二つの形があると同じく松井孝典氏は述べている。

それは、長命型の「フロー依存型」と短命型の「ストック依存型」である。長命型は日本では江戸時代の生き方が近いと思われる。その二つの考え方を簡単に紹介したい。

❶フロー依存型（過去の人間圏）

過去に理想郷（アルカディア）があると考え、地球システムと人間圏は調和的で地球システムの駆動力で流動する物の量で生活する。例えば江戸時代のように自然から収穫できるもので生活し、その不用品や廃棄物（人間の肉体もそうか、人間の排泄物等）を動植物の肥料、食糧などとして再利用するシステムのことを「フロー依存型」の人間圏という。

動植物の頂点に立つ人間は、科学の発展に伴い、様々な事実を知り過去の疑問を明らかにし、科学の恩恵で豊かな生活を手に入れたが、急速に地球の資源、自然を破壊しつつある。このままでは、早晩人間の住めない惑星になってしまう。

そして人間以外の動植物の生態圏をも奪ってしまう危険に今の時代は直面している。この地球上での人間の一人勝ちは許されない。生物としてのルール違反をしている。一種類の生き物だけが繁栄することはあり得ないことである。また、人間の天敵は人間である。

『ファーブルの昆虫記』に出てくる「フンコロガシ」の生態はフロー依存型を示唆しているような気がする。昆虫記を読み人間は猛省することが必要だろう。フンコロガシは牛や羊などの「糞」に群がり、運びやすい球状の糞の固まりを作り、後足で器用に安全なところまで運び食べる。フンコロガシは、栄養分の減った糞を消化できる特別な腸を持ち栄養分を吸収し糞として排泄物を出す。それが植物の栄養になり、植物は牛や羊の食糧になり、その排泄物がフンコロガシの食糧になる。全く無駄のない循環である。

更に、「狩りバチ」（寄生バチ）の仲間のツチバチは、ハナムグリなどの昆虫を捕まえ神経節を針で刺して麻酔し眠らせ、幼虫をハナムグリの腹側の常に決まった部分に産みつけ、幼虫のエサにする行動がある。そしてその幼虫はハナムグリを殺さないように徐々に食べていく。少し残酷なようであるが、食べる部位の順番をキチンと守り生かしたままで最後まで食べるそうだ。

幼虫を産みつける場所も、幼虫がハナムグリを食べる順番も決して間違うことがなく、規則正しいそうだ。それは正に本能の為せる業で、理屈では説明のしようのない現象である。違う場所を麻痺させ違う場所に幼虫を産めば、幼虫もハナムグリも死んでしまうそうだ。動物界の奇跡に似た行動・本能である。また無駄のない生態である。

ファーブルは、サソリをも観察している。サソリは猛毒を持つ怖い動物である。サソリが攻撃するのはエサとなる生き物だけで、他の生き物とは決して戦おうとはしなかったそうである。

例えば、食用のクモは猛毒で殺し食べるが、ムカデは力が互角と考え戦いは無駄として戦わない、バッタなど食用にしない動物に対しては決して毒は使わず戦いもしないそうである。ましてや同族は絶対襲わない。それに対し、人間は欲望のためには、力関係など考えずに戦うし、それは同類殺しである。不必要な殺戮はどうも人間だけの行動のようである。

死を知る人間だけが無駄な殺戮を行うようだ。人の命の意味をよく考えなければならないことを痛感させられる。動物の中で唯一理性を持つと言われる人間は、欲の充足のためには躊躇いもなく同類殺しをする恐ろしい動物である。この三つの事例は、まさに自然界に優しく無駄のない生き方でフロー依存型を実践している。

そのことを見つけ出したファーブルに敬意を表したい。ツチバチ・サソリは生きるために他の動物の命を頂くがそれには全くの無駄のない自然界の出来事である。自然界の動植物はこのように循環系のシステムをつくり、環境に優しい生活をしている。人間は是非これらを学ぶべきだろう。

❷ストック依存型（現代の人間圏）

未来に理想郷（ユートピア）があるとの考えで人間圏内部に駆動力を持ち、地球システムの中に新たな流れを引き起こし、人間圏に流入する量は人間の欲望に応じて増えるので人間圏は大きく拡大する。ユートピア型文明は右肩上がりを目指す。

極論をすれば地球文明⬇太陽文明⬇銀河文明へと成長せざるを得ない。これは考えようによっては夢があり素晴らしい生き方のようであるが、その理想郷に達する前に現代文明の破滅の危機を多分に含んでいるのは間違いない。もし我々に何か目的があったとすると、その目的を達成したとき我々のレゾンデートル（存在理由）がなくなってしまう可能性がある。

そのような様々な問題を抱えつつ今後の人間の生き方を考えるのが、最近言われる「アストロバイオロジー」（宇宙生物学、詳細は後述）と呼ばれる学問かもしれない。それに大いに期待し次の話題にいく。

それより、「フンコロガシ」「ツチバチ」「サソリ」の生き方を参考にする方が賢明かもしれない。

人間はどこから来て、どこに行くのか

本標題を人はだれでも一度は考えたことがあると思う。また一度は真剣に考える必要があると思われる。ただ、考え続ける必要はない。この問いに対し現時点ではいかなる納得のできる回答は得ていないし、いつ回答が得られるかは予想がつかない。おそらく永遠に解決には達しないであろう。

ただ、視点を変えてみれば可能性が考えられることとして人間はどこに行くかであるが、現在の生活環境を続けている限り、早晩人類の破滅という道が一番近い形で予想されるのではないだろうか、宗教を信じる人によってはその先に人類の住む先、例えば、天国、極楽、地獄などがあるのではないかと考える人もいるかもしれないが、それは全く考える次元の異なることである。

それらは人間が存在し、脳で妄想を作ることができるので存在するように見える世界であって、人間が絶滅すれば、同時に消え去るものだからである。とにかくこの問いに関して現実的に今までの人間の行動を検証してみたい。

先人たちは、この問いに対し大半は哲学、宗教に解答を求め、想像を逞しくしたが、結局は神という妄想の存在を作り出し解答を得ようとし、また得たふりをして人類を混乱させている。

一部にはそれで平穏を得たとの議論もあるが、妄想により神という存在を作り出し解答を求めようとした歴史を振り返れば、逆に混乱をもたらし人類に不幸を与えた出来事のほうが圧倒的に多いと言わざるを得ないと思う。特に一神教の世界ではその傾向が強い。

西洋社会における種々の戦い、十字軍の派遣、魔女狩り、近年では2001年9月11日ニューヨークの世界貿易センタービルにイスラムテロリストがハイジャックした飛行機で衝突しビルを崩壊させた自爆テロ。2005年7月7日には、ロンドンで同時多発テロが起きた。ガンジー時代のインド分割（イスラム教徒とヒンズー教徒の対立）、旧ユーゴスラビアでの異宗教間での大虐殺（ギリシャ正教、カトリック教徒、イスラム教徒の複雑な衝突）、ナチスのホロコースト、北アイルランド紛争、イラン・イラク戦争、アフガン戦争そして多神教の日本国内でも、時の権力者（織田信長など）による各種教徒の迫害など、内外に宗教に起因する悲劇には枚挙に暇がない。

これらは、神が人を作ったのではなく、人が権力の維持、体制の維持、自己財産の拡大などの欲を満たすために神を都合よく利用してきたがために過去から現在に至るまで数多くの悲劇が繰り返されてきたのではないだろうか、いや今も繰り返されている。これらの多くは宗教対立が誘発要因になっている。

なぜお互いに少しの譲歩ができないのだろうか、難しいことではない、突き詰めれば国家の権力者およびそれに依存する人々の個人的な欲を少し譲歩すれば、大半の紛争は解決できるはずである。

三大宗教の全ての始祖は言っている。「隣人を愛せ」、「欲を捨てよ」、「平等にせよ」と、なぜこれを守れないのだろうか、本当の信仰とは何かを問い直す必要がある。すぐにでもできることである。できれば宗教を捨てることも考えるべきである。できないことではない。ジョン・レノンの『イマジン』の歌詞の中にある「想像してほしい、宗教のない世界を」をよく噛みしめてみよう、我々には良いメッセージを残してくれているのではないだろうか。だが、そのために彼が殺されたとするなら非常に悲しいことである。

私自身は、宗教が何故必要なのかよく理解できないし、現在これほどまで紛争の原因となっている宗教が何故これほど、この世界に広まったかが理解できない。

人間は動物にない宗教を持つ、人間は全ての動物が持つ本能以外に「理性」を持つと言われている。サルと1・23％のDNAの違いは理性と言われており、それが他の動物に見られない「同類殺し」を行うと言われている。

理性とは、感情や欲求に流されることなく、きちんとした自らの考えや判断に則って行動する能力のことと言われている。その理性を失った時に人間は間違った行動をするようである。理性を失う局面にはいろいろある。予期しない不幸な出来事との遭遇に始まり、個人個人が様々な試練に立たされた時である。

その試練に直面した時に、「理性を失う」のではなく、「理性を保つ」方向に向かえばその後の展開が大きく違うと考える。理性とは自らが思考することにあると思われるが、組織行動に走った時に個人を見失うことが多いと思われる。

即ち、宗教活動、戦争も組織、集団としての理性を失った行動ではないだろうか。人間が、人間らしい社会秩序を守るために本能を制御するのに必要な精神力が理性である。その本来の理性を良い方向へと働きを促すのが過去の偉大な宗教の始祖の教えではないだろうか。

しかし、宗教自体は本来の働きから違う方向に向かっている気がする。ここから何故宗教が真の目的以外の世界に広がりを見せたのかを考えてみたい。

宗教の直接的な利点について、ジョージ・バーナード・ショーは「信仰者のほうが懐疑論者よりも幸せであるという事実は、酔っ払いのほうが素面の人間よりも幸せだという以上の意味はない」と言っている。

ダーウィン主義者（リチャード・ドーキンスら）からは興味のある説明もある。その一つは「宗教とは支配者が社会の底辺層を隷属させるための道具である」という考えである。それは私にはよく理解できるし、江戸時代の日本における宗教の強制は明らかに徳川幕府が政治・国内統治のために仏教および儒教を利用した事実があるからである。

もう一つの興味のある説は子供に関するものである。人間は他のどんな動物より先行する世代の蓄積された経験によって生き延びる傾向にある。その経験は子供たちの保護と幸せのために伝える必要がある。子供は「大人が言うことは疑問を持つことなく信じる。親に従え、部族の長老に従え」と教えられる。

ただその教えの中にも、有益なものもあれば、不必要なものもある。例えば「ワニの棲む川に足を踏み入れるな」「この実を食べるな」などは有益だが「満月の夜に子羊を生贄にしなければならない、そうしなければ雨は降らないだろう」など時間と羊の無駄遣いにしかならないようなものもある。

時として、子供にとってどちらの考えも同じように信用できそうに聞こえる。それらの教えが未知の世界に関すること、宇宙に関すること、道徳に関すること、そして人間の理性に関することに及ぶ場合がある。宗教の子供に対する盲目的な教えが宗教の拡大に一役買っているような気がする。

子供の脳の脆弱さを利用し早い時期に脳を教化することの重要性も宗教指導者は十分理解し利用した。キリスト教の幼児洗礼、イスラム教の家族全員の入信制度、つまりイスラム国では人間が生まれてきた時からイスラム教の教え、ルール、慣習の中で育てられ成長することなどがそのよい例である。

仏教についても同じである。日本では小さいときから、おじいさん、おばあさん、両親から過去のしきたり、主に江戸時代に徳川幕府により形をつくられた日本独自の仏教・神道・儒教に沿った形で日常生活を送り、土着の慣習が重視され、それに従わないと近所付き合いあるいは社会的な付き合いができなくなるような社会で育てられている。

これが宗教の今日まで浸透している一つの要因であると思われる。だが近時、キリスト教世界、イスラム教世界でも大人になってから、国際化の中で他の文化、宗教に触れ、学ぶにつれ、幼児期の教えに疑問を呈する若者が増えているのも事実である。

今後インターネットの浸透による情報の氾濫が大きく世界の若者、特に新興国での若者の動向が注目される。日本もそのような状況に既にあるが、問題意識が薄いのが問題であり変に自由ボケ、平和ボケが蔓延しているような気がする。

西洋社会に、ここに言い古された文句がある。

「この子の最初の7年間を私に与えてくれれば、一人前の聖職者にして見せましょう」

（イエズス会士の言葉）

一方ではそれらと併行し、科学の発展があり数々の疑問が解決され事実が明らかになりつつある。ただそれらを認めない人々、認めようとしない人々が未だにいることも事実である。だが我々には少なくとも事実として認めざるを得ない事柄も数多くあると思う。

科学の解明した事実に想像上のバリアーをかけず公平に認識する必要がある時代が来ている。しかしながらそれを知った上でも最後には「人間はどこから来て、どこに行くのか」の問いについては解決できないし、今の時代ではいかなる科学をもってしても判らない。

このような状況を十分に理解し納得した上で、自分なりの最善の信念を持つ努力をしなければならない。そのためには現在最も信頼に足る科学的裏付けのある知識も学ぶ必要がある。これからその知識を今一度整理してみたい。

宇宙は約138億年前にビッグバンの結果誕生し、宇宙のチリが集まり、46億年前に小惑星の衝突などで地球が生まれたとするのが現代の一番主流の考えである。

そして40億年前に海底の火山の噴出孔付近にアミノ酸などの有機物が誕生、5億年前に植物が地上に進出、4億年前に昆虫が誕生し魚類から、両生類、爬虫類、鳥類、哺乳類へと進化していった。

そして人類の誕生は約600万〜700万年前にチンパンジー・ボノボから分かれたとの説が有力でそれが人類の誕生につながる。人類の進化は、猿人（アウストラロピテクス）⬇原人（ホモ・エレクトス）⬇旧人（ホモ・ネアンデルターレンシス）そして約5万年前に新人（ホモ・サピエンス）で現在の人間の共通の祖先が誕生した。

その共通の祖先は、5万年前にたった150人程度でアフリカを出発し、現在の70億人の人類まで発展した。ただ最近中国で新しい発見があり、歴史が変更する可能性もある。だが我々はホモ・サピエンス（新人・考えるヒト）という1種類の人間という生物種であることは変わらない。

当初、ホモ・サピエンスは狩猟生活が主体であったが、1万年前頃から農耕を始め、定住生活が主体となってから爆発的に人口が増加したと考えられている。農耕、定住生活の結果、集団生活が可能となり食糧の貯蔵などで富の偏り、特定の部族の発展、生活の余裕などから独自の文化が興ってきた。

1万年前には、ヨーロッパでは新石器時代に入っており、その後アジアでは黄河文明、長江文明、日本では縄文時代に入っていた。ＢＣ３０００年頃には、ヨーロッパは古代エジプト文明、アジアではメソポタミア文明、インダス文明が興った。

そして紀元1世紀頃には、ヨーロッパでは古代ギリシャ文明、アジアは古代ペルシャ文明、アメリカではマヤ文明、日本では弥生時代に入ってきた。そのような文明の発展の過程で人間は様々な事実と直面することになる。それは自然の脅威（地震、雷、台風、病気など）であり、人間の死もある。

そのような恐怖に対し、目に見えない恐怖を感じたりしながらいろいろな想像を働かせたものと思われる。その一つが自然の恐怖の背景にある未知のものに対する神のようなものの創造である。従って当初は、種々の自然現象に畏敬を感じたため多神教が主流であった。また人間は一緒に住む人々の死、つまり家族の死を身近で見ることになり、死後に恐怖を感じるようになった。

当初は病気などに対する治療の祈り即ち呪術などを行っていたのが、時には偶然治癒するとそれが定着し、権力につながりその権力者が死後の世界そして目に見えない恐怖を司る存在として神を創造し人々の不安を取り除くなどして集団を治めていたと思われる。

つまり、人間は進化という偶然の結果生まれたものであるが、神は人間の進化と共に発達した脳の動きの結果作られた妄想である。そして偶然作られた人間の妄想の結果作られた神が我が物顔に今の世の中を支配し、破壊へと導いているのではないだろうか。

そのような結果生まれた宗教は当初、多神教であったが、ＢＣ１３００年頃ユダヤ教の原型が生まれ、キリスト教、イスラム教の一神教の拡がりが西洋社会でなされ、アジアではBC500年頃に釈迦による仏教が興った。

それらいずれの宗教も当初は混乱、悩みの中から生まれた結果、その当初の教えには共鳴できる部分もあり、参考となる事柄が多くあったと思われるが、それを継承した弟子たちあるいはそれを利用した権力者たちが荒唐無稽な事柄を作り上げ始祖の教えを大きく変えてしまった。

特に一神教である西洋宗教（ユダヤ教、キリスト教、イスラム教）が今日まで社会の混乱のもとになっているのが多いのではないだろうか。その一番の問題は一神教の持つ排他性にあると思われる。

その点東洋宗教である仏教圏は比較的他の宗教も受け入れる柔軟性を持ち合わせているのではないかと思われる。ただ、そうとはいえ我々日本人に大きな影響を与えている仏教の教えを整理すると、今日の仏教の教えは釈迦仏教の教えから大きく変貌している。ただ、東洋は多神教の世界で排他性は強くない。

現在の仏教と釈迦仏教との矛盾点について再度述べてみたい。今から2500年前に現れた釈迦の教えを再度整理すると以下の通りである。

その教えとは、**事物は常に変化し不変のものはないということ、つまり、「無常」であり全ての物の実体はなく、所有できないゆえに欲を捨てること**が教えの基本であり、その他は**命を大切にすること、偶像崇拝をしないこと、人間を平等に扱うこと、自分で物事を考え自**

分の責任で行動すること、死者に対する儀式の禁止などであった。そして釈迦は最後の説法では三法印（諸行無常、諸法無我、涅槃寂静）の考えを語り、その内容は現在でも十分通用する立派なものであった。

しかしながら今の仏教寺院が果たしている役割はそれから大きく乖離し、日本では、葬式仏教のみで世俗化してしまっている。それでは仏教が何故こうなってしまったのか、どこでその間違いがおこったのか検証をしてみたい。

もともと日本に伝わってきた仏教は北伝仏教で大乗系である。本来の釈迦の教えは小乗仏教（上座部仏教、南伝仏教）としてスリランカ、タイなどに伝わった。北伝仏教として中国に最初伝わった仏教は中国において、儒教、道教などの土着の宗教の影響を受け変化し、日本に伝わりその後の平安、鎌倉時代を通じてさらに日本の神道とも交わり変化していった。

鎌倉時代には念仏仏教などで世俗化、大衆化し一気に貧困層まで仏教が浸透した。その教えを政治に利用し大きく堕落させたのが徳川の江戸幕府である。徳川初期の仏教政策こそ、仏教の教えを歪曲するものであったと言える。

徳川幕府は信長が手を焼いた本願寺勢力や比叡山延暦寺、奈良興福寺などの寺院から、まず政治勢力、軍事力を弱め、庶民に対しては、檀家制度を作り出し、全ての庶民を寺に分配し管理する寺請制度を始めた。

寺請制度はキリシタンの取り締まりと共に年貢の安定的な取り立てのためにも利用した。それは、庶民が家単位で地域の寺の檀家となり家族構成、宗旨を届け出る制度のことである。

地域の檀家寺が届け出を元に宗旨人別帳をつくり庶民の移動を管理する仕組みのことである。当時は結婚、旅行、引っ越しのときは寺請け証文が必要であり、死亡したときは住職の検分でキリシタンでないことの証明を得たのち引導を受けていた。これは宗教政策の皮をかぶった農村政策でもあった。農村はどこかの寺の檀家と寺の身分保証を受けざるを得なかった。

末寺は農民からの搾取、仏教式葬式の義務化、法事（お布施）の回数増加などで富を築いていった。それにより檀家寺は仏教の布教努力の必要もなく経営は安定し権力の傘の下で堕落していった。

名目はキリシタンの取り締まりだが、こうして宗教としての仏教は腐敗し、末端の行政組織に成り下がり、庶民からの寺の収奪は各藩の収入を制限する意味でも幕府にとって都合が良かったのである。これが徳川支配体制だった。

明治維新で廃仏毀釈が起こったのは、天皇制が神道に依拠するものであるが、心理的には寺の収入に対する嫉妬と藩側の恨みが背後にあったと思われる。明治になってこの檀家制度は廃止された。江戸時代に寺は経済的には栄えたが、宗教としての仏教そのものは堕落したと言える。

檀家制度は廃止されたとはいえ、それでも封建社会の制度・習慣は現在社会のなかでも組み込まれた状態のままだと言っても過言ではない。世界の三大宗教のなかでは仏教が一番信頼に足る宗教であると思われるが、それにしても現在の仏教は今まで述べたように、初期の釈迦の教えからは大きく乖離し、儒教・神道の思想も取り入れた葬式仏教に成り下がってしまっていると言わざるを得ない。

その意味からも今の仏教の教えには全く信頼をおくわけにはいかない。だから私自身は社会生活をする上での最低限のルールを守っていくつもりではあるが、現在の社会的ルール・慣習には、心底従ってはいない。

従ってはいないが、我々の親の世代における考え方まで否定して従わせるつもりもないし私の妻、子供にも私の考えを押し付ける気持ちはない。彼らは彼らなりに信念を持てば良いのである。

そのためには、過去の教え、歴史、宗教の起源など様々なことを知識として理解する必要がある。そのために今回それに必要と思われる最小限の事柄を述べているのである。

だが初期の釈迦の教えに戻ったとしても、科学に頼ったとしても「人間はどこから来て、どこに行くのか」の答えはないし、釈迦、科学もそれについては何も話していない。またそれを説明する教え、宗教もあるが現状では信頼に足るものではない。結局その答えは判らないし、知る必要が無いかもしれない。ただ科学の進展が宗教の矛盾を訂正しつつあるのは間違いなく、人間の知識レベルも大きく変化している。

しかし宗教を全面的に否定する必要はないが、間違いは認めなければならない局面にきているのではないだろうか。今後の更なる科学の発展で未知の部分がより判るかもしれないが、今判っているなかで最も信頼できる部分を再度述べてみたい。

この宇宙の誕生から人類の誕生までを見ると偶然の産物といえる反面、極めて整然としたルールの中で物事が進んでいるように見えないこともない。聖職者が言うように、誰か設計者（インテリジェント・デザイン）がいるように見えなくもないが、それは違う。宇宙は我々の常識では計り知れない巨大な時空の世界であるが、大半は科学の法則に基づき規則正しく動いている。

その中で様々な自然現象が起こり長い時間の中で、物事が進み現在のような世界が出てきたのである。極めて巨大、莫大な組み合わせの中から規則正しく（偶然の賜物であるが）全ては生み出されてきたのである。だが、永遠なるものは一つとしてなく全ては明日をも知れない存在なのである。

即ち人類は40億年前に地球の海底から偶然生まれたアミノ酸から進化し、７００万年前にチンパンジー・ボノボから偶然進化した人類が我々の祖先であり、正確には5万年前に西アフリカを出発したわずか１５０人の集団が我々70億人の先祖である。

つまり、我々、ホモ・サピエンスは全員親戚である。その後、誤った指導者のために、聖職者のために、欲深い人々のために不必要な宗教、争いを引き起こし、様々な不幸な出来事を起こしてきたのである。世界は一つにならなくてはならないのである。

地球の中に国境を引いてはならない。同じ仲間で殺し合い、奪い合うのは止めなければならない。我々が来た道は、偶然の賜物であり結果は科学的に証明できるものではあるが、これから行く道は全く未知のものである。

ビッグバンに始まる宇宙は１３８億年の歴史を持つが、我々、ホモ・サピエンスはたった20万年の歴史である。我々の体は全て地球の成分と同じものからできている。科学の発展によりさらに小さい単位は見つかる可能性はあるが、原子と呼ばれる最少の単位から、我々の体の全ての部分はできている。死後はその成分は分解され、地球の成分に戻っていくのである。

従って、原子レベルでの我々は無から生じて無に戻るのではなく、有から生じて有に戻るのである。肉体という原子の組み合わせはなくなるが、もとである原子は残る。ただ私は二元論者ではないので魂なるものは存在しないし残りもしないと考える。

あえて言うならば、生きている間、肉体と共にあるのは意思というものであろうがそれは単なる脳の働きであり肉体が機能する間のみ機能するものであり、肉体が滅びると同時に機能しなくなる。つまり、意思なるものも消えてしまうのである。従ってその意思なるものの行く場所はない。

人間の脳の構造・仕組みは、我々に馴染み深いパソコンの機能と同じであろう。ＣＰＵと呼ばれる中央処理装置として働く電子回路が人間の脳に相当するものであろう。電源が入り様々な部品が機能している間は記憶を蓄積し学習する能力を持つが、一度故障し破壊されればバックアップを取っていない限りその記憶は消え再生できない。

人間の意思も同じで、肉体の死と共に消え去るものである。今、私がこの本を書いているのも、パソコンのバックアップのように生きた痕跡を少しでも残したいために書いているのである。

宗教が言うあの世、天国、地獄などはない。人間の脳が作った妄想である。ただしDNAを考えてほしい。我々の体には、祖先のDNAが営々と引き継がれている。人類の歴史はDNAという遺伝子により知らない祖先とつながっている。我々が子孫を残せば、その子孫に我々が残るのである。

つまり、今後人類が滅びず続く限り、そういう意味では我々の命（DNA）は永遠である。結婚（しなくてもよいが）をし、子供を作り、その子供がさらに子孫をつくり続ける限り我々の命は永遠である。まさに子供のできない夫婦は気の毒である。その人自身の固有の命は永遠ではなくなる。

兄弟、親戚などに目を向ければ、ヒト個体自身に極めて近い生命（DNA）が生き延びている。ただ、そこまで考える必要はないものと思われる。ヒトの個体自身（魂魄）は無になるからである。

間違ってもそれゆえにあの世があると思っては困るのである。あくまで天国、地獄なるものは存在しないのである。天国も地獄も人間が脳で作った妄想である。従って天国も地獄を現世にあるのであって、来世なるものは存在しないし、それ故来世に天国や地獄があるはずがないのである。

例えば、私の親父はすでに亡くなっているが、確かに会うこともできないし話すこともできない。だが私の体の中に親父はDNAとして生きている。また私の記憶の中にも生きている。親父とコンタクトしたければ自分に話しかければよい、ただし返事はないが仏壇に行く必要もないし、お墓に行く必要もない。そこには当然ながら親父はいない。私の中に親父はいるのである。

最近、私が銀行の支店長をしていたときの部下であったT君が癌で43歳の若さで亡くなった。非常に残念な事である。彼には2人の男の子がいた。悲しそうな子供に親戚の人たちは「お父さんは天国にいったよ、そしていつもあなた方を見守ってくれているよ」と慰めているだろうと思う。私は違うと言いたい。「お父さんはあなた方の体の中に一緒にいるんだよ」と言いたい。「君たちが生きている限り一緒にいるんだよ」と言いたい。「そして君たちが子供を作ればその子供にもお父さんはいるんだよ」と言いたい。

その考えは私が信頼する英国の生物学者であるリチャード・ドーキンスの著書にもある。その内容を少し紹介したい。それは「我々は赤ちゃんが生まれると新しい生命が誕生したと考えるが実際は両親の卵子と精子が合体、出産を通じて個体を作り出したもので細胞レベルでは新しい生命ではなく、営々と持続する細胞分裂が個体から個体に移ったにすぎないのである」と書いている、共感できる内容である。

細胞とは不思議なものである。受精卵が分裂し、100個ほどの細胞からなる胚盤胞《はいばんほう》といわれる段階で、内部細胞塊の部分を取り出し培養すると無限に増殖しあらゆる組織や細胞になるそうである。これが胚性幹細胞でES細胞と呼ばれる万能細胞のことである。理論上は全ての組織に分化する分化多能性を保ちつつ、ほぼ無限に増殖できるそうである。

最近はノーベル賞をもらった京都大学教授の山中伸弥氏のiPS細胞がより脚光を浴びて

いる。この考えは、ドーキンスの『利己的な遺伝子』で述べているように「連綿と生き続けていくのは遺伝子であって、個人や個体はその遺伝子の乗物であり、遺伝子に操られたロボットにすぎない」につながる。

利己的遺伝子は「細胞という乗物」に乗って初めてその利己性を生かせる。生命の誕生は偶然の積み重ねの中での産物にすぎず、その後進化という予期できない環境のもとで変化していき、そして死を迎えた時でも今までの連綿と伝わる遺伝子が生き続けているのである。

しかし人間のこれからの行動でその遺伝子を失い、人間という生物は絶滅する可能性はある。だが原子（素粒子）ベースではこの宇宙の中では残っていくであろう。これが、今私が考えている「人間はどこから来て、どこに行くのか」である。夢も希望もない結論であるが、認めざるを得ない。あとは皆が信じる事を信念として持てばよい、あくまで私の考えである。

この先、科学が新しいことを教えてくれれば、変わるかもしれない。だが宗教の教えではもう新しいものは生まれてこないのではないだろうか。しかしながらビッグバンの前は知りようがない。

また次のような興味のある言葉もある。その一部を紹介してみたい。

「我々の子孫に言いたいことが二つある。

一つは理性的なことで、何かを研究（勉強）したり、哲学的な考察をしたりする時、ただ事実が何であるか、事実から導き出される真実であるかのみを考慮しなさい。決して自分がそうであってほしいと望むものや、その社会的効果の如何によって目をそらしてはいけない。事実が何であるかだけを徹底して観察しなさい。道徳的なことについては、実に単純です。『愛は賢明、憎しみは愚か』。相互のつながりがますます緊密になってきているこの世界では、互いに寛容であることを学ばなくてはなりません。誰かが自分の気に入らないことを言う場合にも、耐えることを学ぶ必要がある。そうすることでのみ、私たちは共に生きることが出来る。もし、共に生きることを望み、共に死ぬことを望まないのなら、慈悲と寛容の精神を身に付けなければならない。これは、人類がこの惑星で存続し続けるために極めて大事なことである。」

（バートランド・ラッセル）

「知的な意味で著名な人々の圧倒的多数はキリスト教を信じていないが、大衆に対してそのことを隠している。なぜなら、彼らは自らの収入が減ることを恐れているからだ」

（バートランド・ラッセル）

「人間のすべての知識のうちで最も役に立つはずなのに、最も進歩の遅いのは人間そのものについての知識である」

「人間は研究すればするほど、人間を知り得なくなる」

（ルソー）

「連綿と生き続けていくのは遺伝子であって、個人や個体はその遺伝子の乗物であり、遺伝子に操られたロボットにすぎない」

（リチャード・ドーキンス）

「我々はすべてのものを包括する統一的な知識を求めようとする熱望を先祖代々受け継いできたが、この100年の間に学問は多種多様に分岐してますます広がりこれまでの知識を統合して一つの全一的なものにすることができる素材をようやく獲得し始めたものの、一方ではただ一人の人間の頭脳が学問全体の中の一つの小さな専門領域以上のものを十分支配することがほとんど不可能になってしまったという奇妙な矛盾に直面するに至った」

（シュレディンガー）

「我思う　ゆえに我あり」

自分が何故ここにあるのかと考えること自体が自分を証明する命題で「実体二元論（モノ『肉体や物質』とココロ『魂、霊魂、自我意識』）」とも言われる。自分を含めた世界の全てが虚偽だとしても、そのように**疑う意識作用が確実**であれば意識している我だけはその存在は疑い得ない。つまり、「自分は本当に存在しないのではないか」と疑っている自分の存在は否定できない。近代になってデカルトがこれを言い始めて以来、神の姿が遠のいて代わりに人間の自我の存在が大きくなった。デカルトは人は自分自身の存在を疑うことができないというあらゆる思考には思考する者が必要となる。懐疑するという行為においてさえ、その懐疑に陥る当人がいるはずである。それ故、考えている自分のあることだけが確実だ。考える我は絶対である。

（デカルト）

「人間はどこから来て、どこに行くのか」については、ここまで検討したところで結論的には何ら解決策が見いだせるわけでもないし、見つからないだろう。そこで少し観点を変えて、今度は宗教の必要性について考えてみたいと思う。

宗教は必要か、宗教のない世界は

まず宗教とは何であるか、宗教というのは科学や理性や合理的な考え方では割り切れないものを信じるということが基本にある。この定義はほんの一つに過ぎず宗教者の数だけ定義はあると言われている。

ある調査では、日本人は「あなたは宗教を信じていますか」と聞かれて、「信じている」と答えた者が35％、「信じていない」が50％であった。これに対してアメリカ人は「信じている」が90％「信じていない」が5％であった。ところが同じ日本人に対して「あなたは宗教が必要だと思いますか」と問うと70％が「必要だと思う」と答えている。

以上の結果は現在でも大きく違うことはないと思われる。つまり、日本人は宗教を信じていないが、必要であると思っているのである。かつ宗教を否定する根拠もないし、日常習慣としての宗教を知らず知らずの中で受け入れているのである。また日本人は大きな変化を好まない民族でもある。

私は、結論として宗教は必要とは思わないし、もっと強く言えば無くすべきと考えている。ただ今の人間社会では宗教は無くなることはないであろうと思われる。なぜか、宗教は精神的にも、金銭的にも、社会的にも切り離すことができない世の中になっているからである。

今の世には、様々の危険因子があるが、人類は少しでも長く存在するためには、なかでも「宗教」というものが人類にとって今の状態では益をもたらすどころか、大きな危険因子の一つ、つまり人類存続に対し却って敵ではないだろうかとさえ私は思っている。

もし、神なるものがおり、その神が「愛」そのものだとすれば、その神と愛を引き裂いているのが宗教である。宗教は愛と赦しを説くが人を幸せにしない。信じている人は幸せになると言うが、苦しみから逃げるために信じるという楽な選択をしているだけである。歴史的に見れば、宗教があることによって明らかに負の面の方が多い。人類社会を平和にもしない。それはなぜか、宗教とは人間の勝手な思惑で作り上げられたフィクションだからである。

人間社会の拡大に伴い貧富の差が生まれ、身分差別が生まれ、権力者の出現と共にその権益、組織の維持拡大のために人々を纏める手段が必要となり、それに利用されたのが人間の力を超えた存在で、それを作り上げたのが全ての宗教の始まりであり、壮大なフィクションの誕生であった。

冒頭に結論じみたことを話してしまったが、そのように考えた過程をこれから述べてみたい。まず宗教が過去に果たしてきた機能としては人類が農耕、定住生活をし、集団生活を始め生活の余裕が生まれた頃から、人間はいろいろな事実と直面し思いを巡らすことになることから始まる。

それは人間の死、自然の脅威など予測できず目に見えない、情報のない事柄などとの遭遇である。そしてその不安を解決するために絶対者（神仏）の存在を仮定・想定し集団の結束に使い出した。それが宗教と言われるもので、特定の人物が偶然の奇跡らしきものを起こしたり（当然誇張の産物）、時には信じられないような力を発揮し、特異な現象が発生し、偶然にも信じられ定着し広まった。

その宗教が果たしてきた役割とは以下の事柄である。

①死後の世界などに関する情報の補完
②神の摂理による自然現象・法則の説明、根拠付け
③同じ宗派同士の助け合い
④善行をしたいと思う心（良心）の発生
⑤依頼心の充足（絶対者がいて自分のことを見守ってくれる）
⑥死後の世界でのより良い生活の保証

これらのこと自体は人々の不安を軽減するという観点からは決して間違いではない。人間は神という超越的存在を想定することで自らのおごり高ぶりをいさめ、心のよりどころができ、ばらばらになりがちな社会を纏める秩序ができ、隣人への思いやりを持つことなどは良いことのひとつであると思われるからである。

宗教が生まれたのは、過去の時代において十分な情報がない時代の人間の無知からであり、

「人はどこから来て、死んだらどこに行くのか」という素朴な疑問からきている。そこに超越した絶対者（神仏）を創造し辻褄を合わせた。

その後、部族、民族、国家への人間社会集団の拡大の過程で一度浸透した宗教の教えは、社会の統一・統率のなかで益々その必要性は高まり、その要請により拡大した宗教集団は組織の発展・維持のためには統率・団結・互助体制などに有益な面も多々あった。

その後、当初の純粋さを失い組織の論理で様々な架空の教えを伝え洗脳し一部に本来の教えから大きく内容がかけ離れた宗教がひとり歩きを始めた。そして時にはその信じる神を失った時、多くの無知蒙昧な知的レベルの人々が人生や現実の世界に希望を見いだせず、絶望し行き先を失い大きな混乱を発生させる可能性があるのが現在の状況であろう。

従って、宗教が必要かと言われれば、私は今日の宗教は必要が無いと言いたい、だが我々の生活の中に知らず知らずのうちに入り込んでいる宗教（日本の場合は純粋な宗教とは言えないかもしれないが）を必要としない世界をすぐに実現するのは極めて難しいと言わざるを得ない。

例えば、日本人の半数以上は無宗教であると言われているが本当だろうか。よく見れば日々の生活はどっぷり宗教に浸かっているような気がする。大半の人は特定の宗教を信じないと言うが、全くそうでない。知らないうちに染まっているのである。

それは江戸時代に徳川幕府が国を治めるために様々の宗教から都合のよいものを取り出し、利用したために定着した宗教まがいの習慣、風習がそうである。日本人は宗教的ではないが、宗教的生活は定着し日常化している。仏滅とか大安とか、これは道教と神道が混合、仏教にはそもそもお墓はないが日本では墓地は欠かせない。お墓は儒教の考えである、易も陰陽道からきた。お盆もお彼岸も仏教ではなく儒教であり、道教でもある。このように不必要とは言わないが信じる根拠が明確でないものが後世に数多く残ってしまった。

ただ日本の場合は民族的な柔軟性（悪く言えば、いい加減）かつ他宗教と共存（過去にキリシタン迫害があるが）しているが故に今や日本は世界一宗教に寛大な国と思われる。だが今後を考えると教育の充実が必要であろう。

問題なのは、ユダヤ教、キリスト教、イスラム教のような排他的な一神教である。その危惧は現在、世界中で起こっているテロの問題である。２００１年９月11日の世界貿易センタービル破壊テロ、２００５年７月のロンドン同時多発テロの問題である。

そのテロを引き起こす若者たちは純粋な「悪」に憑き動かされる人間だろうか、そうではなく自分たちが正義であると思い込み、彼らの宗教が語りかけることを忠実に追及しているだけと考える若者と言える。

彼らは精神異常者ではなく単なる宗教的な理想主義者であり、自分なりに理想的なのである。彼らが自らの行為を正しいと感じるのは歪んだ性格でもなく悪魔に憑りつかれたせいでもない。彼らが生まれ落ちたときから全面的かつ疑いを抱くことのない信仰を持つように育てられたからなのである。

未遂に終わったパレスチナの自爆犯は言っている。イスラエル人を殺すように駆り立てたのは「殉教への憧れであり、復讐したいなどとは決して思っていない。ただ殉教者になりたかっただけだ」「私たちは預言者とその仲間に会いに行きます。全てアラーの思し召しのままに」「私たちはもうすぐ永遠の世界に行くのだ。預言者と殉教者のために天国に設けられた花園で永遠の命を得るのだ」など我々には信じられないようなこの教えは、一般的に言えば、イスラム教だけでなくキリスト教にも当てはまる。

つまり、生まれついたと同時にイスラム教徒として育てられ、キリスト教のように幼児洗礼により子供に信仰そのものが美徳であると教える信仰、宗教、それらが一番問題なのである。もし子供たちが疑問を抱くことのない信仰という美徳を教えられる代わりに自らの信念を通じて疑問を発し、考えられるように教えられれば、自爆者はいなくなる可能性があるのではないだろうか。

自爆犯がそういうことをするのは彼らが宗教的な学校、家庭で教えられたこと、即ち神への義務は他のあらゆることに勝り、殉教すれば天国の楽園で報われるということを教えられ、本当に信じているからである。その教えは決して過激ではなくごく当たり前な宗教指導者あるいは最も身近な両親から教えられる。それ程信仰は危険なものであり、罪のない子供の抵抗力のない心に意図的に植えつけられるのである。

このように日本も他の国も過去の体制の中で宗教というものが知らず知らずのうちに生活に入り込み精神状況まで形作る構造が出来上がっている。第二次世界大戦前に軍国主義を突っ走った時代の日本がどうしておかしくなったかと言えば、天皇を現人神へ祀り上げ「日本教」として妄信したからである。

それは政治的目的から作られた擬似一神教的コスモロジー（「大和魂」「八紘一宇」「大東亜共和圏」）が作られたからである。この社会構造のなかで信仰というものをいかに健全なものにするかを考えていかなければならない。同時に、宗教が政治と行動が一致することを許してはならない。

それには子供の頃からの教育を見直す必要があると思われるが、今の一神教の世界が宗教教育を見直すのは現時点では極めて困難と言わざるを得ない。それを実現できるような世界に通用する偉大な人物の出現を期待したい。日本の場合だけ見れば教育の充実に解決を見出せる可能性はある。

日本は20世紀初頭、アジアの国々に対し欧米列強の植民地主義を打ち負かすことができることを最初に示した国だが、今度は世界に対し多神教的コスモロジーを枢軸とした新しい文明を作りうるということを他の諸国に範を示すべき時である。

縄文時代以来、日本文化に定着している多神教的コスモロジーの性格を我々は文明史的なスケールで理解し直し、その存在意義を一神教的文化圏に向けてもっと積極的に発信していく責任がある。それは他の価値観を否定し、自らの価値観を支配的なものにするのではなく複数の価値観を尊重し第三の価値観を創造していくところに人類の希望があり共栄共存への道が開かれると思われる。

宗教の中で、私が問題とするのは、一神教である。特に、イスラム教が多くの問題を抱えているると考えている。現代における紛争の大半は一神教同士であることは周知の事実である。それもイスラム圏での紛争が多い。ここで、その要因について考察をしてみたい。その一つには、イスラム諸国では科学が発展せず、聖俗分離・政教分離が出来なかったことにあると思われる。

元々科学は、キリスト教徒であるガリレオやケプラーなどを近代科学の出発点としている。当初の科学の探求対象は、宇宙が唯一絶対神によって支配されている仕組みを解明し、神の摂理・法則をより知りたいというところからきている。決して、それは反宗教的行動では無かった。だが、結果としてその後の科学は、神を否定する方向に向かい、ヨーロッパ人によって発展した歴史を持つ。

ヨーロッパ人にとってのキリスト教は歴史的には押し付けられたものであった。その起源はヨーロッパではなく、ユダヤの地である。そして科学の発展と共に唯一絶対神への信頼が揺らぎ、近代科学が神より優位に立ちだした。それでも、決して神を放棄せず、都合よく使い分けの方向を選んでいる。その使い分けが、聖俗分離・政教分離の社会体制であり、科学の発展に繋がった。

一方、イスラム教はアラビア半島に生まれ、アラビア半島中心に広まり、誰からも押し付けられた宗教ではない。絶対神の前では科学による如何なる介入も不要であった。ただ、ひたすらアラーを信じればよかった。従って、唯一絶対神であるアラーを脅かす聖俗分離と科学の受け入れは実現しなかった。その結果、ヨーロッパ諸国とイスラム諸国との間の近代化等には大きな差が出来た。

また、キリスト教は一神教でありながら土俗信仰的、民間信仰的な要素もあり、科学も受け入れたが、イスラム教は極めて厳格でアラーのもと他の宗教を根こそぎ葬り去られるために科学などの入り込む余地がなかった。だが、ヨーロッパでは科学の進展により人間の生活を豊かにし、近代化を急速に進めた。

近代化の結果、社会体制においても、アメリカの独立戦争、ロシア革命、フランス革命などで聖俗分離が起こった。日本でも、明治以降は和魂洋才と言われる時代を経て近代化と第二次大戦後の聖俗分離（政教分離）に成功し、豊かな国家を作り上げた。

この聖俗分離によって、近代社会は軍事技術や工業技術が宗教の戒律に影響されずに発展を遂げた。その結果、先の大戦などの大量殺戮や現代の環境破壊などの新たな問題を引き起こすなどの矛盾が起きた。だが、その矛盾に対する学習効果が発揮出来つつあるのが、現在の世界の趨勢である。そこに特定の宗教に偏らない思想が必要になる。人間の本能に抑制をかける何らかの倫理観・道徳観の構築が必要になる。

イスラム国では、全ての事柄に優先されるのが絶対神アラーである。アラーの神が支配しない政治などは考えられないことである。従って、アラーの教えに反するあらゆる行動はあり得ず、アラーに反する一切の妥協は許されないのである。キリスト教より厳格なイスラム教との共生は困難なのである。しかし、同じイスラム国であるインドネシアとマレーシアでは、聖俗分離すなわち政教分離が出来ているために対外的な紛争が少ない。そこにヒントがある。

　聖俗分離をしている欧米各国、和魂洋才を採用した日本は近代化を実現したが、聖俗分離を行っておらず絶対神を捨てないイスラム諸国と共産主義国家である中国・北朝鮮などは近代化が遅れている。共産主義も聖俗分離が出来ておらず、一神教的要素の持つ政治形態である。

　だが、科学の発展と聖俗分離は、人間が理性を得ると同時に本能が壊れた動物になった状況の抑制が利かなくなることを助長する危険性を持つものである。本能とは現実への適応行動で、生まれた時から遺伝的に持つ学習なしでも存在する性質である。

　人間の場合、本能を抑制せず思うままに行動し本能を満足させれば、現実不適応に陥り、現実適応を求めれば、本来持つ本能は不満足に陥る。人間以外の動物では、本能の満足と現実への適応は一致しており、本能を満足させれば、それが現実への適応となる。

　そのために、人間の世界では、本能と現実とのズレが生じる。そのズレを解消するために外面と内面との使い分け、建前と本音の使い分けが重要となる。狡いやり方であるが、柔軟性とも言える行動である。その使い分けが出来るまでには、欧米各国、日本とも過去の歴史の中で、多くの悲惨な痛みを経験した。だが、その犠牲をもとに効果は十分ではないが、進歩も感じられる。

　人類の発展のためには、科学の発展は不可欠であり、それに伴う近代化も必至である。しかし、それにはブレーキ・抑制が必要になる。その役割には、宗教が有益で否定するものではないが、政治と結びつくと厄介なことになる。それは盲目的な行動になって表れる。それが、過去の欧米諸国であり日本であり、今のイスラム諸国である。従って、それに代わる人類に普遍的な道徳観・倫理観の構築が必要ではないだろうか。

太陽を含め輝く恒星は水素やヘリウムなどの核融合エネルギーで光を放つ。原子爆弾、原子力発電などは核分裂反応ではウランやプルトニウムのような原子が分裂しエネルギーを発生し放射性廃棄物を発生するが、核融合はよりクリーンな安全で永久的なエネルギーである。

そのように我々には対立ではなく共存を基準としたシステム共有即ち「文明の融合」が大切であり「文明衝突（いわゆる宗教衝突）」ではいけないのである。今、日本の戦後の学校教育では全く宗教を教えなくなったが宗教学という観点から様々な宗教を公正・公平に教え、理解させ自分で信念を持つ教育が必要ではないだろうか。

その中から特定の宗教に共鳴する人や宗教が必要でない人が生まれてくればよい、そしてお互いがその考えを尊重するような社会ができればよい。宗教がすべての人に必要であるということはない。宗教を必要としない人、唯物論者もいてもよい、宗教の押し付けをするべきではない。そのお互いを尊重し、その立場を重んじる必要がある。

もちろん非宗教の押し付けもよくない。要は「信頼に値する真実に基づく考え方を教えるべきで、根拠のない妄想に基づく考えを教えるべきではない」のである。

全ての初期の民族・部族には創世神話なるものがある。それに対し科学はそれに相応するものを現代社会の人々に提供している。

それ故、科学も宗教と評されることもある。世界を見ると、イギリスでは、宗教教育を学校の必須カリキュラムに取り入れる一方、アメリカでは宗教教育を禁止している。だが、教会が幼児洗礼などでその役割を果たしている。

宗教と科学は、共に生命や宇宙の起源やその本質に関する奥深い問いに答えるものと共通する面もあるが、共通面はそこまでで、基本的には科学的信念には証拠という支えがあり、成果を生むものである。神話や信仰には証拠がなく、成果を生むこともない。

人類が存在する限り宗教のない世界を作るのは難しい、未知の事柄と人間の欲望がある限り宗教は存在する。従って「科学は宗教との共存を当面は考えるべきである」。要するに人類には宗教を必要とする人がいるのである。しからば、宗教から神学なる擬似学問を解体させれば宗教勢力の弊害のみを除去できる。

そして根拠あるきちんとした自然科学教育を子供に教えることができれば宗教は自らの枠組みの中に戻っていき社会と宗教の円満な棲み分けが可能となるのではないだろうか。それが本来の宗教のあり方であり、当初の釈迦などの教えに通ずるのではないだろうか。

そういう意味から、私は、理想的には宗教をなくせられればよいが、現実的には宗教の無い世界を作るのではなく、宗教と共存する世界の構築を目指すべきではないだろうかと考えている。

科学というものがない時代における先人たちの考え、感覚的、精神的にピュアな状況で感じた世界観、人生観、人間観を大事にし、現在、人間が知り得た科学的に裏付けがあり真実と考えられる事実を共存させ、より良い世界を構築することを目指すべきであろうと思われる。

要は、現在のように科学的にいろいろな事が明らかになった時代でも、未だ解決できない問題はある。私はそれを解決するために、宗教に頼りたくない。だが一部には宗教に頼れば辻褄が合うようになると勘違いする人もいる。従って私としては宗教なるものは必要ないと言いたいが、種々の経験、不幸に遭遇した人々にとって宗教が解決、癒やしなどの一助になるのであれば、宗教の存在価値はあるであろう。

だが一つ言えることは、それはあくまで必要とする人々が信じ合えばよいことであって、それを否定する人を排斥し攻撃するのではなく、お互いに考え方、行動を尊重しあうことが肝要であろう。結局のところ、本命題については、人類の永遠の課題である。それまでに人類が滅亡する可能性の方が高い。だがそれを恐れず常に追い続けなければならない命題である。

これからの人類に必要なこと

人類の将来について、今判っている限りでは、自然の恵みの範囲内での生活、即ち日本における江戸時代のような生活を全世界で実現できれば、何十億年とこの地球上で人類は生存できるかもしれないが、人間の欲望による自然の破壊そして予期せぬ天災、人災などでいつ何時人類は破滅するかもしれない。今の右肩上がりの発展を持続させ、豊かさを追求している限りは、数百年単位でも現在の人類の水準を維持するのは困難と言わざるを得ない。

それを改善し人類が生存し続けるためには、科学の進展で今まで我々人類が知り得た事実をよく理解するように努めること。そして人間が文明を生み宗教を作った時代から脱しきれず自己のエゴイストの中で生きている人々、国々との間で科学と宗教を相互尊重し人類の共通となる価値観、歴史観を共有することが必要であると思われる。

それは人類が今なぜ存在し、いかにすれば、すこしでも長く存在し続けることができるかを考え、人類共通の価値観、つまり正しく科学を理解し、相互の宗教・文明を尊重し、自然との調和を維持することができるような思考と行動力を構築することが必要であると思われる。当然ながら世界に境界を作ってはならず、一つになる必要がある。それには世界共通となる行動指針・目標つまり世界共通の道徳なるものを構築する必要がある。

それは世界の文明・宗教が保有する価値観の集積である。それは決して過去にあるような時の権力者、時の体制に合わせるものはなく、将来に向け新しい道徳観なるものを構築し、共有することである。

もちろんそのもとになるものは、過去の文明、宗教と真実を明らかにした科学の結晶とともに、偉大な先人が唱えた人類に訴える理性ではないだろうか。当然ながら、世界が統一されるのが最終目的であるが、我が日本でさえもその共通の道徳観なるものが存在しないし構築されてもいない。

今の世界を見た限り確かに日本も過去には大きな悲劇が多々あるが、今の日本は世界の中でもその悲劇を克服し安定しており特定の考えが文明・文化・国策には極端に染まっておらず完全ではないが、他の宗教、文明、文化を受け入れる素地はある。

そして、世界に誇れる平和国家であるし、平和憲法をもち、唯一の原爆被爆国でもある。それでも人間の行動指針となる道徳観を持たない国である。この時こそ、また戦後日本の世界への影響力（経済面が大きいが）を考慮し、これから率先し、世界に通用する価値観なる「道徳観」を構築し、まず日本の中に根付かせ世界に発信していく行動を起こすべきである。

日本はそれができる立場にあり、またそれが実現できる国の一つであると信じている。

２０１１年3月11日に東日本大震災が発生した。１０００年に一度と言われる天災である。想定を遥かに上回る悲惨な結果を生み今もたくさんの人々が苦しんでいる。

だが、もしこのような震災が他の国家で起こった場合はどうだろう、現地からは許せない行動も一部報告されているが、これほどの冷静さで復興努力がなされるだろうか、つまり日本では他人の不幸を見ながら我が身のみを考え、エゴイストに走る人が極めて少ない。他国の場合は食料品店を始め火事場泥棒的な集団が必ず見られるが、今回の震災も含め過去の悲劇でもそのような事は頻発しない。このことは絶賛に値することである。

2014年7月にブラジルで行われたサッカーワールドカップでのある出来事が、世界の称賛を浴びた。今回、日本チームは1勝も挙げられなかったが、試合終了後の競技場で日本人サポーターがゴミ拾いをしたことが称賛された。このニュースは世界中に広がり感動を呼んだ。平和のにおいとして伝わったのではないだろうか。

2014年9月9日に、ニューヨークでテニスグランドスラム（四大大会）の一つである全米オープンの決勝が行われた。錦織圭選手が史上初の日本人決勝戦進出となった。結果は残念ながら敗れはしたが、試合後の彼のインタビューとファンの温かい言葉に胸が熱くなった。

これが世界に誇る日本人気質ではないだろうか、彼の言葉とファンのサポートがあれば、必ず近い将来彼はチャンピオンになるだろう。そしてスポーツの素晴らしさを実感させられた。負けた相手を称え、今後の努力を表明する態度は、世界の共感を得るだろう。

これが、まさしく道徳観ではないだろうか。昔の人は言っていた。「掃除をすると、心がきれいになる」「トイレの掃除をすると、べっぴんさんになる」「身の回りを綺麗にする人は、犯罪を起こさない」この行動は平和や治安の安定とも無関係ではないと思われてならない。

このことは人間が持つべき道徳観に繋がるのではないだろうか、我が日本には、過去の文化、文明、宗教、環境から学んだものがあるのではないだろうか、それをよく考えそれを今後の我が国の若い人々へ伝え、広め、日本の道徳観として定着させ、世界に発信していくべきであろうと思われる。

特別な宗教に影響されない日本、多神教の日本、他の文化・宗教に寛容な日本、世界に稀に見る平和憲法を持つ（アメリカに押し付けられたものであるが）日本を今こそアピールする時期に来ているのではないだろうか。それがこれからの日本の若者がなさなければならない役割である。

だが現実は極めて困難な状況である。今でも宗教に起因する戦争の悲劇は各地にある。日本の隣国にも人類に悲劇を持ち込む核を開発する国があり、民主主義を否定し一党独裁で情報統制がなされている国もある。並大抵なことではないが、人類の将来を考え為さねばならないことである、是非それらに率先して異論を唱える国日本をこれからの若者に期待したい。

それが為されないと我々の子孫は早晩滅びるのは明々白々である。それをこれからの日本に期待したい。その道徳観とはなにかをこれから述べたい。

理想的な道徳観とは

人類は1万年前から農耕・牧畜生活に入り、定住生活の安定を得てから生活にゆとりが生まれ、単なる日々生きることのみを考えることから、いかに生きるかに舵を切り、頭脳の発達とともに他の生物と異なり種々の妄想・欲望を生み出し文明を生み、宗教を作り出した。

その文明・宗教は異なる自然環境の中で生まれたため各地で違う発展と展開をみせた。各地の人類集団がその地に留まっている限りはその集団が共有する概念として問題はなかったが、人類の移動、他の領地への侵入に始まり、異文化、異文明との接触により衝突が起こり過去に各地で様々な紛争と悲劇を繰り返してきた。

そして、特に人類史上でほんの過去100年程度での科学の発達・発見が人類に新たな事実をつきつけ、様々な分野に大きな混乱を引き起こしている。また今日のようにITの発達による情報伝達のスピード化に伴い情報の重要性が増す中では人々の行動の正確性と慎重性が求められるようになってきた。

一方でその情報網から遮断されている人々への真実の伝達と行動の重要性もますます高まっている。科学の発達の過程で過去に真実と信じられていた事柄の多くが否定される中で、未だに共通の情報を共有できないために紛争が続き今後もその危険性が高まっているのが現実の姿であろう。

その中で我々はその混乱を収束させなければならない。それを解決するために、我々は発達した情報網を生かし、人類共通の価値観、それは人類共通の道徳観と言うべきものを構築しなければならないと思われる。過去の宗教、文明、文化を尊重し、お互いが認め合い納得でき共有できる価値観の構築であろう。それを一日も早く構築し共有することが必要である。

過去の文明・宗教の衝突では、局地での紛争で済んでいたが、今日の紛争は科学の発展により局地戦に留まらず、多くの地域を巻き込み場合によっては地球全体の存続をも脅かす危険性が懸念される。その危険性を除去するための特効薬はない。地道な努力が要求される。

そのためには幼児期から世界共通となる人類の進むべき道、行うべき道を示し、教育の中で必須化して推し進めるべきではないだろうか。無理難題ではあるが、先人の知恵を借りてその方法を考えてみたい。その方向は人類の共通となりうる道徳の構築ではないだろうか。

それでは道徳とは何であるか、歴史を振り返ってみれば各地で全て違う道徳観なるものがある。その道徳観は各地で生まれた宗教にベースを持つ教えである。道徳と宗教は切っても切り離せないものである。ユダヤ教、キリスト教、イスラム教、仏教等の各地で発生した宗教に基づく宗教観・道徳観なるものが独自にある。

日本でも特に江戸時代における宗教のあり方が後世の道徳観に大きな影響を与えている。それは一般に仏教に基づくものと信じられているが、内容的には儒教の教えがかなり入り込んでおり、日本独自の宗教観と道徳観を作り上げている。

また明治維新後には天皇を神とする国家神道に基づく道徳観として教育勅語なるものが作り出され、第二次世界大戦に突入するまで世の常識とされた時代があった。

それらは特定の神聖な存在を創り出し一部は宗教という衣を利用し関連性を創り出していたのは間違いない。時の権力者はそのような特定の宗教を重視し集団あるいは国家の統率、団結に利用していた。従って各地に固有の宗教が存在し道徳も同じく存在していた。それを統一するのは極めて難しいと思われるが、個々の宗教の初期の道徳観は創始者の教えを反映していることもあり納得性のあるものであり共通性もかなり見られた。

ここで、初期の宗教の教えの歴史的背景について、西洋と東洋の違いを考えてみたい。その大きな起点は、紀元前5世紀前後にある。その時期に世界各地で偉人と呼ばれる人々が現れている。西洋では、ソクラテス・デモクリトス・プラトン・アリストテレスであり、東洋では、釈迦・孔子・墨子などである。日本の初代天皇である神武天皇もその前後に即位している。

ではその当時に何があったのか、人類にはある程度の余裕が生まれ「人類とは世界とは」を思考する人々の存在が生まれたのである。それは偶然ではなく必然であった。その当時には、人間の脳は既に生物学的機能としては頂点に達し、思考力、妄想する機能は十分であった。しかし知識の集積であり学習効果の結果生まれる科学的思考力は成長過程であった。

西洋と東洋では、生活環境が異なった。西洋は、牧畜・小麦文明に基づく人間が支配する人間中心社会で、東洋は、農耕文明で雨などの自然が支配する自然中心社会である。その中で、世界や人間についての知恵、原理を探求する哲学的思想が芽生えだした。その哲学も西洋と東洋では違った。

それは、西洋では、人間中心の「学問として論理的観点に立ち世界の本質を理論的解明すること」で論理性を重んじ、東洋では、自然中心の「いかに生きるかという人生に対する実践的解明すること」で普遍性を重んじたものであった。力点は違うが目指す未知の探求には違いが無かった。その頃はいずれも多神教の世界で一神教の宗教は現れていない。全能の神は存在していない。

その後、西洋においては、アブラハムを源流にするキリスト教の教えが『旧約聖書』『新約聖書』に集約され、人間を超越した絶対的な神を作り出した。東洋では、釈迦の弟子たちが釈迦の教えとして「経典」を纏め、「仏」などを生んだ。しかし、東洋では一神教に見られる絶対神はいない。

偉人の弟子たちにより「神」であり「仏」を作り出され、組織宗教として広まり出した頃から、初期の偉人たちの教えは、時の権力者・宗教者によって歪められていった。器質的な脳の成長は止まり、現在70億人に膨らんだ人類は2500年前の偉人より思考は劣り、人類を豊かにした科学と呼ばれる学問を除いては人類は成長していないのである。従って、今、我々は2500年前に戻り、先人たちの教えを原点とした人類共通の道徳観、価値観を作らなければならない。

個人的には、偉人たちの中でも、東洋思想である自然界、生きとし生けるもの全てとの共生を教えた釈迦の教えに共鳴する。西洋の人間中心主義は利己的な世界観となる。自然中心主義が人類には優しい生き方であろう。だが、科学の発展のためには、西洋的思考との共存もしなくてはならない。

繰り返しになるが、その先人たちの教えは、弟子たちの考え、環境の違い、権力者の考えにより初期の教えは曲解され、都合よく利用され様々な進展が各地でなされ今日に至っているのが実態である。そこで道徳の柱の一つである宗教を創始者の教えに戻り価値観と根拠を理解する必要がある。そして科学で解明された真実を受け入れていく姿勢を持てば、世界共通、人類共通の道徳の構築が可能ではないかと思う。

過去の偉大な先人たちが作り上げた文明、文化等の残されたものも否定するのではなく、我々人類の進化の証として再認識し、過去の素晴らしい文化、文明として後世に残す努力をすべきであるし、それが今後の人類の発展につながるのではないだろうか。それでは具体的にはどのような道徳が世界共通のものとなりうるであろうか。それを検討してみたい。

道徳とは、様々な定義があるが、ここでは以下の定義を採用しそれを中心に道徳を考えてみたい。それは**「人々が善悪をわきまえて正しい行為をなすために、守り従わなければならない規範の総体で外面的・内面的な強制を伴う法律と異なり、自制的に正しい行為へと促す内面的原理として働くもの」**としたい。

道徳を考える過程では、道徳と宗教の関係のほか「倫理」との繋がり、さらに人間のみが唯一持つ「理性」とのあり方についても検討する必要がある。

宗教と異なり、超越者との関係でなく人間相互の関係を規定するものを道徳と呼び、倫理とは社会の中で「人間」として生きていく場合の自己規範である。道徳と倫理の関係は、道徳が先にあり、倫理は問題解決のために考え自らの判断を社会の規範とすることで、家族より社会を優先する。

更に、理性は「人間にのみ本来的に備わっている知的能力の一つで、動物的な本能でなく、思考に基づいて行動することで、主に客観的・論理的に事象を考察、判断する能力」「善悪、真偽などを正当に判断し、道徳や義務の意識を自分に与える能力」と定義したい。

道徳を構築するための要素はいろいろある。それは、倫理であり、人間のみが持つ理性、そして宗教、文化、文明などであろう。世界に共通する道徳は、宗教、文明、文化の融合などで普遍性を求めることになるために困難は多いが、まず、我が国、日本での道徳を作り、世界に発信することが当面の目標であろう。

では、「道徳の根源」とは何かを考えなければならない。世の中の全ての生物の中で道徳を持つ可能性のあるのは人間のみであるという考えもあるが、人間が動物の中で唯一持つのは理性である。

道徳については、人間のみではなく動物全般にもそれらしき行動があると考えてもよいと思われる。それは生を受けた動物のすべての行動のベースは子孫の継承にあると言って過言でないと思われるからである。

つまり動物にはオス、メスがあり、子孫を育てることが全ての行動の中心になっている。

親は子を認識し、その子供の為に良くしたいという利他の心がある。特に親子の愛がベースにある。それは全ての動物に共通するものである。つまり**「利他の心」**が道徳の基本であると考えるのは一つの可能性であると思われる。

この利他の心とは、仏教用語で自利利他《じりりた》から来るものである。

自分が悟りを得ようと修行に励み、その目的は自分の利益のみにしようとするのが自利、悟りの次に他人が利益をこうむるように他へ生かしていくのが利他の心である。私は仏教徒でもないので、ここでは単に自利は自分の利益のみを考えることで利他とは利益を自分以外にも向かう気持ちとして考えていきたい。

ただ人類以外の動物の利他の行動はあくまで家族間、親子間に限られるものであり、集団での行動を見てみると生きていくためには利己的になっていると言わざるを得ない。確かにサルなどの一部の高等動物には集団行動を認められるが、それは極めて限定的なものである。

当然ながら人間はそれではだめであろう、今日の人類はあらゆる種類の生命に影響を与え、地球全体の命運を決めるまでに進化してしまった限りは人類共通の道徳なるものは、すべての人類及びその他の動植物あるいは美しい自然、貴重な資源等多岐に亘ったものでなければならないのは、現在では明々白々なことであろう、今までにない新しい道徳観を構築しなければならないのは間違いないものである。

人類は他の動物より高度な道徳観を作らなければならないのは当然であるが、一方人類は他の動物とは多々の違うものも持っている。それが今までの人間の発展の中で数々の悲劇を巻き起こしている。それは進化の過程で発生したものであろう。それは人間の欲望は動物の中ではるかに強い影響力を持っているものであるということである。

例えば、人間は他の動物以上に強い性欲を持つ。一般的には他の動物は発情期があるが人間にはない。人間には他の動物と比較し以下の違いがみられる。

①**過剰な性欲**がある。生物の生きる目的は単に子孫の継承であるとすれば人類ほどの性欲は必要ではないだろう。それが今までに多くの悲劇と争いを引き起こしていることは枚挙に暇がない。そしてそれに拍車をかけるものに。

②**所有欲（財産を蓄える）**というものも人類が他の動物より強いものの一つであろう。動物は食糧については生きるために必要な量の確保に努めるが、人間は自己の使用以上のものを所有使用する欲があり、それも他人以上のものを所有しようとする欲がある。それが時代の進展とともに、例えば金《かね》などの所有しやすいものなどの発達で欲の強さは増大してきた。

③**名誉欲**がある。集団、社会、組織の中で自分の存在を認められたいとする気持ちが強い。サルの集団にもボスが存在するが、それは集団の生き残りのためで、単なる形だけの名誉とは異なる。

④**征服欲**がある。他の集団、社会、組織を凌駕したいとの意欲が強い。

⑤**同類殺し**がある。一部のサルにはみられるが、人間は上記①～④までの欲を満たすた

めに仲間である人間を殺す。

人間は、過去にヒトラーのホロコースト、カンボジアのポル・ポト、ロシアのシベリア収容所など悲惨な同類殺しを数えきれないほど行っている。DNAではほんの1・23％の違いしかないサルにはその行動は僅かしか観察されない。人間はその1・23％の違いの中で種々の欲望が強く複雑で、同類である人間を殺害するという遺伝子を持っている。その遺伝子が徐々に人間を自利の塊にしてしまっているというのは言い過ぎだろうか、だが否定できないと思う。

それを本来抑制するために生まれたのが過去の文明の進展の過程での宗教や道徳であったと思われるが、その教えも宗教、道徳の創始者の初期の教えから離れ、違う方向に向かうことが多々みられる。今日の宗教集団の多くは信者のみ、あるいはその指導者のみに利益が向けられているのではないだろうか。今こそそれを是正するために、人類共通の道徳を作り上げる努力が必要であろう。

他の動物が持たない過剰の欲を抑え、全ての動植物が共栄共存できる世界を作るためのルール作りが必要である。動物の生きる意味の一つに子孫の継承があるとすれば親の子を思う心、特に母の子を思う心に道徳の一つがあるのかもしれない。

過去をみても人類の大量虐殺に繋がるような悲劇に女性の権力者が関わっているケースは少ないのではないだろうか。男性が権力者の時に戦争、争いごとを起こし、人間同士同類を殺害することが起きているのではないだろうか。それも男性と女性のＤＮＡの違いがなせる業かもしれない。

西洋の倫理学では道徳は人間のみにあると考えるがそれは先ほども言ったように必ずしも正解ではない。それは誤った人間中心主義である。道徳は他の動物もあり、自利と利他がバランスを保っていて秩序をあまり乱されないが、人間の欲望は動物よりはるかに複雑で肥大化していることを自覚しなければならない。その行きすぎを抑えないと社会の秩序は破壊されるのである。

それを防止するのが道徳であり、その根源は母の子を思う愛であり、利他の心である。日本でもカカア天下の家は安定していると言われる所以かもしれない。再度述べるが、道徳の根源は母心・利他の心であり、まず家庭において成り立つものであると思われる。人間社会の中での一番小さい集団からの道徳の始まりである。家庭には「夫と妻の間の愛」と「親と子の間の愛」がある。

そして理想的な我々の行為は小さな集団（自分、家庭）からより大きな集団（会社、社会）そして国家のため世界のための利他の行為であるべきなのである。そのことも頭に入れながら、もう一度道徳の定義と宗教との関係を考えてみたい。

「道徳」は義務だけではだめでそれを果たす信頼の関係が必要である。「道徳」とは人間がどう生きたらよいかということである。要は「道」とは人が従うべき道であり、人の生き方、行動の仕方である。「徳」とはそれを体得した状態のことである。それらの道徳の始まりは宗教からであるといっても過言ではないと思われる。これからの道徳を構築するに当たり、今世界で広まっている大宗教の創始者の教えをここで整理してみたい。

まずユダヤ教の教えから進めてみたい。

■モーゼの十戒（ユダヤ教の教え）

①あなたにはヤハウェ以外の神があってはならない
②偶像を制作するな（偶像を作ってはならない）
③神の名をみだりに唱えるな
④安息日（1週間に1度）をとれ
⑤父母を敬え
⑥殺すな
⑦姦淫をするな
⑧盗むな
⑨隣人に対して偽証をするな
⑩隣人の持ち物を欲するな

■キリストの教え（基本的にはユダヤ教の教えを踏襲している）
①〜⑩……ユダヤ教の教えと同じ。
上記に加え、
⑪創造説……世界は神様によって創造された（世界は神妙なる被造物である）
⑫隣人愛……見ず知らずの他人を自分自身のように愛せ
⑬救済論……イエスがはりつけになったお蔭で全人類は救済された
⑭終末論……やがて終末の時が訪れる……悔い改めよ

■イスラムの教え（ユダヤ教、キリスト教の教えも肯定している）
六つの事を信じなさい（六信）。
①ただひとつの神アッラーを信じなさい。
②ムハンマドに神の言葉を伝えたのはガブリエルという天使。
③旧約・新約聖書もそうだが一番正しいのは聖典（コーラン）である。
④使徒、「神の言葉を預かった人」預言者、ナビーを信ぜよ、アブラハム、モーゼ、イエスも預言者であるが、最後にして最高の預言者はムハンマドである。
⑤来世、**戒律を守れば天国に行ける。**
⑥天命、イスラム教の教えを守れば天国に行ける。過去、現在、未来のすべてが神によって決められる。

五つのことを実行しなさい（五行）。

①信仰・告白

②礼拝、1日5回、メッカのカーバ神殿に向かって祈ること

③喜捨（ザカート）、布施をせよ

④断食（ラマダーン）

⑤巡礼（ハッジ）、イスラム暦の12月7〜10日に聖地メッカのカーバ神殿巡礼

■仏教の教え（釈迦の教え）

①命を大切にすること

②偶像崇拝の禁止

③人間を平等に扱うこと

④自分で物事を考え自分の責任で行動すること

⑤死者に対する儀式の禁止

◆釈迦の戒律（釈迦の入滅後100年してできた部派仏教の五戒を基本とする）

①不殺生（ふせっしょう……殺生をしない）

②不偸盗（ふちゅうとう……盗みをしない）

③不邪淫（ふじゃいん……みだらなことをしない）

④不妄語（ふもうご……嘘を言わない）
⑤不飲酒（ふおんじゅ……酒を飲まない）

■儒教の教え（五常、五倫）
仁……人を思いやること（惻隠の情）
義……利欲に囚われずすべきことをする
礼……仁を具体的行動として表現すること、人間の上下関係として守るべきことをなす
智……学問に励む
信……言明を違えないこと、真実を告げること、約束を守ること、誠実であること

孔子の思想の中心は仁である。仁とは人と人とが親しむという意味で他者への親愛の情である。礼は仁を基とする規範であり、仁は礼を通して実現される。儒教は儒学とも呼ばれ東洋思想の一つであり、宗教ではないとの考えもあるが、儒教は他の宗教同様、宗教性と道徳性を兼ね備えたもので、宗教の範疇にも入るものである。

孔子が一番大事なものとするのが仁であり、その具体的行動は礼であるとすでに述べているが、その礼というのは祖先崇拝の儀礼や冠婚葬祭の作法に表されている。その根底には「孝」と「忠」がある。

「孝」は子が親を敬うということであり、それが祖先崇拝での死者の先祖供養、お墓や法事

が子孫の為すべきこととして、仏教などと混在し日本に習慣として残っている。

「忠」についても上司を大切にする社会習慣が江戸時代に朱子学として武士の世界に浸透した伝統が残っている。これなどは当時の江戸幕府に都合よく利用された部分であろう。

要は日本の思想、文化つまり日本の思想の由来は以下の三つであると言える。

1　日本本来（固有）の宗教である「神道」
2　外来宗教で日本の歴史の早くから根付いている「仏教」
3　徳川幕府によって国教化された「儒教」

以上の「神道」「仏教」「儒教」の三つの宗教が親しく〝和〟して家族的に同居しているのが今の日本の文化・宗教観である。

世界各地で今まで述べてきたように様々な宗教があり、様々な教えがあったが環境が異なるにもかかわらず共通点も見られる。その共通点をまず整理してみたい、それが一つには世界共通の道徳に繋がり、教育に繋がり国家の安定に繋がり最終的には世界の平和に貢献するのではないだろうか。

要するに国家と宗教のあり方である。その根幹を簡単に述べてみると、道徳の二本柱とも言えるのは「規則」(宗教では戒律と呼ばれる）と「個人（人間）の持つべき徳の精神」である。

以上のように、道徳といっても各地の歴史、文化、そして異なる宗教ではそれぞれ異なる道徳観なる（あえて道徳と呼ぶ）ものがあるが、共通すると思われるものを道徳の構成要素となりうる「規則」・「戒律」（してはならないもの）と「徳」（戒律を体得した状態ですべきこと）としてまとめてみたい。

■「戒律」とは

①人を殺してはいけない

仏教の「不殺生」、西洋宗教全てが説く「戒」である。人間特有の行動でサルとわずか1・23％しか違わないDNAがなす悲劇、全ての宗教にある戒律である。

②嘘をついてはいけない

『新約聖書』には「始めに言葉ありき」、仏教の「不妄語戒」、儒教の「巧言令色鮮《すくな》し仁」、モーゼの「隣人について偽証してはならない」などがある。これも人間は言葉を持つ、他の動物にはないもの。一番悪い嘘は偽善という嘘。ただ人に安心を与えたり、楽にさせる嘘は許容範囲かもしれない。

③盗みをしてはいけない

仏教の「不偸盗」、西洋宗教全ても同じ。

④やけになってはいけない
⑤傲慢になってはいけない

■人間の持つべき徳とは

①努力と創造

自利の徳、人間一人ひとりが努力を重ねて創造の花を咲かせて人生を終えることを目標にする。それには努力と創造が必要である。創造とは……「広い好奇心を持つ、視野の広い知識を持つことが大事」……「疑いを持つということ、何事にも徹底的に何かおかしいぞと疑いの気持ちを持つ」……「子供のような心を持つ深い知恵を持ちながら、ひらめきの心が大事」……「実験で検証し物事やひらめきを実証すること、つまり、子供の心と大人の粘りが必要」。

②愛（特に家庭では愛が大事）と信（社会では信が必要）

人間関係の持つべき徳とは人間と人間の関係で一番大事なものは「信」であり、その「信」のためには「仁」が必要、「仁」というのは他人に対する思いやりである。つまり、「惻隠の情」である。

③畏敬の心、感謝の心

人間は全ての生きとし生けるもの即ち動植物から遠い昔に分かれたものであり、全て遠い親戚である。我々、人類は当然である。仏教の慈悲、儒教の仁、キリストの愛などすべての言葉は違うかもしれないが、本質的なものは全て生きとし生けるものへの畏敬の心、感謝の心である。

これらの道徳の心はすべての宗教に共通するものである。そこから世界共通の教育体制を作るべきであろう。そしていずれの宗教も生まれた時点では人類が知り得なかった事実、つまり科学で明らかになった真実を正しく正確に教え理解させる努力なるものが必要であろう。

そこまでしてもいずれ、人類は必ず滅びる。それは科学が証明している。ただ科学はその滅亡を回避させる方策を創造する可能性がある。それには今ある宗教を見直し国家の存続に貢献できるものに変えていくか、宗教の必要のない世界を構築する必要があるだろう。

日本は今の世界の中で最も安全で自由で平和な国と考えられるが、歴史的にはほんの数十年前までは世界戦争を行った国である。その日本で国家と宗教との関係を見ると今後の参考になる歴史を知ることができる。それをまさに「パクス・ヤポニカ」（ラテン語で日本の平和）と呼べる平和な時代を持った国であるという事実である。

それには二つの特質がある。その一つは長期にわたり平和な状態が続いた時期が2度あったことである。それは平安時代の350年（桓武天皇の平安遷都から保元・平治の乱まで）と江戸時代の250年である。世界的に見てこのような長期にわたる平和な時期を持った国は他には見られない。

そして第二の特質として日本は1000年以上にもわたって異民族による征服や支配を全く経験することが無かったということである。ではなぜそのようなことが可能になったのだろうか、海に囲まれた国との説もあるが、それは国家と宗教が調和の関係を結ぶことができたことではないかと思われる。

その国家と宗教の関係が乱れる時に、戦争と動乱の時代に入っていったように思われる。日本での国家と宗教が調和のとれた状態の第一が神仏共存の多神教的なシステム（相互の信仰を尊重する）と第二に象徴天皇制の独自の統治システムであったと思われる（宗教思想家山折哲雄氏提唱）。

多神教的システムとは外来宗教である仏教と土着宗教である神道が共存した「神仏習合」と言われるもので世界の歴史の中でも極めて稀なケースである。象徴天皇制とは平安時代の摂関政治によって形を作られた天皇権力の形骸化策で国家と宗教権威が互いの領域を侵さないシステム、つまり政治的権力と宗教的権威が相互補完的なシステムのことを言う。その調和が崩れた時に動乱の時期（鎌倉からの戦国時代、明治から昭和の初期）を迎えていた。

日本は今世界に稀に見る平和憲法を持ち世界で唯一の原爆被爆国である。その中でこの「パクス・ヤポニカ」の宗教の相互理解（神仏共存システム）と政教分離・象徴天皇制システムを世界に向けて発信することのできる位置にあるのではないかと思う。受け身外交から世界平和に向けての積極外交に舵を切るべきである。

そこで国家と宗教と科学への価値尺度を日本の精神を生かした形で構築し輸出する時代が

到来しているのではないだろうか。まず日本の国内で人類の共通となりうる道徳教育を推し進め、その後世界に向け、例えば国連だとかユネスコだとかを通じて全世界に働きかけることが必要ではないだろうか。

道徳の議論の際に問題となるのが「道徳」と「マナー」との関係であるが、道徳とは人間本来あるいは生物本来の成り立ち、行動、思想に訴えるものである。しかしながらマナーはその後の過程での独自なもので敢えて共通化させる必要がない部分である。例えば、冠婚葬祭などでの各国の結婚式や葬儀のマナー、一般社会、会社内でのマナー等はその範疇のものであろう。

道徳と宗教が融合する中で立派な宗教寺院や教会などの宗教関連の施設は単なる信仰の場所との位置付けではなく、世界各地に残っているものは我々の大事な先人の足跡・文化遺産として大事に保存していかなければならない。大事な観光資源、教育資産として残していくべきであろう。

世界に残る宗教施設は、我々人類の過去の思想、人類の成長過程などを知る上で極めて貴重な目に見える教材である。それを歴史遺産として将来に伝え、また観光資産として今を生きる人間への共通認識を感じさせる教材かつ多文化・他文明を相互に認識する生きた教材である。エジプトのピラミッド、ローマのサン・ピエトロ寺院、エルサレムにあるユダヤ教、キリスト教、イスラム教の共同の聖地、インドのタージ・マハール、中国の故宮、日本の各種寺院、神社など枚挙に暇がない。

道徳教育の必要性

ここまで、138億年にわたり、歴史、宗教、科学について検証をしてきたが、最後に、人間のみに与えられた能力、理性を考える中で痛切に感じるのは、前章でも述べたが正しい教育の必要性である、それも人間が生きるための指針となる「道徳教育」の必要性である。

ではどのようにして、道徳を考えるのかであるが、私は決して宗教なるものを支持するわけではないが、様々な宗教の始祖の教えには多くの共感を持つ。だが、その始祖の弟子たちにより、捻じ曲げられた宗教は支持しない。従って、道徳を考えるに当たっての前提としての宗教の始祖の教えは無視できないものと考える。

ロシアの小説家、ドストエフスキーは「宗教なくして道徳はない」と言っている。

エミール・デュルケームは「教育とは若い世代を組織的に社会化することである」と述べている。これは、キリスト教の幼児洗礼、イスラム教の家庭宗教教育などを見れば、その正しさと恐ろしさを感じる。だが、道徳教育も同じく、子供の頃から教育を開始する必要があるのは間違いないであろう。

エミール・デュルケームは、19~20世紀に生きたフランス系ユダヤ人の社会学者である。父親と祖父はラビ（ユダヤ教指導者）で宗教的環境に育ったが、フランスの世俗教育（非宗教の学校教育）の進展に伴い、道徳教育の根拠を神から社会に置き換える必要性を主張し『道徳教育論』を発表した。その内容に共感を覚えるのでデュルケームの考え方を紹介したい。

道徳は命令の体系ではなく、禁止の体系である。また、個人が制定過程に関与するものではなく、社会から外部的に与えられるものである。更に道徳には強制により実現される義務と、それを遵守すれば社会から果実を得る善とがある。

子供の心理特性は習慣に固執し暗示にかかりやすい。子供はいったん獲得した習慣は容易に放棄しないが、暗示によって新しい習慣を獲得したならば、その習慣に固執する。従って、生活習慣の形成には学童期が最適である。子供が経験する最初の社会集団は家庭である。しかし、家族という個人的な集団と地域や国家、国際社会というより公共性を重視される集団との落差は大きい。

従って、その橋渡しとなる学校教育が必要となる。それも低学年からの教育が必要になる。この意味で、現代における「道徳教育」は現代社会と関わりながら個人としていかに生きるべきかとの「公共性」の形成が重要である。このようにエミール・デュルケームは宗教に頼らない世俗教育の中でできるだけ早い時期からの道徳教育の必要性を強調している。

日本では、第二次世界大戦の前後でその教育方針が大きく変わる。戦前には大日本帝国憲法があり、日本国の主は天皇陛下で神とも教えられた。そして、道徳の定めとして教育勅語があり道徳を修身教育として教えた。敗戦後、平和憲法と呼ばれる日本国憲法ができ、修身教育はGHQによって軍国主義に繋がるとして廃止された。

文部省では道徳を教える必要性を主張し復活を考えたが、日教組の反対で実現せず何とか道徳教育の時間を設けているが、実態は、なにも教えられていないのが現状である。一方、家庭で道徳教育がなされているかと言えば、それも期待できないのが実態である。

デュルケームが言うように子供の特性としては暗示にかかりやすい。暗示によって新しい習慣を獲得したならば、その習慣に固執する。これがキリスト教の重視する幼児洗礼及びイスラム教などの幼児期の家庭教育（宗教教育）に繋がる。日本では幼児期の子供が最初に経験する社会集団は家族のため当然ながら家庭教育が中心になる。

しかし、家族という比較的狭い社会集団と、地域や国、国際社会のより公共性が重視される社会集団との落差は大きい。そのために、学校という橋渡しが必要になり、低学年からの社会規範など、前章で述べたような「道徳性」の教育が必要になってくる。

現状における日本の道徳教育は、文部省の学習指導要領に「学校の教育活動全体を通じて行うもの」つまり、国語科や社会科や特別活動の授業の中において、道徳教育が行われるものとして位置付け、正式な教材もない状態で実体のない、形式的、統一性に欠けるものとなっている。最近は「心のノート」が活用されているが、その存在意義を理解している親・教育者はどれほどいるのだろうか。

また、学校生活全体が道徳教育の場であるとの立場である。それは、朝の挨拶にはじまり、食事作法、友達間の関係、教師・上級生との上下関係、クラブ活動、トイレの使い方など、全てが道徳教育であるとの説明があるが、その指導に当たる教師の資質を考え、日教組の活動内容、父兄会のあり方などを見ると、それが機能していると見ることは決してできない。

教育を受ける側の生徒およびその卒業生らの意見には、学校で道徳教育がなされているとの意識は極めて希薄であり、その必要性を訴える若者、その親たちの声がほとんど聞こえてこないのは、極めて寂しいことである。父母も、何か問題が起こると、大半が学校、社会にその責任を求めるなど、親の意識もひどい体たらくなものである。親の責任を自覚すべきである。

今、親として子供を育てる世代は戦後の教育を受けた世代である。また日教組に代表される教える側の教師も戦後教育組である。この世代は「道徳とは」との質問に的確に答えられる人は少数であろう。また、「教育勅語」については、毛嫌いするし軍国教育と同じと考えている人が大半であろう。しかし「その中身は」と聞くと判っていないだろう。ここで少し教育勅語に触れてみたい。

教育勅語は、１８９０（明治23）年に発布された。教育の基本方針を示す明治天皇の勅語である。正式名は「教育ニ関スル勅語」である。その当時の道徳観は儒教や仏教から作られていたが、明治政府の理念からは不適切とされ、伝統的な道徳観を天皇を介する形でまとめられたものとされた。しかし、忠君愛国主義と儒教的道徳観を内容としているのは否定できない。

勅語は、わずか６文３１５文字の短いものである。内容は日本人が祖先から受け継いできたた豊かな感性と美徳が表され、人が生きていくべき上で心がけるべき徳目が簡潔に述べられている。その徳目として12項目がある。参考までに以下に列挙する。

①父母ニ孝ニ……（親に孝行を尽くしましょう）
②兄弟ニ友ニ……（兄弟・姉妹は仲良くしましょう）
③夫婦相和シ……（夫婦は互いに分を守り仲睦まじくしましょう）
④朋友相信シ……（友達はお互いに信じあいましょう）
⑤恭儉己レヲ持シ……（自分の言動を慎みましょう）
⑥博愛衆ニ及ホシ……（広く全ての人に慈愛の手を差し伸べましょう）
⑦学ヲ修メ業ヲ習ヒ……（勉学に励み職業を身に付けましょう）
⑧以テ智能ヲ啓発シ……（知識を養い才能を伸ばしましょう）
⑨徳器ヲ成就シ……（人格の向上に努めましょう）
⑩進テ公益ヲ廣メ世務ヲ開キ……（広く世の人々や社会のためになる仕事に励みましょう）
⑪常ニ国憲ヲ重シ国法ニ遵ヒ……（法律や規則を守り社会の秩序に従いましょう）
⑫一旦緩急アレハ義勇公ニ奉シ以テ天壌無窮ノ皇運ヲ扶翼スヘシ……（国に危機があったなら自発的に国のため力を尽くし、それにより永遠の皇国を支えましょう）

以上の12項目の徳目は、立派なものである。ただ、内容が国内的視点で語られており、グローバル化した現在では手直しが必要であろう。そして第12番目の徳目については、若干の違和感を覚えるが全体的な道徳的な視点では現在でも大変に参考になる内容であろう。

道徳は、理想的には、家庭、学校、企業などの人間が触れ合う全ての社会活動の場でなされることが理想である。その中で、今の日本で大きく欠落している社会活動の一つが学校における道徳教育である。誤解してもらっては困るが、幼児期の大半を占める家庭教育の重要性を否定するものではない。その教育は当然のことである。しかし、戦後の学校教育で育った人々が親として、子供を育てる家庭には、大きな危惧を抱いている。

ここに、家庭教育として簡単であり、日常生活の中で身に付くと言われている方法がある。儒学者であった孟子が『道徳の根源の一つに人間が生まれながらにして持つ「思いやりの心」つまり「惻隠の情」がある』と述べている。その心を育てるためには、以下の五つのことが重要であると言っている。

その内容を見ると一見関係がない行動に見えるが、「しつけ」として「しつづける」家庭教育でその心は醸成されるそうである。要は、我がままを抑えることである。

①ハイと返事をする
②「おはようございます」と言う
③脱いだ靴のかかとをそろえる

④姿勢を正す
⑤朝寝坊しない

家庭教育は、大変大事であるが小さな社会活動の場である。人間とは、社会的動物で単独では行動できなくなっている。つまり、集団的行動を好み、集団の思想・活動に大きく影響される弱い動物である。その証拠に、若者たちは集団となると行動が大胆になる。一人ひとりを見れば極普通の若者が変わってしまう。暴走族、いじめ、虐待、破壊行為等があり、特に集団で騒ぐ傾向にある。

従って、人生における初めての集団生活である小学校の教育は非常に大事である。子供たちの脳は乾いたスポンジのようにいろいろな知識を吸収し、柔軟性に富み教育が効率的に機能することができる年代である。そこで、小学校からの道徳教育を正式科目としての採用を強く求めたい。

塾通いなどどうでもよいのである。戦後の道徳教育の廃止で、その弊害が出ているのは間違いない事実である。それには、日教組も大きく加担している。教える側の教師がその資質に欠け、道徳教育の必要性を感じる教師が少ない。そんな状態では、道徳教育は形式に流れ、教えられる側の生徒も理解しないし、道徳教育も無駄と考えてしまう。

日本の教育現場には、一日も早い道徳教育を復活させる必要がある。たとえ、それは直ぐに効果が出なくても根気よく「しつづける」ことが大事である。「しつけ」とは、「しつづける」ことである。そして、同時に家庭教育の大切さを訴える社会啓蒙が必要である。両輪の共同作業が必要である。

ただ、戦後の平和ボケをした親世代の教育は更に難しい。髪の毛をだらしなく染めた親、平気で人前でタバコを吸う母親、乱れた男女関係、薬物の氾濫、理由なき無差別殺人、欲望のままに行動する若者、スマホの身勝手な使い方など、家庭教育を荷う親世代の退廃は著しい、先行きは難問山積である。

ただ、今の日本は世界に稀にみる平和国家である。知識教育の場である学校教育体制は充実している。異なる宗教観や価値観を受容する民族性も持つ。このような日本だからこそ普遍性のある道徳教育が可能であると考える。

今、日本政府の動きとしては、児童生徒が道徳的価値について自ら考え、実際に行動できるようになることを狙いとして作成した「心のノート」という教材がある。更に平成26年度から「心のノート」を「私たちの道徳」と全面改定し、全国の小・中学校に配布することにしているそうだ。それに反対するグループがいるそうであるが、反対するのみの集団は必要ない。

その内容は、大変立派なものである。しかし内容が重複し少し欲張り過ぎの内容ではないだろうか。教えられる方も教える方も消化不良になる可能性がある。内容的に欲張るのではなく、本当に教えたいことを繰り返し、根気よく社会生活に直結した暗記できるような単純な形にする必要がある。

また、教本ができたことで満足してはいけないことと思う。道徳教育は家庭、学校、社会人として人間が交わる関係の中で教えられるとのことを忘れてはいけない。今回の教材を第一歩として継続することが大事であろう。そして、教える教師に道徳教育の必要性を十分に理解させなければならない。

兎に角、「道徳教育」は社会全体の問題であり、辛抱強く行う必要がある。例えば、禁煙習慣であるが、私が小さい頃は、公共の交通手段である電車、バスの中、禁煙表示のある建物内での喫煙は当たり前のように行われていたが、粘り強い運動の結果、禁煙場所での喫煙はほとんどなくなった。「しつけ」は「しつづけること」が大事なのである。

グローバル化の進む世界は、異なる宗教観・価値観が各地に存在する。日本が発信元になり、世界共通の道徳観を作ってはどうだろうか、それにはまず、日本国内でそれを確立する必要がある。そこで、その道徳教育の具体的内容を考えてみたいと思う。

私は、神と来世を語る如何なる宗教も哲学・思想も支持しないが、仏教、キリスト教、イスラム教、儒教など世界に浸透している宗教・思想の始祖の教えには、共感するものがある。特に、仏教の始祖釈迦の教えには共感する。いずれの宗教もその弟子たちが、始祖の教えを彼等の欲望を満たすために捻じ曲げてしまった。

ここで、普遍性のある世界共通の道徳構築には、先人たちの純粋な言葉、考えは今の時代でも、受け入れられる道徳性に富んだものであると確信する。従って道徳教育の内容を宗教・哲学から求めることはごく自然であると考える。

過去の偉人、主な宗教の教えから「道徳」に関する項目を、まず羅列したい。

キリスト教では、「愛」の教えがある「左の頬を叩かれたら、右の頬を出せ」「無抵抗の教え」「隣人を愛せ」すなわち、愛の教えを説いた。『ルカ福音書』に「あなたは敵を愛しなさい。あなたを憎む者を愛しなさい」がある。

仏教では、「自利利他の心」の教えがある。人間以外の動物は、自然に自利利他の心のバランスが取れているが、人間は動物より欲望が甚だ強いため、その欲望・自利を抑え、利他の心を高める道徳教育が必要である。儒教では、「仁」の教えがある。人間の社会では、思いやりの心すなわち「惻隠の情」が大切で道徳の根源である。これも利他の心に繋がる。

ガンジーには、「最高の道徳とは不断に他人への奉仕、人類への愛のために働くことである」「内なる精神が変わらない限り、外界の事象を変えることはできない」「善きことはカタツムリの速度で動く」との言葉がある。

マザーテレサには、「人は不合理、非論理、利己的です。気にすることなく、人を愛しなさい」「あなたの正直さと誠実さとが、あなたを傷つけるでしょう、気にすることなく正直で誠実であり続けなさい」「善い行いをしても、おそらく次の日には忘れられるでしょう、気にすることなく善を行い続けなさい」「今の世の中、人間が人間を見捨てているよね。親が子を、子が親を、兄が弟を、友が友を、隣人が隣人を」との言葉がある。

トルストイには、「人間は誰でも、自分が快適になれるために生きている。だが、自分の望みが叶えられる状態は一つだけある。それは、あらゆる存在が他人の幸福のために生き、おのれ自身よりも他人の存在を愛するような状態だ。その場合のみ自分と他人に望み通りの幸福を授かる」「生命のあらゆる矛盾を解決し、人間に最大の幸福を与えるこの感情を全ての人が知っている。この感情が愛である」と言った。

梅原猛には、「250年の平和を保った江戸時代は、儒教は武士の教養になり、惻隠の情が道徳の根源と教え、庶民には、自分を利益し他人も利する仏教の自利利他の精神を学ばせた」「人間の欲望は甚だ強く複雑である。しかも同類を殺すという遺伝子を持つ。そのサルから受け継いだ遺伝子で戦争ばかりしている。従って道徳が必要である、あるいは道徳を裏付ける宗教が必要だ。それがないと、人間は自利の塊になる」「道徳の根源は、親の子を思う心、特に母の子を思う心である」「親の子に対する愛情は利他の心で報いを求めないもの」「親の愛情を受けた人間は、その愛を子供、孫、子孫に残す、そして社会全体にも返す、そういう心を持った人に接することが道徳の根源である」との主張がある。

以上のように、子孫、あるいは人々から崇められている立派な人々が、他人の幸福のために自己の存在を犠牲にする手本を示している。その手本を参考に次のような道徳の一つのサンプルを作ってみた。

道徳とは、「人々が善悪を理解し、守り従わなくてはならない規範」簡単に言えば、「人間はどう生きたら良いかを理解すること」。道徳の根源とは、「親が子を思う心、特に母の子を思う愛」である。道徳教育とは、「人生でしてはいけないことを教え、人生ですべきことを教えること」と言える。

その「してはいけないこと」とは、

(1) 人を殺してはいけない
(2) 嘘をついてはいけない
(3) 盗みをしてはいけない

その「すべきこと」とは、

(1) 苦しんでいる人を救う心を持つこと、「惻隠の情」「利他の愛情」で報いを求めないこと
(2) 強い欲望を抑えること
(3) 学問すること
(4) 家庭では「愛」、社会では「信」を大事にすること

以上が具体的な道徳教育の一つのサンプルである。だが、本来の道徳教育は「してはいけないこと」を教育することで、「すべきこと」はその教育の補助的なもので、「してはいけないこと」を徹底して教えるものだと考える。その「してはいけないこと」を少し詳しく述べたい。

❶「人を殺してはいけない」

釈迦の「不殺生《ふせっしょう》」、ユダヤ教、キリスト教、イスラム教の共通の戒律「モーゼの十戒」にある「あなたは殺していけない」の言葉。

❷「嘘をついてはいけない」

釈迦の「不妄語《ふもうご》」（虚言を言わない）、ヨハネ伝「初めに言葉ありき」、モーゼの十戒「隣人に対して、偽証してはいけない」、神道「清い心」、儒教「巧言令色鮮し仁」。

❸「盗みをしてはいけない」

釈迦「不偸盗《ふちゅうとう》」、モーゼの十戒「あなたは盗んではならない」とある。モーゼの十戒は、ユダヤ教、キリスト教、イスラム教の一神教の共通の教えである。

以上の3項目は人間以外の動物にはない悪い遺伝子のなせる業《わざ》である、そして全て「釈迦の五戒」に述べられている。因みに五戒の他の二つの戒は、「不邪淫《ふじゃいん》」不道徳な性行為を行ってはならない、「不飲酒《ふおんじゅ》」酒を飲んではならないである。西洋宗教には、「姦淫をするな」イスラム教には、「飲酒禁止」の教えがある。

実際の道徳教育をするに当たっては、小学校からするべきと考える。但し、項目のうち「人を殺してはいけない」については小学校の生徒には教えることは難しいので、「生物をむやみに殺してはいけない」との言葉に変え、全ての生物の命の大切さを教えるようにするべきと考える。「人を殺してはいけない」の教育は中学生からにするのが良いと考える。

「してはならないこと」の項目は、今から２５００年も前の偉人は既に警告を発していた。そして、現在でも世界各地で繰り返されているものである。動植物の頂点に立つ人類が一番その根本的な規則を実践できていない。

動物は自然に自利利他の心のバランスがとれているが、人間は動物より欲望が多いために、動物には見られない行動を引き起こしてしまうのである。そのような欲望を抑え社会混乱を起こさないようにするのが、道徳である。それも、「してはならないこと」の教えである。

その「してはならないこと」の3項目はいずれも極めて大事なことであるが、その中でも「人を殺してはいけない」は最も重要なことであろう。当然、他の2項目も非常に大事である。だが、「嘘をつく」「物を盗む」はその後の反省があれば、取り戻すことができる項目である。「人を殺す」は、決して取り戻すことができるものではない。永遠に失われるものである。

では何故「人を殺してはいけない」のか、先人たちはごく当たり前の如く述べているが、それの説明がよく判らない。当たり前のことで説明など要らないだろうと多くの人が言うだろう。それ程当たり前のことなのである。

純粋な子供がその疑問を呈した時、何と答えるのか戸惑う質問である。だが、人が人を殺す行為は、一部のサルには見られるが全ての生物の中で同類殺しを繰り返しているのは人間だけなのである。

子供の「人を殺してはいけないというけど、人は牛や豚を殺して平気で食べているじゃない、僕なんか焼肉大好きだよ」それに対する答えは容易ではない。しかし究極の道徳教育は「同類殺し」の戒めに行き着くのではないだろうか。

私はこの本で138億年の歴史を述べてきた。そして、今ここに生きている全ての人間は、ビッグバンで宇宙が生まれ、原子ができた時からの歴史を延々と持っている。原子で作られた体の中には原子で作られたDNAという遺伝子で138億年の記憶を保有している。

つまり、今生きている全世界の人間は138億年の歴史を持つ生物である。しかし、体を作っている原子の組み合わせは誰一人として同じものはない。それは、過去も未来そして生きている今も、決して同じ組み合わせがない唯一のものである。

当然ながら、その一人ひとりの一瞬先は判らない、本人も判らないし誰にも判らない。生命は個人個人が持つ唯一の権利である。だれも侵すことのできない権利である。突然、その権利を奪うことは誰にもできない。その権利とは、人の将来の夢や希望のことである。人の夢・未来を奪う権利は誰にもないのである。

従って、人を殺してはならないのである。

ただ、その人間が生きていくために必要な他の動植物の命を分けてもらうのは、無駄な殺生をしない限り許されるものである。それは、自然の循環である。例えばライオンが野牛を食べるとしよう、ライオンは食べた後に排泄物を出す。排泄物は植物の栄養になり植物を育てる、そして牛は育った草を食べ大きくなる。このように生物の世界では原子の循環があり相互に助け合っている。

『ファーブル昆虫記』に出てくる「フンコロガシ」「ツチバチ」「サソリ」など様々な生き物もその循環の中で生きている。それで大自然は保たれ、美しい自然が破壊されることなく、子孫に残すことができるのである。

更に、人間以外の動植物には「死」というものを認識できない。脳がそれほど発達していないからである。死後の不安なども持っていない。人間は他の動物と比較し、大きな脳を持っている。そのため、「死」を知っており、見たこともない「死後の世界」への恐怖まで持っている。その意味でも、他の人を苦しめるような行為つまり強制的に人の命を奪ってはいけないのである。

道徳の根源は、親の子を思う心、母親の子を思う心と既に述べているが、人を殺すことによって、殺された人の周りの人、その親も悲しみのどん底に陥れるようなことはしてはならないのである。そして、人が死んでしまうと、決して同じ人間は生まれてこないのである。138億年で唯一の存在であった個人の夢や未来を奪うことはできないのである。人間は必ず死ぬ。それは避けられないが、それを強制的に終わらせることは決して許されないことである。

人間の幸せとは、平凡・普通の生き方の中にあると思う。その普通とは、「親死に、子死に、孫死に」である。人間は必ず死ぬ運命にある。その死が順番に来ることが幸せなのである。肉親の死は悲しい、耐えられない、だがそれは順番が守られていれば、必ず納得する時が来る。時間が解決する。

その死が、順番が狂った場合、例えば子供が重い病気になりいろいろ手を尽くしたが、助けることができなかった場合の親の悲しみは大きく、その悲しみは長く続く。それが予期せず、他人に命を奪われた時のように突然に襲ってきた時、そしてその死が順番でなかった場合における親の心の苦しみは図りしれない。その苦しみは時も解決してくれない忘れられないものとなる。

だから、そのような死は絶対避けなければならない。今世界中で戦争が起こっている、戦場に行く兵士は若者である。親はいる、子供がいる人もいる。戦場では、死の順番が守られない不幸な出来事が常に起こっている。人を殺すということは、殺された本人を苦しめるだけでなく、その周りの人も苦しめることをよく理解してほしい。そしてこの世に唯一存在するものを失い、決して取り戻せないことも判ってほしい。従って決して「人を殺してはならない」のである。

ここで、日本における殺人事件の傾向について少し考察してみたい。過去20年の法務省データでは、殺人事件数は減少しており、人口比では約1%で横ばいである。親族または面識のある殺人が約90%で高く、面識なしが約10%である。犯行時の年齢は30代が一番多い。

殺人の動機は、憤怒、怨恨が約60%と高く推移、精神障害が5%と横ばい。それに対し、動機不明殺人が約6%と過去3倍、介護・看病疲れが約6%と新しく動機として項目が作られた。一方、生活困窮、債務返済問題を起因とする殺人は減少している。

データが示す問題点として、豊かさが向上し貧困に起因する殺人は減少するも、面識がなく、動機不明の凶悪犯罪が増加していることにある。加害者と被害者との間に因果関係が存在せず、いわゆる「身に覚えのない殺人」が増加し、「誰でも良かった」と加害者が供述し、反省も感じられず遺族の心痛が癒やされない事件が増加している。

また、その事件は幼児・女児が巻き込まれるケースが多くみられ、加害者に反省の色が見えず、前科がある再犯率が高い。共通するものとしては加害者の幼児期の家庭崩壊、両親の不仲、社会進出後の社会的疎外感が見られる。その絶望から、30代から40代の働き盛りに社会に対し報復として出てくる事件、すなわち社会的孤独が犯罪に繋がる事が多い気がする。人間には「居場所」が必要なのである。その事例を過去の社会を震撼させた事件から見てみたい。

被告・事件名	犯行日	犯行時年齢	殺人数	生い立ち・供述等
西口彰 連続強盗殺人事件	昭和38年	38歳（45）	5人	16歳詐欺罪・クリスチャン・中学中退・少年刑務所『詐欺はしんどいね、やっぱり殺すのが一番面倒なくていいよ』
永山則夫 連続射殺事件	昭和43年	19歳（48）	4人	定時制高校中退・父の博打で家庭崩壊・天涯孤独『俺がここにいるのは、何もかも貧乏だったからだ、俺はそのことが憎い、憎いからやった』

大久保清 連続殺人事件	昭和46年	36歳 （44）	8人	兄弟仲悪・性犯罪・定時制高校中退・解雇・万引前歴 『俺は肉親、女、社会に裏切られ、人間の血を捨てた、世の中に絶望した人間を見せてやろうと思った』
川俣軍司 深川通り魔殺人	昭和56年	29歳 （収監中）	4人	家庭困窮・中学卒・転職・無口、怒りっぽい 『子供を持つヤツが羨ましい、手あたり次第うっぷんを晴らした、死んだ人間はこれも運命だ』
宮崎勤 幼女連続誘拐殺人	平成1年	27歳 （48）	4人	手首に障害・孤独・短大卒後就職するも解雇・転職 『覚めない夢の中でやった、やったと言うより起こった。覚えが無い、他人事だ、ネズミ人間が現れた』
福田孝行 山口光母子殺人	平成6年	18歳 （収監中）	2人	父親の暴力・父親の暴力で母親自殺・クリスチャン 『誰が許し、誰が私を裁くのか、そんな人物はこの世にいない、もう二人は帰って来ないのだから』
林真須美 和歌山毒カレー	平成10年	37歳 （収監中）	4人	普通の子供時代・負けず嫌い・短気・ヒステリック・近所トラブル・離婚歴3度の夫……『第一審黙秘、その後無罪を主張、動機がなし、一部には冤罪の声も』
造田博 池袋通り魔殺人	平成11年	23歳 （収監中）	2人	両親借金残し失踪・進学断念・新聞配達・転職 『キリスト教徒は全員努力している』『真面目に働いているのに評価されず腹が立った』『大学を出たかった』

上部康明 下関通り魔殺人	平成11年	35歳（48）	5人	九大卒・人間関係に悩む・転職・離婚・社会に恨み『何をやっても成功せず惨めであった。中卒でも出来るのに大卒の自分が出来ない、ただでは死ねない』
宅間守 池田小乱入殺傷	平成13年	37歳（40）	8人	父親の暴力・定時制中退・自衛隊を少女暴行で除隊『父によく殴られた、大人になってもうまくいかない現実にいらいらした。人に不愉快な思いをさせたい』
小林薫 奈良女児誘拐殺人	平成16年	36歳（44）	1人	父親の暴力・10歳時母親死亡・中学卒後新聞配達『殺人は人間的でないが後悔していない、騒ぎを起こし時の人になりたい、死刑でこの世とおさらばしたい』
小泉毅 元厚生次官襲撃	平成20年	52歳（収監中）	2人	34年前の犬処分に恨み・佐賀大中退・転職・近隣不仲・クリスチャン『34年前の飼い犬の仇討、元次官は魔物だ、魔物を殺しても無罪だと主張、真の動機不明』
加藤智大 秋葉原通り魔事件	平成20年	26歳（公判中）	7人	母親の期待大・職場になじめず転職・無断欠勤『親子関係がうまくいかない、社会でも友人や相談相手がいない、ネットの掲示板以外居場所が無かった』

注：括弧内死刑執行時年齢

以上が近時世間を騒がせた殺人事件である。これらの凶悪事件には、共通する部分が見られる。子供時代の家庭内不和、学校の中退、成人後の社会的疎外感、転職歴などである。それは、子供時代と成人後において、いずれも社会的な集団に自分自身の居場所が見つけられないケースである。そして、30代前後に、社会的不満を抱き、不特定多数の人に社会的報復に至ったような気がする。

人間は社会的動物なのである。家庭、学校、企業等からの社会的疎外を感じ、平等性が失われた時に、理性を失い衝動的に犯罪に走るのであろう。それが、幼児、女性のような弱者に向かう。その動機なき殺人が一番問題である。

その防止策は、今のような無関心社会が広がる中での、幼児期教育の充実、本来の理性に訴える道徳教育そして社会での受け入れ態勢など地道な活動しかないと考える。社会的疎外者を作ってはならないのである。

ちなみに、平成以降の死刑確定囚（２０１４年６月現在）の１６５名のうち女性囚は５名である。前述の凶悪犯を見ても、女性による殺人事件は林真須美・和歌山毒カレー事件のみである。生理学的な要因は判らないが、過去の戦争犯罪者、殺人事件を検証すると男性の犯罪率が高い。男性のＤＮＡとＹ染色体が影響しているのであろうか。そこにも、一つの解決策があるかもしれない。

次に「嘘をついてはならない」とは「してはならない」ことの一つであるが、最近その件で大きな問題が起こっている。それは、韓国との外交問題である。日本としては近隣の国として仲良くしなければならない相手国である。戦後既に70年が経過しているが、「従軍慰安婦問題」が大きく立ちはだかり、未だ両国の間の友好関係に影響を及ぼしている。

旧日本軍による従軍慰安婦について、朝日新聞は2014年8月5日に1991〜1992年に報じた「韓国済州島での女性の強制連行」記事について「一部に事実関係の誤りがあった」ことを認めた。日本政府は朝日新聞のこの記事のために、1993年に「河野談話」を出し全面的に謝罪をした。また、その記事が根拠となり、韓国の反日勢力を扇動しただけでなく日本国民としての恥を世界中に晒してしまった。更に最近、韓国は「従軍慰安婦」を世界記憶遺産としてユネスコに対し登録申請する動きがある。

慰安婦問題は大きな問題であることは間違いないが、日本だけが批判に晒されたその問題の内容は、朝日新聞記者であった植村隆氏が強制連行犠牲者遺骨祭祀送還教会会長兼作家の故吉田清治氏の「済州島の朝鮮人女性多数を日本軍が強制連行し慰安婦にした」との告白証言の裏付けを取ることなしに記事にした事件である。だが、2014年、朝日新聞は「その記事は事実でない」とねつ造を認めた。

そして、その嘘は人権派弁護士と自称する国会議員である福島瑞穂元社民党党首も大きく関わっている。福島氏が議員になったのは、韓国人慰安婦の日本政府に対する損害賠償訴訟の代理人となって名を馳せたのがきっかけである。裁判では、福島議員が主導し慰安婦の証言がねつ造された。その結果議員は有名になり豊かになり、日本政府及び日本人は世界中に恥を晒された。このような国会議員、弁護士を許すことはできない。

その**「嘘」**が日本を苦しめ、我々日本人にも大きな苦しみを与えた。そしてアメリカには慰安婦の銅像が作られ、国連からは非難を浴びるなど世界中に日本人の恥として発信され続けていた。誠に残念なことである。それが、朝日新聞のねつ造や弁護士のねつ造に端を発しているのは許されることではない。

植村記者の妻は韓国人で、義母は韓国内での従軍慰安婦訴訟団体の重要人物であるとのことである。まさかそんな個人的なことが影響しているとは思えないが、疑われても仕方ないかもしれない。また、新聞社との立場にありながら、30年に亘り、計16回にもなる誤報を与え続けた罪は大きい。

何故、今、朝日新聞が発表したのか真相は判らないが、世界中から日本への批判が強まる中で、朝日新聞としても発表せざるを得なくなったのではないだろうか。日本政府は冷静にこの問題を受け止め粛々として、この事実関係を世界に訴え理解を得る行動をすることが大事である。

また、決して韓国を責めるのではなく彼等の納得を得る努力をすることが大事であろう。慰安婦の存在は否定できないが強制の事実は否定できる。日本人にとって非常にうれしいことである。日本政府は、この機会を近隣諸国との関係改善に活用してほしい。

また、長年我々を苦しめてきた「南京大虐殺」についても、中国国民軍による日本人虐殺事件である「通州事件」の写真を使用するなどのねつ造疑惑が浮上してきた。一日も早い真相の解明を期待したい。

これは、道徳の中で「嘘をついてはならない」との教えに対する大きな教訓である。このまま、このねつ造が葬り去られた場合を考えると背筋が寒くなる。嘘をつけばどこか辻褄が合わなくなる。小さな問題がさらに大きくなる。その嘘が他人を巻き込み取り返しのつかない問題になる。しかし、正直に行動すれば、必ず解決する。そして周りもあまり巻き込まない。従って、嘘をついてはいけないのである。時として、相手に傷をつけず、癒やしを与えるような嘘は許されることもある。だが、多用することは決して許されない。

最後に「盗みをしてはならない」についてであるが、理解としては一番判りやすい事柄であろう。誰が考えても盗むことはいけないことは判る。だが、このことは如何なる動物の中で、人間に強く表れる過剰な欲望がもたらすものであろう。所有欲、性欲、名誉欲、征服欲など全てにまたがる問題である。「盗んでならない」との戒めは、「物」を単純に盗むとの考えだけではいけない。

釈迦は、人生は苦であると述べている。その解消のためには、一切の物は移り変わる存在で無常である。従って、過剰な欲に従い手に入れようとしても自分の物にはならない。欲が煩悩を起こし苦を生じさせる。そのために欲を捨て世の中のものは虚ろい易く無常と理解すれば、苦も和らぎ平穏を得ることができると言っている。そして、中道の心を持つことであると教えている。

「人を殺す」は人間の権利・自由を盗むことである。「姦淫、性犯罪」は他人の愛する存在を盗むことである。「隣人のポスト、隣人の家、隣人の妻、男女の奴隷、隣人の牛、ロバなどを盗む」は、所有欲、性欲、名誉欲、征服欲が表れる結果の盗みである。従って、「盗みをしてはならない」とは、隣人との関係において、人間の自由と尊厳を損ない、踏みにじることのないようにすることである。従って、この戒は他の二つと比較し、判りやすいが一番陥りやすい人間の欲である。

道徳教育で力をいれるのは、「してはならないこと」を徹底することである。

これからの科学と宗教のあり方

これからの各国の状況、国際関係を見ると、確かに着実に過去と比較し平和への歩みは進展していると思われる。しかし反面、科学技術の発達などで、従来の争いでは局地的な破壊で済んでいたものが、これから国際紛争が発生した場合には人類全体の破滅あるいは地球の崩壊につながる可能性も否定できない状況に今の人間圏はあると言える。

このような状況を解決するためには、情報網の発達により狭くなった世界、各地での行動を瞬時に知ることができる時代において要求されることは真実・価値観等の全世界的な共有であると考えられる。それには各地での文化、文明、価値観を相互に尊重しつつ、人類全体として正しい情報の共有を図るしか方法はないと思われる。

人類の誕生に至る科学的な真実、信頼に足りうる説に基づく事柄と各地で持つ独自の文化、文明、宗教を公平に教育する基準を作り、より真実に近い人類共通の認識を醸成するべきである。その過程の中でも旧来の考えを変えることのできない人々が必ず存在するが、それを尊重し排斥せず会話を繰り返す努力をすべきであろう。

また個人的な信念を持つ人々も意見の異なる人の行動を阻害しないような社会作りをすべきであろう。更に、科学的な研究で真実を探求する姿勢の重要性を高めるべきであろうと思われる。そのためには軍拡、兵器の増強に使用する財源をもっと科学の発展に投入すべきである。

現状ではいかに科学が進歩しても解決できない課題「人はどこから来て、どこに行くのか」が残る。それを人類共通の課題として共有し解決する努力をし、その中から人類の進むべき道がおぼろげながら見えてくるのではないだろうか、だがそれを安易に妥協しないようにし、異なる宗教観、習慣、文化を尊重し、共存していかなければならない。

人類から宗教を無くすことのほうが良いと思われるが、当面は無理であろう。ただその存在は共通の利益に繋がるものとしなければならないが、それは極論すれば、人類だけでなく全ての生物も含めたものでなければならない。そうでなければ、今の人間圏は近い将来消滅する可能性があるものと考えられる。

早急にその現実も含め正しい知識を教える学問を全ての教育機関に義務づけるべきであろう。今ある全ての人類の過去は同じ起源であり、親戚なのである。一体とならなければならない。

かつては、科学は宗教の陰に隠れていたものであった。近代科学の幕開けに繋がったコペルニクス、ケプラー、ガリレオ、ニュートンたちは全て、熱心なキリスト教徒であった。そして彼等の意図は、神が創造した世界の中に神の偉大さを科学的に発見しそれによって神を賛美することであった。

しかし、皮肉にもそれらの発見が彼等の神を追い込むことになった。近代科学はその地位を逆転し、宗教を片隅に追い込もうとしている。数ある宗教の中で一番信頼できる宗教は釈迦仏教であると敢えて主張したい。その教えにある「人間は一人で生きているのではない、人間は他の多くの生き物と互いに支えあって共に生きている」との言葉が特に好きである。

だが、近代科学によって作られた現在の人間圏は、他の生き物との共存は難しく、今のままでは、早晩人類は破滅するであろう。そこで、その流れを変えるために宗教と科学との共存、協力体制が必要であると考える。

科学は、経験的知識と実証性をよりどころとするため個人を超えて社会的にも歴史的にも蓄積が可能であり、この後も新たな事実の解明があり進歩を遂げることは疑いないが、一方科学による環境破壊さらには人類の破滅という危険性も否定できない。

宗教は、当初「死の恐怖」や「自然の脅威」などの自然に関する無知ゆえに、自然を超越した抽象的「神」を創造し「死後の世界」を想定したりして人間の心の安らぎを与えてきた点は否定できない。しかしながら科学の発展でその思想基盤の脆弱さを露呈しているのも間違いない。ただ、宗教の本来の教義は信頼に足る部分はある。従って、これからの方向は、科学と宗教（道徳か）との共存、共生を目指すべきであろう。

科学が宗教の支配を脱し、宗教的自然観に代わり科学的自然観が優位になった時代にニーチェは「神は死んだ」と叫んだ。そして、20世紀の最大の科学者と言われるアルバート・アインシュタインの相対性理論と量子論による物理革命で決定的な科学の優位性を確立した。

アインシュタイン自身は無神論者で「宗教は子供じみた迷信に過ぎない」「わたしにとっ

て『神』という言葉は人間の弱さの産物という以上何物でもない」「聖書は尊敬すべきコレクションだが、やはり原始的な伝統にすぎない」と述べている。しかし、一方で「宗教なき科学は不完全であり、科学なき宗教は盲目である」や「宗教のない科学はまっすぐ歩くことができず、科学のない宗教は行き当たりばったりである」と述べ科学と宗教との共存、共生を指摘している。

決定的に優位に立った科学であるが、やはり人間が生きていく上での、隣人愛の実現、環境に優しいライフスタイル、他の生き物との共生という理想・目標には宗教（道徳）との協力が必要だと言っている。更に「現代科学に欠けているものを埋め合わせくれるものが仏教である」とあの偉大なアインシュタインが言ったのである。それは、勿論、釈迦仏教であろう。

「宗教と科学は調和するもので、宗教を欠いた科学、科学を欠いた宗教、それはどちらも不完全で両者はお互いに依存し、真理の追究という共通の目標をもっているものである」というのが、結論であろうか。しかし、「その宗教には、神は一切不要」なのである。神の存在を否定する宗教、つまり「無神論の宗教」が唯一科学を支える力を持つ。そうなると宗教とは呼べず、哲学になってしまうのだろうか、個人的にはそれは重要なことでない気がする。

「人間はなぜ生きているのか」「どうしてここに自分は存在しているのか」「なぜ宇宙の中で今この時点にここで自分が存在しなくてはならないのか」という問いに、科学は宇宙の始まり・人類の起源・その仕組みなどを研究し、答えようとするが答えは出ない。その問いに答えられる価値体系は宗教ではないだろうか、しかし、それには『神』を介在してはならない。

最後に私の好きなジョン・レノンの『イマジン』と『千の風になって』の一部を載せるのでよく内容を噛みしめてほしい。いろいろ述べてきたが、結論としては、人類共通の価値観としての「道徳観」的なものの構築とお互いの文化、慣習の相互尊重が必要である。それしか人類の将来はない。それをこれからの若者に期待したい。

想像してごらん／天国なんて無いんだと
地面の下に地獄なんてないし
想像してごらん／国なんて無いんだと
殺す理由も死ぬ理由もなく　そして宗教もない
想像してごらん／何も所有しないって
人はみんな兄弟なんだって
僕一人じゃないはず
いつかあなたもみんな仲間になって
そして世界はきっと一つになるんだ

（『イマジン』より抜粋）

私のお墓の前で　泣かないでください
そこに私はいません　眠ってなんかいません
そこに私はいません　死んでなんかいません
秋には光になって　畑にふりそそぐ
冬にはダイヤのように　きらめく雪になる
朝は鳥になって　あなたを目覚めさせる
夜は星になって　あなたを見守る
千の風に　千の風になって
あの大きな空を　吹きわたっています

（『千の風になって』より抜粋）

エピローグ

我々が住む現在の世界、地球、宇宙の謎が徐々にであるが、解明されつつある。そして、情報社会のなかでその解明された事実が浸透すればするほど、今まで極当たり前に信じてきたこと、あるいは常識が大きく変わりつつある。

そのような現在において、できる限りの真実を知るように努めることは従来以上に必要性を増している。何故ならば、科学の発展により時間という概念は従来の何倍にもなって進んでいる。自然と共生し生きてきた時代の時間の進み方と科学により得た快適な生活による自然環境の破壊は将来に亘り、大変大きな問題になる。いやもうなっており、人類の破滅に向かっている。

このような状況のなかで、我が国日本は、他の諸国に比べ数々の優位性を持っていると考えている。それは、世界一流の経済大国であり、世界のトップクラスの教育制度、勤勉性、向上心を持った国であることにある。更には、科学が創り出した核爆弾という人類を破滅に導きかねない原子爆弾の世界で唯一の被爆国、そしてその結果、世界で類を見ない平和憲法を持つ日本である。

また、数ある宗教の中でも、私が最もまともな宗教と考える釈迦仏教（日本仏教ではない）の教えを知る日本が、まず日本国内において道徳教育を行い定着させ、世界に発信する国家として進んでくれることを切望する。

それを推進しないと科学の実績とこれから明らかにする事実などは、何の役にも立たない成果になってしまう。何故ならば、今の秩序の無い世界が統一性の無い利己的な歩みを続ければ、美しい地球、水惑星の地球、青い地球は生物が生存できない不毛の惑星になるのは明らかだからである。

このような方向性しか見えない世界において、是非これからの人は、宇宙の始まりから人類の誕生そして今日に至るまでに科学が解き明かしてきた実証に基づく歴史を学ぶと共に、今存在する宗教の成立から当初の教義内容を正しく理解するように努めるべきである。

過去の人間の貴重な思想史として宗教を、世界共通の思想・価値観を構築するための財産として活用して頂きたい。そのような気持ちで、私はこの本を書いた。是非、**「歴史」**を学び、**「科学」**と**「無神論の宗教」**の共生する世界をつくるために日本がその発信源となるよう努力してほしい。

平凡な一人の人間が65年で経験したことをもとに、読んだ本の中から個人的に納得できる部分を書き留め、それにウィキペディアなどを使い収集した私の脳内の記憶のバックアップとしてこの本を書いた。従って、出典は不詳の部分が多く虫食いなので特定できないものが多い。また、偉そうに書いている箇所も私が実行できているから書いているのではなく、そのようになりたいと思っている希望を書いている。

また、この本の内容は、平成25年7月に東京図書出版から出した拙著『子供に伝えたいエンディングノート』の内容を加筆して書いたものである。『子供に伝えたいエンディングノート』は、私の死後の処理を子供たちに遺言として残したいために書いたものである。私の遺言は、葬儀無用、戒名無用である。何故そのような結論になったかを歴史、科学、宗教の3項目を中心に考えを述べ説明したのが前著である。

だが、前著を読んでみると内容に様々な不満を感じたので、今回、改訂版として書いた。更に、最近の殺人事件を見てみると理由なき殺人が増えているような気がする。過去にも殺人事件はあった。しかしそれには被害者にも身に覚えのあることが大半であった。最近は理由なき殺人、誰でもよかった、面識が無かったなどと説明できない事件が多い。

つまり、理由なき事件では今後の犯罪防止策が難しい。これは、恵まれた時代に育った人々の心が病んでいる証拠ではないだろうか。人間は一人では生きていけない、全ての人間は社会のなかで周りに支えられ生きている集団生活をする動物である。その自覚が無くなっているように感じる。若い人たちにはそのことを自覚してもらいたいためにこの本を書いた。若者に奮起を求めたい。

＊　＊　＊

了

日本が誇る憲法から、「前文」と「戦争放棄」と「信教の自由」の条文を抜粋したい。立派な内容である。

■日本国憲法の前文抜粋

「われらは、いづれの国家も、自国のことのみに専念して他国を無視してはならないのであつて、政治道徳の法則は、普遍的なものであり、この法則に従ふことは、自国の主権を維持し、他国と対等関係に立たうとする各国の責務であると信ずる」

■日本国憲法第9条「戦争の放棄」

第1項　日本国民は、正義と秩序を基調とする国際平和を誠実に希求し、国権の発動たる戦争と、武力による威嚇又は武力の行使は、国際紛争を解決する手段としては、永久にこれを放棄する。

第2項　前項の目的を達するため、陸海空軍その他の戦力は、これを保持しない。国の交戦権は、これを認めない。

■日本国憲法第20条「信教の自由」

第1項　信教の自由は、何人に対してもこれを保障する。いかなる宗教団体も、国から特権を受け、又は政治上の権力を行使してはならない。

第2項　何人も、宗教上の行為、祝典、儀式又は行事に参加することを強制されない。

第3項　国及びその機関は、宗教教育その他いかなる宗教的活動もしてはならない。

上記の日本国憲法第9条「戦争の放棄」を転記している時、政治の世界では「集団的自衛権」の容認についての議論が盛んに行われている。議論の内容としては戦後における国際社会のなかで日本の方向性の大きな転換であることは間違いない。また、時の政権の判断のみで重大な憲法解釈見直しを認めてよいものかどうか慎重を要する問題である。

集団的自衛権は、1945年に発効した国連憲章の51条において国際社会で認められた権利である。しかし日本は今までは、一貫して政府として取り入れていなかった権利である。では何故、今の時期にその権利を容認したのだろうか、世論調査でも国民の過半数が納得していない結果が出ている。

日本は、第二次世界大戦後、戦争の反省から世界に稀に見る平和国家を作り上げてきた。それにもかかわらず、何故危険な方向へ舵を切ったのであろうか、これからの若者を戦場へ送り出す危険性を増すような決定をしたのだろうか、それらが反対派の意見である。

本書では、平和な世界を作るために世界共通道徳を作るように提言している。それと集団的自衛権の容認は矛盾することのように思える。だが、私個人として集団的自衛権の容認は支持する立場である。そのまた、理由を述べるべきであろうが、それには、かなりの紙面を要するし信念として書くにはまだ無理である。今現在で唯一支持する理由は、私は過去の人間の行動や歴史、数々の悲劇を知り、かつ現在の隣国の行動を見て、日本国憲法第9条だけで日本を守る自信は当面持てそうにない。それが集団的自衛権を支持する理由である。それ以上の議論は別の機会でしたいと考える。理想論だけでは今の世界を乗り越えることはできない。現実的理想主義でなければならない。

ここまで書いたところでどうしても書いておきたいニュースが飛び込んできた。それは、2014年のノーベル平和賞の受賞予測に「憲法第9条を保持する日本国民」が浮上したことである。当初の受賞予測リストは⑴フランシスコ・ローマ法王⑵エドワード・スノーデン（元アメリカのNSA職員）⑶『ノーバヤ・ガゼータ』（ロシアの新聞）⑷ドニ・ムクウェゲ（コンゴの医師）⑸マララ・ユスフザイ氏（パキスタン出身の女性の教育の権利提唱者）が挙がっていた。

しかし、リストが更新され、ローマ法王が「憲法第9条」に差し替わったとのことである。他の4候補は順位が入れ替わっただけであった。結果はまだ出ていないが、素晴らしいことである。日本国内でしか認知されていない「憲法第9条」が世界に発信される可能性が生まれてきた。

もし、選ばれれば「憲法第9条」を改正することが出来なくなる。そして、「憲法第9

条」を「錦の御旗」にして、世界に平和宣言を発信できる。日本の国際舞台への登場である。例え選ばれなくても、国際舞台での日本の役割は大きくなる。

だが、集団的自衛権の容認はこの時点でも、私は必要と考えている。

10月10日に、平和賞が、17歳のマララ・ユスフザイ氏に贈られた。

ここから、内外の無神論に近い人の言葉や行動を纏めてみたので参考にして頂きたい。

「無神論者」……世界観の説明に神の存在、意思の介在などが存在しない、または不要とする考え方。

☑ 著名な海外の無神論者

◆エピクロス（紀元前のギリシャ人哲学者）

「死はわれわれにとっては無である。われわれが生きている限り死は存在しない。死が存在する限りわれわれはもはや無い」

◆ルクレティウス（紀元前のローマ人哲学者）

「説明の付かない自然現象を見て恐怖を感じ、そこに神々の干渉を見ることから人間の不幸が始まった」

◆ディドロ（18世紀のフランス人哲学者）
「野蛮な人々が文明へと一歩進むよりも、進化し開明の人間が野蛮へと逆戻りするほうがはるかにたやすい」

◆ヴォルテール（17世紀のフランス人哲学者）
「不条理なものを信じているものは悪事を犯す」

◆マルキ・ド・サド（18世紀のフランス人作家）
「この神という偶像の崇拝くらい、あらゆる幻影のうちで、最も醜悪で滑稽で危険で軽蔑すべきものはありません」

◆サルトル（20世紀のフランス人哲学者）
「人間は自由であり、つねに自分自身の選択によって行動すべきものである」「人間の運命は人間の手中にある」「金持ちが戦争を起こし、貧乏人が死ぬ」

◆カール・マルクス（19世紀のドイツ人哲学者）

「宗教は抑圧された生き物のため息であり、心なき世界の心であり、また、それが罪なき状態の心情であると等しく、つまり、それは民衆のアヘンである」

◆ニーチェ（19世紀のドイツ人哲学者）

「どっちなんだ、人間が神の失敗作なのか、それとも神が人間の失敗作なのか」「信仰とは真実を知りたくないという意味である」

◆アルベルト・アインシュタイン（20世紀最大のユダヤ人物理学者）

「神の存在とは私が真面目に受け取れない人類学の概念のようだ。人間界の外に意思やゴールがあることが全く想像できない」「人間の倫理は、人情や教育、社会のニーズや結びつきを基本とすべきで、宗教を基本とする必要はない」

◆マリ・キュリー夫人（20世紀のポーランド人物理学者）

「純粋な科学には完全な自由が必要である」「希望とは、我々を成功に導く信仰です」

◆ジークムント・フロイト（20世紀のオーストリア人心理学者）

「宗教は幻想である。そしてそれは本能的な欲望と調和してしまう力を秘め持っている」

◆リチャード・ドーキンス（21世紀の英人生物学者）
「神は妄想である」
◆トーマス・ジェファーソン（第3代アメリカ大統領）
「大胆にも神の存在を問題にした。なぜなら神がいるならば、盲目に抱かれる恐れの尊敬よりも理性の尊敬をもっと認めなければならないからである」
◆スティーヴン・ホーキング（21世紀の英人物理学者）
「秩序を神の御名によって例えるとしたら、それは非人格的な神であろう。物理学には人格的なところはほとんどない」
◆ピーター・アトキンス（21世紀の英人化学者）
ヒューマニズムや無神論、及び科学と宗教の不和合性の問題に関する著書がある。オックスフォード世俗教会のメンバー。
◆スティーブン・ワインバーグ（21世紀の米物理学者）
「宗教があろうとなかろうと、善い人は善い行いを、悪い人は悪い行いをする。しかし宗教によって善い人も悪い行いをする」

◆マーク・トウェイン（19世紀の米作家）
「人は信じているということによって教会から受け入れられ、知っているということによって追い出される」「聖書の理解できない部分が引っかかるんじゃないんだ、理解できる部分が引っかかるんだ」

◆ベンジャミン・フランクリン（18世紀の米政治家・物理学者）
「教会よりも灯台のほうが役にたつ」

◆ブレーズ・パスカル（17世紀の仏哲学者）
「宗教のために行われる罪でなければ、人間はあれほど完全に楽しそうに悪事は行わない」

◆エドワード・ギボン（18世紀の英歴史家）
「宗教のことを一般人は真実とみなしており、賢者は偽りとみなしており、支配者は便利とみなしている」

◆アーサー・C・クラーク（20世紀の英作家）
「人類の一番の悲劇は、道徳が宗教にハイジャックされたことだ」

◆ロバート・グリーン・インガーソル（19世紀の米の著名弁護士）
「我々の知らないことは神である。知っていることは科学である」
◆ベンジャミン・ディズレーリ（19世紀の英政治家）
「知識の限界で宗教が始まる」
◆ビル・メイハー（現在のアメリカの著名なコメディアン）
「飛行機を建物に飛び込ませるなんて信仰に基づくものだ、宗教は精神疾患だと思うね」
◆バーナード・ショー（19世紀の英劇作家）
「わたしは無神論者だが、そのことを神に感謝している」
◆バートランド・ラッセル（20世紀の英哲学者）
「私は両親の愛に勝る偉大な愛を知らない」「幸福になる一番簡単な方法は、他人の幸せを願うことです」「金銭を崇拝する人間は、自分自身の努力を通して、あるいは自分自身の活動の中に幸福を得ようとする望みを捨てた人間である」
◆ノーム・チョムスキー（21世紀の米人哲学者）

「イスラエルの支持者は実際のところ、道徳的堕落の支持者に他ならない」

◆アイザック・アシモフ（20世紀の米人作家）

「きちんと読めば、聖書には無神論のための思いつく限りの最も強い根拠がある」

◆ウラジーミル・レーニン（20世紀のロシア人政治家）

少年時代には既に、権力と癒着し腐敗していたロシア正教会に幻滅していた。マルクス主義的無神論者で、正教会を反革命の温床とみなしていた。『宗教は毒酒である』との言葉を残している。

◆レフ・トロツキー（20世紀のロシア人政治家）

「人間の性格の深さと力は、その道徳的なたくわえによって定められる。人間はその生活の慣習の条件から放り出されたときにのみ、道徳的なたくわえに頼らなければならぬため、自分を完全にさらけだす」

◆アジタ・ケーサカンバリン（釈迦と同時代のインド人思想家）

世界を地・水・火・風の４要素の離合集散と説明した。バラモン教の輪廻を否定し、死後の生まれ変わりも来世も認めず、人は死ねば４要素に還って消滅するとし、道徳も宗教も不必要なものであるとした。

☑ 心に残る言葉

次に今までに出会い気に入った言葉を書き留めるので、参考にして頂きたい。順序は思いついた儘に書いてあるので、ご容赦願いたい。

「10歳にして菓子に動かされ、20歳にして恋人、30歳にして快楽に、40歳にして野心に、50歳にして貪欲に動かされる。いつになったら人間は知性のみを追って進むようになるのだろうか」
（ゲーテ）

「人間は努力する限り迷うものだ」
（ゲーテ）

「天才というものは努力する才能である」
（ゲーテ）

「才能は孤独のうちに育ち　人格は世の荒波で育つ」
（ゲーテ）

「祇園精舎の鐘の声、諸行無常の響きあり、娑羅双樹の花の色、盛者必衰のことわりをあらはす。おごれる人も久しからず、只春の夜の夢のごとし。たけき者もついには滅びぬ、ひとえに風の前の塵に同じ」

『平家物語』（信濃前司行長）

「ゆく川の流れは絶えずして、しかも、もとの水にあらず。よどみに浮ぶうたかたは、かつ消えかつ結びて、久しくとどまりたるためしなし。世の中にある人とすみかと、またかくのごとし」

『方丈記』（鴨長明）

「つれづれなるままに、日ぐらしすずりにむかいて、心にうつりゆくよしなしごとを、そこはかとなく書きつくれば、あやしうこそものぐるほしけれ」

『徒然草』（兼好法師）

「月日は百代の過客にして、行かふ年も又旅人なり。舟の上に生涯をうかべ、馬の口とらえて老をむかふる者は、日々旅にして旅をすみかとす。古人も多く旅に死せるあり」

『奥の細道』（松尾芭蕉）

「幸福な家庭はすべて互いに似かよったものであり、不幸な家庭はどこもその不幸のおもむきが異なっているものである」

『アンナ・カレーニナ』（トルストイ）

「幸福にしてあげたいなら、その人の持ち物を増やさず、欲望を減らしてやるのがよい」

「金を失うことは小さく失うことである。名誉を失うことは大きく失うことである。しかし、勇気を失うことはすべてを失うことである」

（セネカ）

「人間の事件は、生まれる、生きる、死ぬだけだが、生まれる時は気が付かず、死ぬ時は苦しみ、生きてるときは忘れてる」

（チャーチル）

（フランスの道徳家　ラ・ブリュイエール）

「運命は、我らを幸福にも不幸にもしない。ただその材料と種子とを我らに提供するだけである」

（モンテーニュ）

「この世は絶え間のないシーソーだ」

（モンテーニュ）

「理想主義のない現実主義は無意味である。現実主義のない理想主義は無血液である」

（ロマン・ロラン）

「寝床につく時に、翌朝起きることを楽しみにしている人間は幸福である」

（スイスの法学者　ヒルティ）

「失ったものを数えるな、残ったものを数えよ」
（ベニー・グッドマン）

「困難は、人の真価を証明する機会なり」
（ギリシャ哲学者　エピクテトス）

「今日という一日は、明日という日の二日分の値打ちを持っている」
（フランクリン）

「一番忙しい人間が、一番沢山の時間を持つ」
（アレクサンドロ・ビネ）

「人生は短い、それでも人は退屈する」
（フランス作家　ルナール）

「大切なものは見えない」
『星の王子さま』（サン・テグジュペリ）

「我らいずこより来るや、我ら何者なるや、我らいずこへ去らんとするや」（ゴーギャン）

「歴史とは、勝者側が歴史書を作る、従って自らの大義を強調し、征服した相手を貶める内容」
（陳舜臣）

「世界中の全ての信仰は虚構に基づいている」『ダ・ヴィンチ・コード』（ダン・ブラウン）

「入るをはかりて、出ずるを為す」　（上杉鷹山）

「為せば成る　為さねばならぬ何事も　成らぬは　人の為さぬなりけり」　（上杉鷹山）

「人に媚びず　富貴を望まず」　（黒田官兵衛）

「やって見せ言って聞かせてさせてみて、ほめてやらねば人は動かじ」　（山本五十六）

「一日生きることは、一歩進むことでありたい」　（湯川秀樹）

「子供叱るな　お前の来た道　年寄り笑うな　お前の行く道」　（不明）

「読書とは、自分にとって大地である地球とはどんな存在か、人間とは人生とは何なのかを整理すること」　（不明）

「何もかもうまくいっては人生はつまらない」　（柳生宗矩）

「神と悪魔が闘っている。そしてその戦場こそは人間の心なのだ」　（ドストエフスキー）

「最も強いものが生き残るのではなく　最も賢いものが生きのびるものではない　唯一生き残るのは変化できるものである」
(ダーウィン)

「利を見て義を聞かざる世の中に利を捨て義を取る人」
(直江兼続)

「ほめる時は人前で大声で　叱る時は物陰でひっそりと」
(直江兼続)

「歴史は繰り返す一度目は悲劇として　二度目は喜劇として」
(マルクス)

「欲しいと思うものは買うな　必要なものだけ買え」
(マルクス)

「死を軽んずるは勇気の行為である　しかしながら生が死よりもなお恐ろしき場合にはあえて生くることこそ真の勇気である」
(トマス・ブラウン)

「かくなればかくなるものと知りながら　やむにやまれぬ大和魂」
(吉田松陰)

「おもしろきこともなき世をおもしろく、住みなすものは心なりけり」
(高杉晋作)

「この世にて慈悲も悪事もせぬ人は、さぞや閻魔も困りたまはん」（一休）

「この道は行けばどうなるものか、危ぶむなかれ、危ぶめば道はなし、踏み出せばその一歩が道となる、迷わずゆけよ、ゆけばわかる」（一休）

「花と咲くより　踏まれて生きる草の心が俺は好き」『姿三四郎』（富田常雄）

「鋳型に入れたような悪人は世の中にあるはずがない、平生はみんな善人です。少なくとも普通の人間です。それがいざという時に急に悪人に変わるから恐ろしいのです。油断ができないんです」『こころ』（夏目漱石）

「智に働けば角が立つ　情に棹させば流される　意地を通せば窮屈だ　とかくに人の世は住みにくい」『草枕』（夏目漱石）

「貧しいものには物を与えよ　富める者には法を与えよ」（空海）

「身を捨ててこそ　浮かぶ瀬もあれ」（空也）

「つねに真実を話さなくちゃならない、なぜなら真実を話せば、あとは相手の問題になる」
（ショーン・コネリー）

「一人で見る夢は夢でしかない、しかし誰かと見る夢は現実だ」
（オノ・ヨーコ）

「まず事実をつかめ、それから思うままに曲解せよ」
（マーク・トウェイン）

「よほど巧みな嘘をつけない限り、真実を語るにこしたことはない」
（J・ジェローム）

「ロバにはロバが美しく、ブタにはブタが美しい」
（ジョン・レー）

「人間世界においては思想の相違が戦争の原因である」
（不明）

「人生は勝ち方によってではなく　その敗れ方によって最終的価値が認められる」
（アーネスト・ヘミングウェイ）

「事実は小説より奇なり」
（バイロン）

「禍福は糾える縄の如し」　『史記』(司馬遷)

「宗教は人間を酩酊させ　官能と理性を麻痺させる　コーヒーは官能を鋭敏にし、洞察と認識を透明にする」(寺田寅彦)

「脱皮できない蛇は滅びる」(ニーチェ)

「金を残して死ぬものは下だ　仕事を残して死ぬものは中だ　人を残して死ぬものは上だ」(後藤新平)

「人のお世話にならぬよう　人のお世話をするように　そして報いを求めぬよう」(後藤新平)

「たった一人しかない自分を、たった一度しかない一生を、本当に生きなかったら人間に生まれてきたかいがないじゃないか」『路傍の石』(山本有三)

「振り向くな、振り向くな、後ろには夢がない」(寺山修司)

「私は生涯一日も仕事をしたことが無い　それらはすべてが心を楽しませることであった」
（エジソン）

「人間を理解する方法はひとつだけである　それは判断を急がないことだ」
（サント・ブーヴ）

「楽天は人に成功を導きます　どんなときでもそこに明るい気持ちと希望がなければ成功はありません」
（ヘレン・ケラー）

「この人生には無数の教訓がちりばめられている　しかし　どれひとつとってみても万人にあてはまるものはない」
（山本周五郎）

「無病息災、快食快便、安眠健康、家内子孫繁栄」・「最も高遠な道は、最も平凡なことの中に宿る」
『菜根譚』（洪自誠）

「仁義礼智信の五を規とし慈愛をもって衆人を憐れみ」
（上杉謙信）

「良き書物を読むことは　過去の最も優れた人々と会話を交わすようなものである」

（デカルト）

「自分に打ち勝つことは　勝利と呼ばれるものの中で最高に困難なものである」

（プラトン）

「敵がいない人生は考えられない　それどころか善良な生き方をすればするほど敵は増える」

（トルストイ）

「あることを真剣に考えて、自分の結論が正しいと思ったら、３年掛かって考え続けてもその結論は変わらないだろう」

（ルーズベルト）

「人にものを教えることはできない　自ら気が付く手助けができるだけだ」

（ガリレオ・ガリレイ）

「貧乏は恥ではないが　不便である」

（シドニー・スミス）

「お金を貸しても良い　但し貸すなら返って来なくても惜しくない額を貸すことだ」

（ハーバート・ミード）

「人に与えた利益を憶えておくな　しかし人から受けた恩恵は絶対忘れるな」

（バイロン）

「反対意見の無い場合　結論を出してはならない　勇気と勉強が不足していると反対意見は出ないから」

（ドラッガー）

「成功の秘訣は　職業をレジャーとみなすことだ」

（マーク・トウェイン）

「成功の最大の秘訣は　他人の状況に振り回されない人間になること　それだけだ」

（シュバイツァー）

「我々の最大の栄光は　一度も失敗しないことではなく　倒れるごとに起きることにある」

（ゴールドスミス）

「社会奉仕を目的とする事業は栄えたが　個人の利益を追求する事業は衰える」

（ヘンリー・フォード）

「父親は子供が最初に出会う人生の邪魔者でいいのだ　子供に嫌われることを父親はおそれ

てはならない」

（北野武）

「天国や地獄も古今東西の宗教が競って作ったフィクションなのである」

（ジョン・レノン）

「キリストは正しかったさ、だけど弟子たちがバカな凡人だった　僕に言わせれば彼等がキリストを捻じ曲げて滅ぼしたんだよ」

（ジョン・レノン）

「未だ生を知らず　いずくんぞ死を知らんや」

（孔子）

生についてすらわからないのに　死がわかるはずない　何故生きているかもわからない何のために生きているかもわからない　それなのに　何故死後のことを考える必要があろうか　今生きるのが大事であり　全く知りようもない死を考えても仕方ない

「賢者は和して同ぜず　愚者は同じて和せず」

（孔子）

「忘己利他《もうこりた》」己を忘れ他人の利を優先

（伝教大師最澄）

「宮沢賢治（雨にも負けず）」
　雨にも負けず
　風にも負けず
　雪にも夏の暑さにも負けぬ
　丈夫な体を持ち
　慾はなく決して怒らず
　いつも静かに笑っている
　一日に玄米四合と味噌と少しの野菜を食べ
　あらゆることを自分を勘定に入れずに
　よく見聞きしわかり　そして忘れず
　野原の松の林の陰の小さな萱葺きの小屋にいて
　東に病気の子供あれば行って看病してやり
　西に疲れた母あれば行ってその稲の束を負い
　南に死にそうな人あれば行って怖がらなくてもいいと言い
　北に喧嘩や訴訟があれば　つまらないからやめろと言い
　日照りの時は涙を流し
　寒さの夏はおろおろ歩き
　皆んなにでくの坊と呼ばれ

褒められもせず　苦にもされず　そういうものに
わたしはなりたい

「幾山河越えさり行けば寂しさのはてなむ国ぞ今日も旅行く」
いったい、幾つの山河を越えさって行けば寂しさが終わりを迎える国だろうか
（若山牧水）

「山のあなたの空遠く『幸』住むと人の言う。ああ、われひとととめゆきて、涙さしぐみ、かへりきぬ。山のあなたになほ遠く『幸』住むと人の言う」

ずっと幸いをさがし求めてきたが、でも見つからないでもないわけではない。どこかにきっとあるんだよ。

『山のあなた』（カール・ブッセ　上田敏訳）

『青い鳥』

チルチルとミチルの兄妹は、幸せの使いである青い鳥を求め、妖精に導かれて思い出の国、幸せの国、未来の国などをめぐるが、どこにも見当たらず、目が覚めてみると、枕元の鳥かごに青い鳥がいた。幸せは身近にあることを知る。

（メーテルリンク）

「虚心坦懐《きょしんたんかい》」

「虚心」は心に先入観やわだかまりがなく、ありのままを素直にうけいれること。「坦懐」はわだかまりがなく、さっぱりした心、平静な心境。

(鎌田博の座右の銘であり、目標とする心のあり方)

初老うつ息子と認知母の記

この物語はフィクションであり、実在する人物、団体とは関係ありません。

今年は厳冬で日本海側、北海道そして太平洋側での7年ぶりの大雪で首都圏は大混乱である。昨今、言われている地球温暖化は間違いかと思いたくなるが、厳冬も地球温暖化の影響だと最近は説明されている。専門家からは、様々な理由を述べられているが、説明のための説明であるような気がしないでもない。

反対意見が聞かれないが、世の中は一度決めたことは、なかなか方向変換がなされない。世の中がそれに向かって動き出しているために、転換させることが難しい世の中になっているのではないだろうか。それ程巨大化した人間社会の変化は難しい。

日本は古来から地震、台風、津波、飢饉、厳しい夏・冬を持つまさに自然災害の百貨店である。そのおかげで日本人は我慢強く、向上心に富み世界の中でもトップクラスの忍耐強い社会を作り上げた。

団塊世代に育ち、少年期からまずまずの成績で育ち、一浪しながらも、東京にある国立の単科工業大学を卒業し、一流のエンジニアリング会社に入社した後、プラント建設などで長年の海外勤務も経験し、本社技術部長などを務め企業戦士のなかでも平均以上の立場にまで務めた大内耕平の一日が始まる。

その一日の始まりは首都圏郊外にある静かな精神科病院の開放病棟からである。そこには、今でもかつての会社の部下たちが技術指導を求めて訪ねてくる。それほど、現役時代の耕平は部下から慕われていた。生来の生真面目さが禍し、いわゆる「清濁併せ呑む」ができていれば、もう少し上も展望できたかもしれない。

だが、今の耕平にはその後悔は全くない。今の耕平の頭にあるのは、これからの自分の人生の閉じ方と母の看取りである。現役時代は、海外プロジェクトの長期海外滞在、そのあとの事業の指導など通算で海外への出張回数は優に100回を超え、海外の駐在を8年にわたり経験するなど、一応は世界に羽ばたいた企業戦士ではあった。

仕事の上で、世界の異文化に接し、その遺産などを肌に感じる事ができ、満足のいく会社員人生であったと思っている。全ては企業の発令で自ら選んだ道ではなかったが、まずまずのサラリーマン人生であろう。「流れるままに、生きたが、流されない人生ではあった」と自己判断している。

そんな耕平の今の生活は、毎朝6時に2畳余りの区切られた小さな空間で目が覚めることから始まる。そこは一年中約22℃にコントロールされた快適空間であり、耕平はそこの空間の最長老の住民である。耕平の母は、特別養護老人ホームの6畳強の洋室で、そこも約22℃にコントロールされた静かな空間である。

耕平の空間は、3年前に開院されたキリスト教系医療法人の首都圏進出第一号の精神科専門病院で、ベッド数１２０余りのまずまずの規模を持つ単科病院である。

一般的には、精神科、心療内科を治療する病院形態は、精神科医が外来のみの診療を行うクリニック、入院施設を有する精神科病院（耕平の入院する病院はこのタイプ）、総合病院の一部門としての精神科など3種類に機能分化している。２００６年10月の精神保健福祉法により、従来「精神病院」と呼ばれていたが、今は、「精神科病院」と呼び名も変わった。

日本における精神科医療の問題点として入院患者が減らず、世界でも稀に見るほど多くの精神科入院ベッド数で平均在院日数が極めて長いことが指摘されている。中には30年を超えるなど長期入院者も少なくない。先進諸国と比べても、日本の精神科の病床数は人口に対して世界で最も多く、入院期間も最も長い。

過去の精神科病院は開放病棟と閉鎖病棟に分けられており、閉鎖病棟の窓には鉄の柵がある病院も少なくなかった。今いる病院はそのようなイメージはなく偏見なども抱きにくい、病院全体が開放的な雰囲気の中にある。

耕平は現在63歳で独身である。結婚する機会は何度かあったが、将来、両親との同居を条件に出すと、ほとんどはそれ以上話が進展せず立ち消えになった。以前、両親は地方に住んでいたが、父親が呼吸不全でなくなり、母親が一人暮らしであったが、脳梗塞を患い一人暮らしが困難となったため、こちらに呼び寄せ同居し、介護を始めた。

当初の母の介護は訪問看護と通所介護で何とか暮らしていたが、脳梗塞の後遺症で認知症の症状が出始め、自宅での介護が困難となり、ケースワーカーに相談し、特別養護老人ホームに申し込むことにした。ただ既存の特別養護老人ホームには数百人待ちが当たり前で、とても入居ができる状態ではない。

また既存の特別養護老人ホームは大部屋が中心で、異臭と部屋の雰囲気から、とても母を預ける気にならない。だが、最近首都圏に建設される特別養護老人ホームは基本的に10人がワンユニットで、結構目が行き届くようで、清潔感もあり、全て個室である。だが入居の月額は、母がかつて公務員で共済年金受給者とのことで多少高い。

ふつう8万円程度の施設利用料が一気に何故か知らないが19万程度になる。しかし早急に入居することが必要なため、開所から日数が経っておらず、比較的入居が容易な特別養護老人ホームに絞って申し込みをした。申し込みは一度に5カ所までできる。そうすると約1カ月で3カ所から入居許可が下りた。

なるべく、土地勘のある施設を選んだ。母はその時介護度4状態で、ほぼ全介護の状態まで認知が進んでいた。その頃からであるが、耕平自身も、介護の疲れからか、持病の不整脈の一種である期外収縮が悪化した。期外収縮自体は深刻なものではないが自覚症状がひどく、それが要因で若干の憂鬱感を感じた。

仕事から解放され、社会からのストレスが減少した時に発症する「初老性うつ」の兆候でうつ状態にあると自己診断した。母の居場所を確保したので、取り敢えず自分の体調を整えるために精神科病院に入院することを決心した。

運よく母の入っている施設から歩いて5分のところに新しい精神科病院が開院した。精神科の病気には明らかに症状が出ている人を除き病名診断には、血液検査のような客観的判断材料がないため、患者の訴えが病気の判断手段になる。

そこで、うつ病患者の特徴である症状を訴え入院することにした。一人暮らしのため入院は当面の最良の手段と考えた。そして精神科病院に予約を入れて受診し、医師に鬱の三大症状である「だるさ」、「食欲不振」、「不眠」を強く訴え、取り敢えず1カ月の入院を希望したところ、1時間ほどの医師との面談の結果、即入院の許可が下りた。

「先生、最近体が非常にだるく、食欲が全くありません、毎日ババナジュースだけしか、摂っていません、そして睡眠もとれず人と接触するのが、極めて苦痛です。何とかしてくれませんでしょうか」

「判りました。それは何時頃からですか」

「体の不調は、2～3カ月前からで、ここ2週間辺りからひどくなっています」

「まず、家族構成と両親等の病歴等を教えてください。まず両親ですが、……」

そのようなやりとりから始まる。その質問はこちらが苦しいにもかかわらず、1時間ばかり続く、質問の内容が不必要な部分にまで至る。その内容も、家族の関係が多く、精神科の病気は遺伝性が高いと思われているからであろうか。以前に遺伝性の病気と思われていた当時の診断方法が継続しているように感じる。医療技術は進歩しているが、精神科の診察は旧態依然としているのではないだろうか。

「判りました。うつの初期症状であると思われます。少し休養されれば、楽になると思います。とにかく、投薬と休養が必要でしょう」
「どのくらい入院すれば良いでしょうか、取り敢えず1カ月くらいお願いしたいのですが」
「では、1カ月の入院としましょう。ところで、病室ですが、個室と4人の相部屋がありま
す。個室は部屋にシャワーとトイレがありますが、5000円の差額費用が必要です」
「相部屋は空いていますか」
「では、相部屋にしましょう、今日から入院は可能です。あとは、看護師と打ち合わせてく
ださい。一応入院は1カ月とし、様子を見ましょう」
型通りの問診が済むと簡単に希望していた通りになった。それはその病院が開院後間もな
くで病室に余裕があったことも影響したようである。それまでの母との二人暮らしから、そ
れぞれの居場所を確保し、新生活を始めた。
地方にある両親の自宅は賃貸に出した。そして、今住んでいる自宅は賃貸であるため、解
約をした。まず、母の介護の心配はなくなった。一安心である。
母の入院する特別養護老人ホームであるが、新しく開所した施設で、三階建てで90名の長
期入所と10名の短期入所つまりショートステイがあり、100人収容できる。母は、当初、
短期入所で始まり、長期入所待ちで入所した。82歳での終の棲家への入所である。
その後、程なくして、長期入所が叶った。母の部屋は3階にあり、10人がワンユニットと
なっている南向きの6畳程度の洋室で、洗面所がついていた。ベッドだけがあり、以前から、
母が使用していた洋服ダンスと机とテレビを持ち込んだ。

特別養護老人ホームは、医者の常駐はなく、看護師が昼間常駐し、夜間はいない。30分以内に駆けつけることができる体制になっている。病院は、数カ所の提携病院があり、病気になった場合は、施設の車で送り迎えをしてくれる。毎週月曜日の午後には、提携病院から医師が往診に来てくれるなど、簡単な病気等の受け入れ態勢はできている。

ワンユニット10名に対し、日中2〜3名の介護士が常駐し、夜間は2ユニット20名に対し、1名の介護士体制である。夜のケアが心配であるが、一般的な特別養護老人ホームの体制のようである。

その当時の母は、軽い認知の症状が出ていたが、食事は自分で摂れていた。トイレと入浴に介助が必要な状況で、車椅子を使用していた。

そのため、健常者ではないが、日常生活は介護士の手助けで問題の無い状況であった。ただ、それからの認知の進みは早かった。施設に入って困るのが、直ぐに家に帰りたがることである。所謂「自宅願望」でかなり悩まされた。

「耕平、家に帰るよ、いつまでも、ここにおれないわ、自宅に帰して」

「直ぐに迎えに来るから、お泊まりをしていて」

と慰めるが、納得してくれない、いろいろと言い訳を試す中で、一番いい方法が分かった。

「今から、会社に行ってくるから、直ぐ迎えにくるよ」

母も、小学校の教師をしていたので、仕事を出すと何とか納得してくれていた。耕平は既に無職であったが、それが母を納得させる最大の別れ言葉であった。耕平も母もそのように、別々に、住む場所を確保し、新しい生活を始めた。

その費用であるが、耕平は自分の厚生年金、母は、母自身の共済年金の範囲で工面できるものであった。若い頃から、そのような境遇を予想していたわけではないが、やはり、若い頃に、しっかり働いていたので、金銭面では、恵まれていた。

今の若い人には、実感としての危機感はないであろうが、誰にでも普通に降りかかってくる可能性のある問題であると認識し、その準備を常に考えておく必要があるだろう。

今、国や自治体では、在宅介護を中心に今後の高齢者社会を乗り切ることを計画しているようであるが、高齢に認知が重なると自宅での介護は無理である。更に、車椅子を使用すると自宅の改築、夜間の介護負担などを考えると自宅介護には限界がある。

しかし、安価な特別養護老人ホームの待機待ち人数の多さ、民間の老人ホームの高価格を考えると、いざという時には、多くの人が苦しむことになる。従って、将来に備えての個人準備と国と自治体の受け入れ施設の拡充など早急な対応が待たれる。

施設に入れば、介護士不足が深刻な問題になっている。給料の低さから、若者を中心に離職率が高く、頻繁に担当介護士が替わり、日常の不都合が出ている。それには、処遇の改善と将来の展望が描けるような組織作りが必要であろう。

今の組織では、熟練介護士の昇給や資格のアップなどのインセンティブが働く要素が少なく、若者の将来展望がない。一般の企業のように管理職などの何らかの階級制を設け、給与が上がるシステムを作ることなどが必要ではないだろうか。

少子高齢化が急速に進む日本では、外国人介護士の養成も必要であろう。実際にはインドネシアなどから受け入れているが、資格を取るための試験の困難さなど問題点が多い。漢字での難しい用語を覚えることなど、どうでもよいのである。

実際の介護現場では、必要のないことばかり要求している。要は、高齢者を大切に思う心さえあれば、十分である。必要な言葉はそんなに多くない、温かく迎える気持ちを持ってくれる介護士が一人でも多くいれば、成り立つのではないだろうか。

兎に角、息子と母の新生活のスタートで、耕平も、自分の治療に専念できる態勢になった。

その頃は、実際、耕平の体調はかなり悪かった。体重はピークで75kgであったが、母の介護の時に70kgを切り、入院時は60kgほどに減っていた。全く食欲はなく、極度の不眠状態であった。そして持病である不整脈の症状もひどくなり、一人の時はバナナとジュースのみの日が多かった。

入院して、困難なことは「眠ること」と「食べること」である。一般的に楽しみなはずの食事が大変な苦痛なのである。先ほど食べたはずなのにまた食事の時間かと思ってしまう。精神科に入院している患者の多くは食堂に来て食事を摂ることができない。それができれば一歩前進である。私は当初から無理をしてでもテーブルで食事を摂ることにした。

精神科病院だけでなく、一般の病院もそうだが食堂と特定される場所はない。各フロアに面会室兼談話室のようなものがあるだけである。動けない患者、食事制限の患者、食欲のない患者などがいて病室のベッドで食事をする人が多いために患者の数のテーブルも必要ないし食堂も必要ないのである。

従って、私の場合も食堂とはいえ談話室と呼ぶ方が適切な場所で食事をする。当然ながら、患者数と同数の椅子はない、それでも座る場所がないことはない。常に談話室で食事はできる。その座る場所も自然と定位置が決まってくる。患者は退院するまでは同じ組み合わせでの食事が多くなる。

私は症状の改善を図るため、無理してでも談話室に行った。いつものテーブルに座り、まず食事を黙ってじっと見つめている。何が食べやすいのか何が食欲をそそるのか見てみるが、全てに食欲がわかない、箸が動かないのである。特にご飯の量が膨大に見え、絶対に食べることはできないと感じる。

それでも無理に口に運ぶが、喉を通らない。全くお碗のご飯が減らない。最初は4分の1ぐらい食べるのが精一杯である。

「耕平さん、食欲が出ないようですね、食べやすいお粥にしますか」

「看護師さん、次回からそうしてください、お願いします」

お粥なら食べやすいと思いそうしてもらうがとんでもない、お粥にするとご飯のボリュームが多くなるだけで、なお一層苦痛になることが分かった。だが、それでも食事だけは食堂で食べようと決心して、毎食、食堂で我慢をして、ご飯と向き合った。

ある日の昼食にホットドッグが2本出た。本来ならば、パン好きの耕平にとって有難いメニューであるが、その時は見た瞬間から、食べるのは、絶対不可能と思った。それを完食できる人がいるはずがない、病院はどうかしていると思った。当然、私は1本すら食べることができない。しかし、回復期の患者は苦にもせず食べるのである。

それほど、うつが進むと食欲が出ない。病院内には、売店があり、回復期の患者はおやつによくお菓子などを買っているのを見るが、そうなればこっちのもので社会への復帰が一挙に近づく。私の場合は全くその気にはならない。それほど食欲は低下する。

毎日、朝の10時と夕方の4時には、体調から売店に行くのが億劫な患者のためにワゴン車での食べ物、飲み物の訪問販売がある。入院当初はそれをただ見ているだけで、全く購入する気持ちになれない。だが回復期の患者は沢山購入する。

それでも、毎食時に食堂に行き無理にでもご飯を口に運んでいると、2週間ほどすると徐々に食べられるようになってくる。不思議なものである。それは抗うつ薬も効いてくるのであろう。一般的には抗うつ薬は即効性はない。どの薬も効き始めまでには最低2週間を要する。それでも、効果があれば、幸運である。効果が無ければ、他の薬で一からの治療になる。そうすると回復まで、また2〜3週間遅れることになる。

入院の良い点は、そのように本人に合った薬を特定するのが短期間で済む。家庭で治療すると特定まで、時間が掛かり、漫然と苦しむ可能性が高い。従って、偏見さえ捨てられれば、入院治療が一番回復が早いのではないだろうか。それが、逆に入院期間を短縮させることにもなる。

耕平の場合は、最初に処方された一般的に第一選択薬になる「パキシル」と呼ばれる薬に効果が見られた。それは、20㎎から始められた。効果が無ければ、それを徐々に増量し、40㎎まで試し、効果がなければ他剤に替わる。

20㎎で食欲が若干回復した。体重も60㎏で減少がストップした。ただ体のだるさは消えない。このだるさの解消が食欲の次に回復の目安となる症状である。耕平の場合は、パキシル20㎎で効果が見られたため、その薬の継続投与となる。それ以外には、精神薬である「レボトミン」と精神安定剤「ソラナックス」と夜の眠剤「サイレース」を処方された。

「大内さん、取り敢えず、パキシル20㎎を1日1回、レボトミンを朝夕半錠を2回、頓服用としてソラナックス1日4錠まで、そして夜サイレース1錠から始めます」

「先生、ソラナックスですが、町医者では毎食後処方されましたが、頓服でいいのですか」

「精神安定剤はどんな薬でも常用すると、依存性が出ます。常用は古い治療です。今はどんどん治療は変化しています。日中に焦燥感が高まった時のみ飲んでください」

その一言だけで、この先生は信頼できるなと思った。

うつなどの精神疾患にはまず個人個人に合った薬を見つけることから始まる。かなり根気のいる病気である。ただ、薬が合えば必ず回復すると言われている。回復後は再発防止が大きな目標となる。ご飯が少しずつ食べられるようになると今度は寝ているばかりでなく、とにかく動くこと、つまり歩くことである。

病院内であるので、まず病院の廊下を歩くことから始まる。廊下の往復をしても、せいぜい20mぐらいであるが、最初はとてつもなく長い距離に感じる。まず5往復ぐらいから始め

10往復ぐらいになるまで、2～3週間ぐらいかかる。

それができるようになると今度は病院内の他のフロアへの散歩に移り、最終段階は病院外での散歩である。そこまでいくとすでに見た目には、表情の消えた患者の顔ではなくなり、普通の人とは変わらない表情になる。

併行して解決しなければならないのは、睡眠時間の回復である。これが実は一番厄介な症状かもしれない。睡眠は消灯の9時に睡眠剤を飲んで眠りに入る努力をするが、なかなか眠れない。うとうとしているが眠れず、堪らず午前2時頃にナースコールをする。

ナースコールには一定の決まりがある。真夜中であるので、ナースコールを使うが、用事を言わず無言でよい。そうすると看護師が直ぐに医師が事前に許可した眠剤を無言で持ってきてくれる。それ以外の用事がある時以外は無言で事は済む。これは他の患者の睡眠を邪魔しないためである。

さらに午前2時がそのサービスの最終である。その時間後に飲むと翌朝まで影響が残るため処方しない。私の場合もこのように入眠時と夜中と毎日2回で2錠飲むが寝た気がしない。食欲、だるさ、睡眠のなかで良くなるのに一番時間がかかるのは睡眠であろうか。

いろいろな症状が回復すると医師との面談を経て、まず外出が許可され社会のストレスを経験し、慣れる行動が許される。それも2～3度経験し問題ないと判断されればいよいよ外泊の許可が出る。

最初は1泊2日から始まり2泊3日というようにストレスの負荷を上げそれに耐えられる

ようになると、医師との面談後、晴れて退院になり、あとは外来による経過観察で再発防止が主なる治療の目的となる。これが、一番社会問題になっているうつ病の標準治療である。

私の場合は3週間で外出、1カ月で外泊が許可になり、1カ月でかなりの回復をみた。外出が可能になると、母の施設にも通えるようになり、週3回面会に行くようにした。1カ月半を経過した頃、自分ではもう退院できるかなと思っていたが、退院しても3度の食事に困るのでしばらくは病院にお世話になることにした。

「精神安定剤は、常用すると依存症状が出る」

と脅かされていたため、頓服に切り替え心配もしたが、入院当初、1日に時々1錠程度飲んでいたが、2週間も経つとほとんど必要が無くなった。大きな成果である。入院していると安心している効果もあるのではないだろうか。今はまず飲まない。

当初の予定より少し時間を要したが、まず計画通りと言ってよいかと思われる。主治医の医師との面談は余程の変化がない限り週1回である。当初の入院予定は1カ月であったが、受診して以来そこの住民として暮らすことを秘かに決め、医師面談の際は若干の不調を訴え退院を延ばし、当面は入院することに秘かに決めた。

精神科病院の全般に言えることであるが、入院患者は男性より女性の方が多く、そして入院期間も女性の方が長い傾向にある。女性の方が回復も遅いようにみえるが、やはり男性は仕事を持ち生活のために退院するからであろうか、そのために病院では、女性の病室の方が多い。女性の方はいつも満床状態である。

男性の病室は少ないにもかかわらず空きベッドはある。そのため、耕平には退院勧告はなく現在に至っている。今では郵便物まで病院に届くようになっている。比較的開放的であるその病院は「だるさ」「食欲」がある程度回復すれば、あまり束縛もなく一人者の耕平にとって極めて快適な空間になる。

それと、母の施設に近いことも利点である。歩いて5分の所に施設はあり、耕平の病室からも、その建物が見える。その頃は、外出もできるようになり、月、水、金の週3回、母との面会に行った。行く時は、缶ジュースとおやつを持って行っていた。まだ、その頃は、耕平との会話はできていた。

母の居室で、テレビを見ながら、水分を摂らせる。その頃でも、帰る時が一苦労で、相変わらず「今から、仕事に行ってくるよ」と言えば、しぶしぶ納得してくれた。それでも、みんなが集まっているホールのような決まった席に置いて、手を振って別れる時に、見せる母の悲しそうな顔には、いつまで経っても慣れない。

また、週に2度、木曜日と土曜日に訪問マッサージを頼むことにし、1週間のうち5日は、何とか、他人との会話ができる時間を作り、認知の進行を遅らせる工夫をした。その他、施設では、毎月、手品、カラオケ等のボランティアが来ていた。それでも、認知の進行を遅らせることは難しかった。

施設では、食事の摂取量を10／10と表示する。それは、最初が主食であるご飯の食べた量で次がおかずの食べた量で、10／5だとご飯は全量食べ、おかずを半分残したとなる。それは3食とも記録してあるので、面会の時は、必ずチェックするようにしていた。

そして、水分量は飲む量を800ccが目途とされ、食事で大体1000ccを摂取し、一日の分量としている。母は、入所当時は、食べるのは遅いが何とかその目標が達成されていたが、徐々に水分摂取量が減り始め、認知の進行と日中の傾眠状態が見られるようになってきた。

今後、怖いのは、食事も水分も摂取が困難となった時の対応である。一般的には、点滴投与と胃瘻による摂取がある。特別養護老人ホームでは、点滴投与ができないために、胃瘻にしなければ、施設では預かってくれない。その時の決心はついていない。そのような状況にならないことを願いたい。面会の主な目的は、胃瘻と脱水症の予防である。

耕平の精神科病院は三階建てで2階と3階が病室になっている。1階には外来向けの施設とリハビリ室、外来者向けの食堂兼談話室が完備している。

ここは企業の役員や企業オーナーが休養と称して1〜2週間の短期間使用することがあるようである。そのための特別室もある。トイレ、浴室完備だそうである。1階には、中庭の風景を楽しめるカフェテリア、吹き抜けのメインエントランスなど今までの精神科病院にはない環境となっている新しいタイプの病院である。

病棟の各フロアにはゆったりとした談話室（食堂を兼ねる）などがある。環境も首都圏の小高い丘の上にあり、自然も多く静かな環境の中に建てられた病院である。

精神科の病院はなぜか女性の入院患者が男性に比べ多いのは先ほども述べたが、一般的に男性の2〜3倍の患者がいる。そのため女性患者は一般病棟が満床のために相部屋が空くまで個室を利用するケースも多い。

耕平は2階の一般病棟で4人部屋、1人のスペースは約2畳半余りで他の患者とは茶色の落ち着いた感じのする木製のパーテーションで区切られ一応のプライバシーは保たれている。4人共用のトイレと洗面所があり、生活には支障がない。

そこの病室には窓がある。開くことはできないが柵などは一切なく圧迫感はない。風呂はないがシャワーが他の男性患者（3部屋、定員12名、但し常に空きがある）と共用であり毎日10時から20時まで利用可能でシャワー室には洗濯機も完備されており、症状が改善すれば、一人者にとっては病院にいる限り不便はない。

この病院には閉鎖病棟と呼ばれる病室はなく保護部屋と呼ばれる部屋があり、症状が重い者を隔離する空間があるが、全般的にはかなり自由度の高い病院で従来型の精神科の病院とはかなり様相が異なる。

従来型には、重症患者を隔離する閉鎖病棟は窓枠がはめられており、日中でも病棟間の異動は制限されており、常に扉は鍵を掛けられている。体を傷つける恐れのある金属類は厳重に管理されている。

ここはキリスト教系の病院の理念を受け継いだ新しいタイプの病院と言えよう。一般の精神科病院では禁止の携帯・インターネットなどの通信機器も持ち込みが許可されており、スマホでのワンセグ・ユーチューブの視聴もできる。従って外部との接触も自分の部屋で自由にできる。回復期の患者は、外部との連絡は容易にできる。

唯一だめなのは自傷行為をする可能性がある刃物、髭そりぐらいで持ち込みの制限は少ない。携帯も金属類と思われるが許可されるなどかなりの自由度のある病院である。耕平も60歳を超えているが、スマホを持ちワンセグ、電子書籍、ユーチューブなどを使い日々の情報収集には全く支障がない。

ご存じのとおり、現在うつ病を患う方の数は非常に多く、自殺の大きな要因と指摘されている。うつ病で治療中ながら、回復しないまま漫然と外来に来る人の中には入院して環境を整えることで回復に繋がるケースも少なくないと思われる。

うつ病の大きな要因に当然ながら、社会的ストレスが多いのは否定できない。現実の治療としては、ストレスへの一番有効な対処方法は、眠ること、休養をすることであると言われている。精神科病院への入院という従来からある偏見というものをなくせば、入院し休養するのが復帰の一番の近道かもしれない。

耕平の病院は、うつ病患者のための社会復帰プログラム等も充実した病院である。院内の中庭の風景を楽しめるカフェテリア、病棟の各フロアに置かれたゆったりとした談話室（食堂も兼ねる）など環境も悪くない。そのような自由度が気に入り、耕平はしばらく入院をすることを決め、すでに1年超の長期入院となっている。

但し、うつ症状はすでに治癒している。入院当初にただひたすら寝るなどの休養に徹したお陰だと考えている。男性の病室は満室になることはなく常に空きベッドがある。従って私のように長期入院も可能なのである。

　入院患者は週1回主治医との面談がある。その時に病状を訴えるが、精神科の病状には血液検査や心電図、血圧などの客観的な判断材料がないため患者の訴えが唯一の主治医にとっての判断基準となる。

「耕平さん、調子はどうですか、この頃は食事もちゃんと摂れているようだね、睡眠薬の夜中の追加も少なくなり、順調のようですね」

　それらの情報は、担当の看護師が患者の個人ごとの日誌をつけている。それを主治医は参考に問診がある。

「はい、お陰さまで入院当初より、大分よくなりました。ただ、まだ少しだるさが残っています。調子が良い日は外出したいと思いますが、どうですか」

「そうですね、今の調子だとそろそろ外出をしてもいいね、看護師に指示を出しておきます。薬は、当面同じでいきましょう」

　いつも、同じような会話で終わり、薬を処方され次の診察は1週間後になる。

　むろん重症の場合には見るだけで体調の不調は容易に判断できるが、回復期の患者の見極めは困難である。例えばうつ状態等の病状は、
(1)　食欲がない
(2)　体がだるい
(3)　眠れない

と訴えれば、他に異常が認められなければ、診断はうつ状態で患者が一人できてしまう。そのようなわけで、主治医との診察の時にいずれかの不調を訴えれば、同じ薬を処方されて診察は終了である。次回は1週間後の診察まで何もないことになる。

私はそのような繰り返しを続けている。基本的には入院患者は看護師の目の前でその薬を飲まなくてはならず厳重に管理されている。薬は必ず看護師が手渡し、患者は自分の名前を名乗り面前で薬を飲み、時には口内を確認される患者が多い。患者によっては、飲まなかったり、貯めて飲んだりするのを防止するためにそうしている。

だが、耕平は症状が安定しており、無茶な飲み方をしないとの医師の判断で自己管理をすることが許されている数少ない患者の一人である。

同室の患者は、中学3年生の統合失調症患者、IT関連会社のシステムエンジニアでうつ病と診断され入院している40歳くらいの男性、そして35歳の発達障害の患者である。私は一応、反復性うつ状態という病名がついている。

同室では病名を言いたがらない患者もいるが、私には皆も気を許し、病名を教えてくれている。他の病室にも男性患者はいるが、病名はよく判らない。満床なのは私の病室だけである。

しかしそれに比べ、女性の病室は常に全て満床である。患者は圧倒的にうつ病である。また、男性患者よりも重症者が多い気がする。従って談話室（食堂も兼ねる）に来る女性患者は少ない。談話室に来るのは、病状の改善した患者か、うつ以外の患者が多い。

うつ患者の重症者は全く食欲もなく起き上がるのも億劫な患者が多く、看護師は食事を部屋に運び、一口も食べない食事を片付けるのが日常の風景になっている。だが、不思議なことに、ほとんど何も食べなくても痩せた女性患者をあまり見たことがない。

時々、見かけるそれらの女性はむしろふっくらしている。皮下脂肪のお陰だろうか、よくわからない。病院食は食べないがお菓子を食べたりインスタントラーメンなどを食べていることもあるようだ。

病院の一日は、朝7時に起床、8時に朝食、10時頃看護師の検診で体温をチェックし、なぜか毎日便通についての質問がある。12時には昼食、回復期の患者は外に出かける。耕平も寛解（ほぼ完治）状態なので毎日外出する。午後は特に決まった予定は入っていなくて、それぞれが体調に応じた時間の過ごし方をしている。

一日の中で一番時間の経過が遅いのが、昼食後の午後の時間帯である。それぞれ、テレビを見たり、本を読んだり、昼寝したり思い思いの過ごし方である。最も急性期の患者はそれどころではなく、体もだるく、かといって眠れるわけでもなく悶々として苦しんでいる。夕食は6時である。

そして毎食事の30分後に薬の投薬がある。大半の患者は看護師の面前で薬を飲む。全て飲むまで看護師は見ている。耕平は事前に薬を渡されており自己管理で薬を飲んでいる。

病院の消灯は9時で夕食後は自由時間である。談話室は10時まで利用できる。ただ談話室に来る患者はいつも同じメンバーで比較的体調の良い者ばかりである。いつも部屋で寝ている患者が談話室に来ると回復期にあることを認識できる。

耕平は毎日9時にベッドに入り、スマホで音楽を聴く、当初はジャズでマイルス・デイビス、ビル・エバンス、アート・ブレイキー……を聴いていたが、最近はショパンのノクターン、ワルツ、エルガーの『愛の挨拶』、リストの『愛の夢』など静かな音楽を聴き最後にパッヘルベルの『カノン』でゆっくり眠りに落ちる。

最初の1年くらいはサイレースという眠剤が必要であったが、1年以降はそれを半分にして飲み、今では眠剤はいらない。だが、主治医には、1日半錠の計算で薬は貰い続けている。サイレースは他のよく処方される眠剤レンドルミンなどと違い作用時間がやや長い薬である。精神薬のレボトミンは、すでに処方されていない。

それ以外にうつ治療薬パキシル20㎎と頓服用として精神安定剤ソラナックス毎日1錠を処方してもらっているが、飲んでいるのはパキシルだけで再発予防に飲んでいる。パキシルはSSRI（選択的セロトニン再取込阻害剤で新世代うつ剤）といわれ第三世代のうつ病薬といわれ、標準的なうつ病によく処方される。パキシルも20㎎から始めたが、増量も不要で寛解している。

その他の薬は、たまる一方であるが、病院での入院を続けるための担保としてのコストである。それは外出の時に処分している。夜中には、ほぼ1回トイレに行く。年齢的に見れば、普通だろう。

朝は6時には目が覚める。朝食の時間の8時までは、2時間ある。まず狭いが、2・5畳程度の部屋を片付ける。そして談話室に行きテレビを見る。この時間はまだ誰も談話室にはいないため耕平の自由にできる。テレビは年齢的なものもあり、ＮＨＫである。入院患者は比較的若い人が多いためにＮＨＫを自由に見られるのはこの時だけである。

「耕平さん、おはようございます。調子はどう」

「まあまあです。歳なりです」

毎日朝7時に、耕平と宿直の看護師といつも同じ会話で始まり朝刊を受け取る。印刷の臭いの残る新聞を開けるのは何時も耕平である。もちろんその新聞代は病院の費用である。一応全てのページをチェックし、後でもう一度読む際の参考にする。

8時近くになると、食欲もあり、退院が近くになっている患者が集まってくる。

「耕平さん、おはよう」

「おお、おはよう」

挨拶をする元気のある患者が談話室に集まってくる。私は最長老・最年長であり、みんなから親しげに「耕平さん」と下の名前で呼ばれている。

入院患者は、男性10人と女性20人程度であるが、談話室の椅子は15席くらいしかない、それで、十分なのである。残りの患者は自分のベッドで食事を摂る。

朝食は、おかずは同じであるが、ごはんかパンを選択できるので特に不満はない。1食700㎉程度で空腹感もなく、偏りもない。夕方頃に若干の空腹を覚えるが1日2000㎉弱で健康には良い。

毎朝大抵談話室で一番に会う元気な患者の中に19歳の女性患者がいる。大西真理子である。

「耕平さん、おはようございます」

「真理ちゃん、おはよう、今日も元気そうだね」

「昨日は、JRの駅まで歩いて、往復してきたよ」

「すごいね、片道25分は掛かるのに元気があるね」

そんなたわいもない会話である。毎日の中で患者と話をするのは、彼女が最初である。彼女の自宅は首都圏にあり外泊もできるが退院するまでには至っていない。入院歴は1年半で私の次に長い。彼女は外見上全く普通である。話していても違和感を感じることはない。

ただ時々、部屋の中で大きな声でどなりまくることがある。病名は「人格障害」または「パーソナリティ障害」とも言われる。一般的な成人に比べて極端な考えや行為を行ったりして、結果として社会への対応を著しく困難にするなど、精神的症状によって、いわゆる「病的な個性」で本人が苦しんでいるような状態に陥る人を言う。

従って、少しばかりの観察では、一般の人との違いは判らない。その他の精神疾患と比べて慢性的であり、全体としての症状が長期にわたり変化しないことが特徴である。原因としては、自我の形成期における家庭内環境など様々な外的要因と、生まれ育った気質とが相まって一般に患者は思春期以降に表面化する。治療は主に精神療法によってなされる。

また薬も精神安定剤やSSRIが補助的に使われる。治療には長期間を要するケースが多い。また社会生活の中でいろいろな人々にふれたり、様々な生き方・考え方があることを知ることにより症状が改善するケースも見られる。朝の挨拶も普段は全く変化なく活発な女性という印象である。

最近は外出も外泊も許可されている。他の患者の回復の最終段階と言われている病院の外周を散歩することができるようになれば退院が近いと言われるが、それも毎日簡単にこなし、自宅での外泊も問題なくこなしているようだが、自宅での外泊は大抵1泊2日で病院に戻ってくる。

彼女の家は病院から1時間半程度の落ち着いた住宅街にあり、裕福な家庭のようである。自宅には自分の部屋もあるが、家族の希望で病院への入院を続けている。毎月の入院費も安くないが、家族にとっては自宅での生活はできないと判断しているのだろう。

私には判らない症状と家族の悩みがあるのだろう。彼女自身も自分の病気の自覚はあり、退院に向け頑張っているが、発作的に起こる症状がまだ残っており、課題のようだ。

彼女のあとから何人か部屋から出てくるが、ほとんど顔ぶれは決まっている。それでも、テーブルが4つで椅子が15席くらいの談話室が満席になることはない。それ程談話室に来ることができるのは病状の改善期の患者に限定されるからである。

そうこうするうちに同室のIT関連会社のうつを病んでいる男性が起きてくる。年齢は40歳くらいであろう。彼は工藤君という。彼は既に回復期であと1～2週間で退院できるようだ。

「耕平さん、おはようございます」

「工藤君おはよう、最近調子がよさそうだね」

「はい、順調です。あと2週間ぐらいで退院しようと思っています。退院後の外来の紹介状を会社の近くの医者に書いてもらおうと思っています。早く仕事に戻りたいです」

うつの発症原因は多忙と上司との関係がうまくいかなかったようでうつ病の発症によくあるケースである。入院期間は1カ月半で比較的早い回復であろう。だが退院してもその上司のいる職場で以前と同じような関係が続けば、再発も有りうる。

入院患者で一番多いうつ病は、薬と休養で必ず治る。うつ病の患者で長期間にわたり入院し回復しない患者を見たことがない。つまり、うつ病は適切な治療をすれば必ず回復する。大事なのは、再発を繰り返さないようにすることである。

一般的には寛解した時の薬を予防として同量を服用しているとまず再発はない。うつはそれほど治療に苦労するものでもなく、よくある脳の病気である。風邪のようなものである。何度も言うが、うつ病は必ず治る。自ら命を絶たない限り必ず治る。辛く、苦しい時があっても、必ず日は差してくる。その実例を何度も耕平は見ている。それ程、うつ病は症例としては多いが、精神科の扱う病気の中ではありふれていて、治療の難しくない病気である。

職場等で発症した場合は、本人のみでなくその上司を治療するのが必要である。職場でそのような患者が発生した時は本人の気が弱いだとか真面目すぎるとかいろいろ分析するが、一つの要因として上司と仲間が原因であるケースも多くある。この病気は必ず治るが、再発を防ぐことが一番大事である。

従って患者が出た場合は職場の環境、コミュニケーションのあり方を見直す必要がある。本人の投薬と休養だけではだめなのである。職場は上司も原因になっていると自覚することが必要である。そのような社会的啓蒙がもっと必要であろう。その事を経営者・上司は是非認識してもらいたい。

だが、うつ病患者にも一つのパターンがあるような気がする。若干神経質、几帳面そして余計なプライドがある。これは偏見かもしれないが、それを患者が少し変えるだけで今後は大きく違うだろう。工藤君は退院が近いので、彼は外出や外泊を何度か実施し、社会生活への適応につとめている。

人間は病院などの社会から隔離された環境に短期間いるだけで元の環境に適応するために要する時間は入院期間の何倍もかかる。例えば、電車、バスに乗ることでも強いストレスを感じ、別世界にいるような気がする。病院にいて、初めての外出の時は、軽い眩暈を覚える。その眩暈の原因は体力が十分に戻っていないせいか、久しぶりに見る事物に興奮するのか、よく判らない。

外界は何と喧しく、騒がしいものであろうか、バスが走り、タクシーが流れ、交差点では、人々が動き始める。今までは何ともなかった日常から、すさまじい活動力、エネルギーを感じ、堪らない不安感を感じさせる。とても、あの車や人々の動きの中に自分が交じることはできそうにないと思う。

だが、それを避けていては、人間の社会に戻ることはできない。逃げてはダメなのである。

その洗礼を受けとめ、馴染んでいかなければ、精神科の病院に限らず、全ての病院の入院者、患者は社会への復帰はありえないのである。

そのような試練を工藤君は乗り越えつつある。早期に病院からの脱出は間違いないだろう。彼は食欲もあり、ほぼ一日中ベッドから離れた行動をしている。エネルギーが余り、日中は部屋にいてベッドにいるのは、耐えられなくて、日常はテレビ、ゲーム、そして病院の外周の散歩をしている。昨日は病院の周りを10周したなどと言っており、回復状況は申し分ない。

次に、のそりと談話室に来る女性がいる。26〜27歳ぐらいであろう。中山あゆみという。いつも上下黒のジャージを着ており化粧気は全くない。若いのに女性を捨てた感じで斜に構えている感じである。だがよく見ると幼さが残り可愛い顔をしている今風の女性である。本当ならば彼氏とデートしているのが容易に想像できる女性だ。

だが病院では猫背で歩き椅子に屈みこむように座るため、ジャージが下がりお尻が見える。すると、ナースステーションから、看護師の声が聞こえてくる。

「あゆみさん、お尻がまた見えているわよ、気を付けて」

「……」

本人は全く気にしていない。彼女の病名は「薬物中毒」いわゆる「薬物依存症」である。この病気は、本人の意思や人格に問題があるというより、依存に陥りやすい脳内麻薬分泌を正常に制御できない状況が引き起こした病気である。問題を把握しないうちに肉体・精神・

実生活を徐々に破壊していく。

時には依存症患者は意志が弱い、ろくでなしといったことなどが言われるが治療が必要な病人である。周りの理解がなければ自分に自信を持てず自傷行為的な自暴自棄的な薬物使用を行う。周囲の人に必要なのは一貫して敬意を保ち、裁かない態度が求められる。

家族等の周囲をも巻き込みながら進行し、社会生活や生命の破滅に至ることも稀ではないそうである。家族は全く彼女を見捨てている。

「むしゃくしゃする時に、複数の医者からもらった睡眠薬や精神安定剤を一度に飲むと、なんとも言えない快感を感じるので、思わずやってしまう」

一時的に全てを忘れられるからよいと語っていた。私から見て何と会話をしたらいいのか最後まで判らなかった。彼女に対する薬の管理は厳重で必ず看護師が持ってきて、その面前で口にいれ、飲み込むまで見ている。

そんな彼女も退院が近いと言われている。彼女は生活保護を受け入院している。なぜなら家族は彼女に手を焼き、引っ越しをしてしまって、行き先も知らせないため判らない。家族は彼女を見捨てたのである。彼女自身にも責任はある。今、病院では家族問題や障害を待った人を受け入れる施設を探しているようである。

それが見つかれば、退院になる。彼女には何か投げやりなところがあり、人を受け付けようとしないところがあるが、耕平にはそれが生まれつきのものではなく、他の患者と同じように思春期のすごし方やその当時の友達、家族関係が大きく影響しているのではないかと素人ながらに思う。その意味でも家族が彼女を見捨てたのが悔やまれる。

それから3週間後、彼女の行き先が決まった。地方の海沿いにある施設だそうだ。退院の日には、その施設の人が迎えに来ていた。家族らしい人は誰もいない。手続きの後、誰の見送りもなく、退院していった。

2階の談話室から耕平は、あゆみが受け入れ施設の人と2人で出ていくのを遠くから無言で見送った。なんとなく寂しそうな、あるいは不安を抱えた背中であったような気がする。荷物はバッグが一つであった。入院期間は7カ月であった。二度とこのような病院の厄介にならないように願うばかりである。今も寂しそうな背中が頭に残っている。

「あゆみよ、がんばれ、二度と同じようなことを繰り返すな」

同室の35歳の患者も朝早く起きてくる患者の一人で名前は関孝雄である。今まで精神科の病院を渡り歩き今回で5回目の入院で、この病院は初めての入院とのことであるが、見た目は何処が悪いのか全く分からない、まさに健常者である。

いや知識レベルでは、頭が良い部類だろう。会話も皆が知らないことを知っていて、教えてあげていることが多い。時々、彼の周りに若い男女が集まり、テレビで放映しているような社会での出来事の質問をしている。知識レベルでは、まさにリーダーである。

勤めている会社では契約社員とのことであるが、仕事は総務課で社員の健康にかかわる諸手続きを担当しており、まさに今自分に起こっているような病気の金銭上の支援をする仕事をしているとのことである。

大学も出ており、なんら普通の人と変わらない。ここで診断された病名は「大人の発達障害」というもので、一般的には小学生や中学生などの子供の問題として重点が置かれていた病気である。彼もこの病院で初めて、その病名を告げられた。

その症状は、高校や大学までは、何かしらの方法で自身の発達障害に対する自衛手段を取っていたり、学業においては健常者よりむしろ優秀な成績を収めるケースも少なくなく、問題にされないまま放置されることも多い。

しかし、社会に出た途端に急激に馴染めなくなり、職場を追われる等、行き場を失うケースも多い。発達障害の大多数は先天的であるが、本人が自身の障害に気づかないまま社会に出た場合、こうしたトラブルに戸惑ったりすることが多い。

昔は「発達障害と言えば自閉症」という考えが主流の時代もあった。また多くの病院では、発達障害患者が難治性うつ病や躁うつ病、統合失調症もしくは人格障害と誤診され、効果の無い高価な薬剤を延々と処方されているのが現状のようである。本人は初めてこのような診断を受けたことでむしろ晴れ晴れしている。

病名の確定で自分自身の行動に方向性が見えるのと治療法と治療薬が決まってくる。発達障害は性格に問題がある場合は本人が自分で治そうという気持ちにならなければ決して良くならないとのことである。他人とは根本的に違うということを本人に納得させせなければならない。

それは考え方を変えたり、無理して周囲に合わせるのでなく、自分独自のやり方を編み出すことなども大事であるそうだ。一方で彼等には得意なことがたくさんあり人間的にも魅力のある人物であることも多い。

関君は今の職場では契約社員であるため、早期に退院をして職場を確保し、外来での治療に当たるとの決心をしている。私から見て、普通と違うなと感じたのは一度だけである。発達障害の症状の片鱗を見せたことがある。

それは看護師と会話をしている時であるが、内容はよくわからないが、看護師が彼にちょっと注意をしたときにいきなり彼は大声を出し、暴れ出したことがあった。

「そんなことを言っているのではないだろう、今の看護師を出せ、俺をバカにしている。扉を開けろ、理由を説明しろ」

彼は、大声で叫びながら、看護師センターに体当たりで文句を言っている。問題の発端は判らないが、周りから見ると異常である。そして、最後には、泣き出してしまった。

看護師センターの扉はガラス張りであるが、大きな大人が体当たりしているのである。さすがは、精神科の病院である。ガラスのドアはびくともしない。彼の大声より、設備のすごさのほうが印象に残っている。それは、その病気の一つであろう。焦燥感から自分をコントロールできない状態に陥ってしまうのであろう。

彼は、病名の確定と治療方針の決定で入院より外来での治療に専念することになりその後すぐに退院した。そして仕事にも復帰していった。わずか、10日間程度の短い入院であった。

朝食はそのような患者と毎日同じ風景で食べることにしている。8時に食事が運ばれてくる。耕平は自分の名札の入ったお盆を取りいつものテーブルで食事を摂る。いつも完食で年齢にしてはかなりの早食いである。食事は全員のものが専用のカートのようなもので運ばれてくる。

耕平の食べるのは早い。食べ終わるとカートにお盆を戻すが、まだ取りに来ていないお盆が沢山残っている。それを看護師は一つ一つ患者の部屋に運んでいる。ご飯を食べることのみならず、取りに来ることもできない患者がいっぱい居る。

そして毎食後に看護師はお盆の中をチェックし、何割ぐらいご飯を食べているか調べ、あとでカルテに記入していく。食事を食べる量が症状を見極める重要なデータなのである。そのデータは主治医との診察の際の貴重な資料になる。

耕平の場合、最近はもちろんいつも完食である。朝食後の薬を飲むと、10時頃の検温までやることはない。耕平の場合は朝食が終わった後も大体スケジュールは決まっている。外出が許可されたあと基本的には、毎日午後外出する。そして週2回昼食を欠食することにしている。それは火曜日と木曜日である。その時は、午前中に出かける。

その日は朝の検温が済むとすぐに外出し、歩いて最近近くにできたスーパー銭湯に行く。病院にもシャワーがあり、毎日利用できるがよっぽどのことがない限り使わない。スーパー銭湯に行くのは週2回であるため、ゆったり風呂につかり体の汚れを丹念に落とし、そのあとはいつものように入念にマッサージを受ける、まさに至福の時である。

最近のスーパー銭湯は食事もできるため病院では出ないメニューの食事を摂る。食後は休憩室でゆっくり新聞でも読みながら、常に最終コースとしているスーパーを経由して門限の4時半に病院に間に合うように帰る。その時の総歩数が6000歩になるように歩いて帰る。1日総歩数は7000歩以上としている。

院内で1000歩程度歩くので院外の目標は6000歩である。最近は、外出の時には、週3回は母の施設に面会に行く。それは、月曜、水曜、金曜である。施設では3時におやつが出るため、その前後1時間半程度施設にいる。年寄りは脱水状態になりやすいため、いつも200ccの飲み物を持っていき飲ませている。

母の10人のユニットでは、様々な症状の老人がいる。歩ける人もいれば、元気そうな人もいるが、大半は、認知症の症状が見られる。自宅での介護では、寝たきりも大変であるが、体力があり、認知の動ける老人が一番、手が掛かるかもしれない。

兎に角、目が離せない。歩きまわり、どこに行くかもわからない。自宅では、一人で外出し、警察に世話になることもあるだろう。

施設では、階段、エレベーターなどの各階、外部に通ずる場所は全て、テンプレートの鍵がかけられている。従って、耕平が母を訪ねていき、エレベーターが開くと扉の前に外出しようとお年寄りが立っている。

「どこ、行くの、おばあちゃん」

「今から、家に帰るの、私の家に帰るの」

「おばあちゃん、今日は、工事中でエレベーターは乗れないよ、明日にしようね」

よく繰り返す会話である。無理やり納得させるしかない、徘徊である。なぜ、おばあちゃんなのか、施設では、圧倒的に女性の数が多い。母のユニットも、男性2人に女性8人であり、他のユニットもほぼ同じ割合である。男性と女性の平均寿命が、9歳程度違うからであろうか、おばあちゃんばかりで、90歳を超える女性も多い。90歳を超えるおじいちゃんに遭遇することは少ない。デイケアでも、そのような割合で、高齢者問題は、おばあちゃんの問題かもしれない。

特別養護老人ホームで長生きできるためには、自分で食事をし、水分も自分で摂れることが必要である。慢性的に介護士不足のために、食事の介護、飲み物の摂取介護まで手が行き渡らないため、自分で食べられない老人は、体調を崩し、手遅れの状態で病院送りとなり、再び施設に帰れない結果になってしまう。

特養ホームでは、点滴治療をしてくれないので、経口での栄養供給ができなくなれば、致命的となる。母は、食事は摂れているが、水分を摂らないので、定期的に、施設に行き水分補給をするのが、最近の耕平の役割である。母は脳梗塞を患ったために、他の人以上に飲み込むことができなくなってきた。全く飲食ができなくなれば、特養ホームに置いてもらうためには、胃瘻なども検討させられる。それだけは、避けたいと考えている。

脳梗塞の後遺症で認知症も進み、傾眠状態のような時もあり、近くに身寄りがいないため母親の看取りをするまでは耕平も動けるようにしていなければならない。

これらが1週間のスケジュールである。従って、予定が全く入っていない日は土曜と日曜のみである。当然ながら、土曜と日曜も午後の外出はする。外のストレスを忘れないためである。ただ、母の施設では、土曜と日曜の介護士の人手不足となるため、いずれ、母の水分補給のために土曜と日曜も面会は必要となるだろう。

いくら、うつ状態が寛解したといえども社会のストレスは常に浴びていないと再発の危険性が増す。週2回のスーパー銭湯に行く日以外の午前中は病院にいる。検温後の朝10時になると1階のカフェテリアに行く。そこは面会用の談話室も兼ねていて、利用客のために新聞は3紙、週刊誌が2種類置いてある。

自販機でいつもカフェオーレを買い、まず新聞から読み始め興味を引く見出しから読んでいき、基本的には全てのページを読む。とくに歴史、宗教と科学については興味があるので、気にいった言葉や共感できる箇所は必ずノートに書き込む。それは人生を整理するために行っている。

歴史と宗教そして今日の科学の発展で人間の起源や人間の存在意義などが明らかになりつつある。当然、完全に判るわけではないが、考え方の整理にはなる。いずれかの日にそのノートを使い本にしてみたいと考えている。

午前中は新聞、週刊誌で情報を収集して世に遅れないように心掛けている。そのカフェテリアが午前中は満杯となることがないので、そのスケジュールは邪魔されずに消化できる。そこに毎日来る3人の女性患者がいる。

話をしたことがないので、病名が判らないが、会話は普通で何処も具合が悪そうに見えない。おそらくうつ病の回復期にあると思われるが、退院しない。年齢的にはアラフォーぐらいであまり家族らしき人が面会に来ている様子もないので、おそらく一人者であろう。入院費も安くはないのでどうしているのか他人事ながら心配になる。年老いた親が補助しているのだろうか。

一般的には設備の整った病院で治療できるのは経済的には恵まれた人が多いのであろう。女性の平均入院期間が男性より長いと思われる。男性は仕事があるため、そして職場への復帰のために頑張って退院していく。

その点女性も仕事を持っている人もいるが、男性ほど切迫感はない、それと食事を作る心配もない病院の快適さに慣れ、社会復帰が遅くなるのではないだろうか。彼女らの行動を見ていて不思議なことに精神科に入院している女性は喫煙者が多いような気がする。何故か判らないがその傾向にあるようだ。

彼女らはカフェテリアから定期的に何度も席を立ち、外に出ていく。院内は当然禁煙なので、病院の外周でタバコを吸うためである。勿論女性ばかりではないが、外での立ちタバコはみっともないような気がする。女性の精神科患者とタバコの関連を調べた文献でもあれば読みたいと思う。

ストレスを解消するためにタバコを吸うのであろうが、タバコでは社会のストレスを解消できるとは思えない。精神科の医師も入院中ぐらいは患者に禁煙を義務づけた方が良いのではないだろうか。タバコとライターは看護師センターに預け、喫煙をしたい時に貸出をしているので貸出を禁止すれば禁煙は可能である。

カフェテリアに行くのは病院内であっても、届けは必要で一応30分以内との規定がある。それはその場所は外部にも開放されているからであろう。もっともそれを何度も繰り返せば長時間可能である。

そんなことをしている間に12時の昼食の時間になる。そのような通常の風景を紹介しているが、院内で会う患者はいつも同じメンバーである。大半の患者は部屋に籠もったきり出てこない。

耕平は、昼食時もいつものように2階の食堂兼談話室に行き自分の席を見つけ食事をする。食堂にはテーブルが4つあり、それぞれに4席ずつ椅子があるが場所は厳密に決まっているわけでもないので、お互いに好きなところに座って食べる。もっとも自然とグループができる。しかし、初老に差し掛かった耕平にはそのようなグループはない。年齢的に異端児である。耕平のような年齢の患者は珍しく耕平の次の年配者は40歳ぐらいである。

それはこの病院が開院後年数が浅いのが原因で他の精神科病院には数十年にわたり入院し社会復帰が不可能なところは多くあるようである。高齢化の中で益々そのような患者が増え続けており、今後の大きな社会問題であろう。

食堂兼談話室の中の椅子でずっと壊れたままの椅子があるが病院も直す気配がなく、患者も苦情を言わない。入院患者数を考えれば直す必要があるが、実際の利用者から見れば現状で十分椅子は足りている。

朝は苦手なのか、お昼によく会う小学生の高学年くらいの可愛い女の子がいる。名前は知らない、症状としては、周囲との交流に若干の問題が見られたり、言語の発達の遅れも見られる。特定の事に執着したりするのが症状なのだろう。

ただ、記憶力が素晴らしく例えば電車の時刻表を暗記したり、好きな人及びその家族の誕生日など正確に記憶する。先天性の脳機能の障害による一種の発達障害（自閉症）であろう。根本的な治療がないため、社会に溶け込むのが難しい。家族がよく面会に来ているが、将来のことが心配であろう。

この病院は児童期、思春期の精神的病気の診断に力を入れているため、入院患者には、20歳以下の患者も多い、男女比率ではここでも1対2くらいで女性が多い。食堂に来る患者を見ても、圧倒的に女性が多い。

いつも同じ食堂で食事を摂るために自然と仲間ができ、若者の中では、恋愛まで進展する患者もいる。ある時、高校3年生の男の子と高校2年生の女の子が仲良くなった。男の子は統合失調症で入院していたが、治療効果もあり治癒に近い状況で元気いっぱいの状況である。女の子は若いがうつ症状に悩まされて入院していたが、今ではほぼ完治で後は退院を待つばかりの状況であった。

二人とも食欲はあり、健常者と一緒でいつもテーブルを同じくし食事をしていた。最初は、女の子が男の子を好きになったようである。私のような初老の男や30過ぎの男性がいる中でそんなにイケメンではないが、性格が良くみんなに可愛がられていた。男女比率からしても自然の成り行きであろう。

二人は食事の後はいつも一緒で夜は消灯まで談話室でテレビをみたり、ゲームをしたりしている。時には、二人で一緒に外出して買い物でも行っているようであった。それほど、この病院は開放的なのである。二人とも回復期にあるのは間違いないし、退院も近そうである。そんなある日、先に女の子の退院が決まった。談話室では、男の子は声をあげて泣いていた。

男の子は、マー坊と呼ばれ、女の子は直ちゃんと愛称で呼ばれていた。

「マー坊泣かなくていいじゃない、直ちゃんは、退院しても外来で診察に毎週来るから、また会えるじゃない」

「マー坊も頑張って良くなれば、退院できるじゃない」

「そうよ、そうすれば、いつでも好きな時に会えるじゃない」

周りでは、それぞれが男の子を慰めていた。

それでも、男の子の方は泣きやまない。

「そうよね、直ちゃん、外来時は病室に面会に来てあげてね」

「はい、そうします」

女の子はそう答えているが、案外平気そうな顔なのである。むしろ、泣いている男の子を軽蔑しているような目つきである。入院中の二人の仲の良さから考えて、直ちゃんの方は、覚めている。男なのにいい加減、泣くのをやめてくれないかなとの雰囲気である。

さて、直ちゃんは退院していったが、診察のために外来で時々来て、最初は病室まで訪ねてきていたが、ある日を境に全く顔を見せなくなり、マー坊を無視し続けた。

最初は直ちゃんがマー坊を好きになったのであるが、それは病院という狭い世界の出来事であり、彼女のように社会に復帰してみると病院の中で見てきた男の子がつまらなく見えてきたのであろう。

「女性は強い、男は女々しい」

外の世界には幾らでも素敵な男の子が居るじゃないということで男の子は振られてしまったのであろう。その後、マー坊も退院していったが、その後のことは私には判らない。

病院内では、割と頻繁に女性患者が過呼吸で廊下に倒れているのを見る。呼吸が激しくなり、ひきつけのような症状である。いわゆる、パニック障害、不安神経症の一種である。周りは慌ててしまうが、看護師は落ち着いたもので、あまり効果がないとも言われている「ビニール袋の吸引」を行う、すると本人は安心するのか、間もなく落ち着いてくる。ところで、過呼吸であるが、女性患者ではよく見るが、男性患者では見たことが無い、それは、たまたまのことであろうか、そうでないような気もする。精神科の疾患には、男女差があるような気がしてならない。

病院では、日常の一つなのである。彼女はうつも併発しているようである。食事もほとんど摂らない、だが不思議なことに痩せない、女性は他の患者もそうであるが食べなくても痩せない。部屋で何かを食べているのだろうか、それとも皮下脂肪が男性より多くてそれを燃焼させてエネルギーを作っているのだろうか。

彼女もタバコだけは吸う、かなりのヘビースモーカーである。精神的な病気を緩和するのにタバコは寄与しているのだろうか、それともタバコを吸うことが、精神的病気を誘発するのだろうか、よく判らない。

耕平の病室の住民のもう一人は中学3年生の男の子である。病気の診断は「統合失調症」である。一昔前までは、「精神分裂症」と言われていた。遺伝要因及び環境要因があると言われ100人に1人の割合で発症する特に珍しくない病気である。一部には難治性で回復が悪いのもあるが、現在では大部分の人が服薬等の治療で回復する。

従来は、薬物治療がないため隔離治療が主体であった。入院患者の多くがかつての精神分裂症と呼ばれていた疾患で長期入院が一般的であったが、投薬の効果で外来の患者が多くなった。そのために長期入院患者が減り、精神科病院の経営が苦しくなった一因とも言われている。そして、統合失調症は、なぜか、男性に多いような気がする。

その原因調査を実施して、治療方針に加えてほしい。統合失調症の男性入院患者が減ったために、男性病棟は女性に比べて少なく、満床にならないのではないだろうか。男女の平均寿命の年齢差、精神科病棟の男女比率など、疑問だらけである。病気の根本事由の解明のためには、男女の遺伝子の違いを解明することが大事ではないだろうか、素人ながら、耕平の病院、母の特別養護老人ホームを見てそう感じる。

統合失調症は、急性期には妄想、幻聴、混乱、興奮などが見られる。確かに入院当初は、あまり静かで物音もしないのでベッドで本でも読んでいるかなと思って様子を見てみると、

いつまでも同じページを開いたままで、読んでいない。そして、ある一点を見つめたままで、

「今、問題が発生している」

とつぶやくのである。

それが長い時は20～30分も続くのである。そして、起き出し、

「よし、問題は解決した」

と言って行動を始める。それは一種の妄想あるいは幻覚なのであろう。今ではその状態もなくなり、見た目には健常者と全く変わりがないようになり我々に未来の希望を語ったりして意欲の減退も見られなくなった。

その中学生も治療効果があり、服薬治療で十分と判断され、近く退院することとなった。今までの学校に復帰することのようであるが、残念ながら、一学年遅れてしまったようだ。しかしこのままの調子でいってくれれば、普通の学生生活に戻れそうであるし、若い、頑張れば、いくらでも取り返せる年齢である。

この種の病気で入院が長期化すると、社会生活への適応が難しくなるため、この病院ではリハビリテーション・生活技能訓練など実施し、その防止にあたっている。とにかく、二度とここには戻らないように頑張ってほしい。後天的な発生なので病院などの適切な指導を受けておれば大丈夫なような気がする。食欲もあるし明るさが出て周りとの会話もよく進んでいる。そして、ある日、母親がむかえに来て嬉しそうに退院していった。

さて耕平のほうであるが、昼食が終わるとすこしベッドで横になって休憩をし、基本的に

は午後1時半に外出をする。服装であるが、耕平は外出用と院内用の2種類しか持っていない。それで十分である。院内は22℃に保たれ、いつも同じ服装で良い、冬場には外出のときだけジャンパーを着ればそれで済む。

従って他の入院患者は同じ色それは茶色の服を着た耕平しか知らない、耕平は他の人からは茶色で認識される。若さを感じられない服装である。それでも時々洗濯をするため、その間だけ着るものをもう一種類持っている。洗濯は院内にコインランドリーがあるので、それを利用する。院内は気温が一定しているため、常時同じ服装で大丈夫である。寝るときもそのままの服装で寝る。自分で気持ち悪くなるまで洗濯をしない。

ポケットには万歩計が入っていて、毎日の目標は7000歩である。1000歩・1km・10分と計算し、毎日外で6km・1時間歩くことにしていて、それに応じた散歩コースを数種類持っている。

院内でもう一人、別の部屋の患者であるが、毎日外出する男性患者がいるので紹介したい。名前を森秀樹という。うつ病で入院したが、既に彼も回復期に入っており、リハビリのため毎日午後外出する。薬物治療でルボックスを服用している。これも私が投薬を受けているパキシルと同じ第三世代のSSRIに入る薬である。うつには標準的に使われる薬である。

彼は独身で32歳、システム開発エンジニアである。どうもこの業界はうつ病が多いらしい。この業界に入るとうつになるのか、うつになりやすい人がこの業界に身を置くのか、あるいはこの業界がうつ病を発症しやすい環境をつくっているのか、いずれかよく判らない。私は後者のような気がする。

彼もご多分にもれず、上司との関係が原因の一つのようである。このケースも上司を鍛えなおさなければ、うつが減らないような気がする。会社の顧問医はそこの教育をお願いしたい。森秀樹は人柄が良く、人当たりも良いため院内では小学生ぐらいのこどもから頼りにされている。

ところで、彼の外出先は自宅である。その自宅は病院から歩いて25分ぐらいのところにあり、猫を飼っているため、猫の面倒をみるために毎日帰っている。入院前は一人暮らしをしていたのであろう。それにしても、猫は犬ほど手間はかからない動物なのであろう、食べるものさえあれば、一匹で生きていける。犬より自立心が強い。男性が犬の習性を持ち、女性が猫の習性を持つのではないだろうか。

そして帰ってくるのは、夜食をもって毎日門限の4時半である。若いせいだろう、夜食にインスタントラーメンを毎日夜の9時に食べている。その食べ方もリズムが決まっていて周りからみると少し滑稽である。几帳面と言えば几帳面だが、変わっていると言えば少し変わっているのかもしれない。もう少しいい加減になればうつにはならないかもしれない。

こう言う私もうつになった原因は融通が利かないのが影響しているかもしれない。これくらいでいいと思える生活が大事かもしれない。几帳面さがIT関連業界に向いているのか、几帳面な者がIT関連業界に入社するのかよく判らない。森君はその後1カ月ほどで退院をした。彼も再発が無いように祈りたい。

このように病院の患者の入れ替えは多い。ところで耕平はいつも午後1時半に外出するが、その時間頃になると、いつも院内で歩いている中学生ぐらいの少女がいる。ただひたすら歩いている、いろいろな病気には歩くことが良いとされているからであろう。名前は、坂口ゆり恵と言うらしい。

「ゆり恵ちゃん、いつもよく歩いているね、毎日何歩くらい歩いているの」

「はい、毎日2万歩くらいです」

病院の廊下をただひたすら歩いているのである。病名はよく判らないが、会話時の反応が普通と少し違うような気がする。一種の発達障害であろうか。身体面での悪いところがないので何でも一人でできそうであるが、それが精神疾患の難しいところであろう。

時々、母親らしき人が来ておやつなどを差し入れをしている。だが、退院は未定のようである。親としては子供の将来が心配であろう。

母の施設に行くときの耕平の予定であるが、まずスーパーに行きヤクルトジョアと乾いたお菓子を買い施設に向かう、2時頃に施設に着き、母にヤクルトとお菓子を食べさせる。施設の人からは、「お母さんは水分を摂らない」とよく言われるので、常に水分の補給をする。

以前脳梗塞を患ったことがあり、母自身も飲み物をあまり摂らないので週3回はそれを補うために行く。

そして認知症を患っているため、会話をするように努める。認知症の根本治療はない。進行を遅らせると言われている「アリセプト」という薬を服用しているが、効果のほどはあまり感じられない。会話は今ではほとんど成立しない状況になってきた。また、週2回出張マッサージをお願いしていて、木曜日と土曜日に来てもらっているので、2日に1度は人と接する機会があり、ボケ防止になればよいと考えている。

特別養護老人ホームでは、洗濯等すべてをやってくれるので手間はかからない。ときどき洋服や肌着がないなどと施設から言ってくれば、近くのスーパーで買って持っていけば、それで済む。入居費用は室料・食費・毎月の散髪代等を含めて19万円ぐらいで決して安くはないが、母の年金に少しプラスをして払っている。

床屋と歯医者の訪問が定期的にある。年1度の介護認定も施設で代行してくれるため、サービスは行き届いている。だが、家族が外に連れ出さない限り外出がないので、好奇心も衰えてくる。そのため、面会時は、窓際に座らせると外の景色や行き交う車に興味を示すために、極力、窓際に座り、外を見せることにしている。

記憶障害も発症し、過去の事は覚えているが、お風呂に入ったことや、食事のことは直ぐ忘れてしまう。季節感もなくなり、亡くなった父のことも判らなくなってくる。生きていることが本当に幸せなのか、よく考えさせられる。ただ、息子としては、母がまだ死ぬとは思っていない。

母は、69歳の時に卵巣がんを患っている。それが、腸まで浸潤し進行がんで余命3カ月の宣告を受けたことがある。セカンドオピニオンで二つの病院で見てもらい、運よく命が助かった。だが、その時に腸を30㎝ほど切除を余儀なくされ、可哀想に人工肛門となった。所謂ストーマの装着患者である。当初、特養ではストーマの管理は初めてとのことで入所が危ぶまれたが、ストーマ管理を説明し、受け入れてもらえた。

耕平の個人的な意見であるが、耕平自身がストーマ管理をした者として、認知の老人の場合は、通常の便の管理より、ストーマでの便管理のほうが、介護は容易であると考える。つまり、ストーマの場合は、便は自分の意志ではなく、自然と便が排出され、お腹につけたビニール袋に貯まるので、取り換えは好きな時にできる。通常便の方が、おむつの中で貯まり、本人も不快感を感じ、動きに応じて拡散されるので扱いにくい。

また、認知の老人の場合は、「泥、遊び」と言われ、おむつの中の便が気持ち悪いために、自分の手で、排除しようとする行動が時々見られるようで、却って、困ることが多いような気がする。ただ、本人にとっては、ストーマのように便意を感じない排せつは辛いことではあるだろう。

母の施設は新しくきれいであるし、入居者10人に対し常時2人（夜間は20人に対し1人で手薄になる）が配置されており、平日は結構目は行き届いている。いつも服もきれいな状態でいる。そして、3時頃になると施設でおやつとお茶が出てくる。それも全て食べさせて3時半に施設を出て、今度は外出の時に最後の立ち寄り場所になるスーパーまで歩いて行く。

そこで飲み物を買いスーパーの前の椅子で休憩し歩いて病院に帰る。

いつも門限の4時半頃の帰院である。それで1日6000歩・60分の歩数になる。そして院内での歩数を入れて毎日7000歩の達成である。特別養護老人ホームに行かない日は、いつものスーパーでなく、別のスーパーに向かい行き先を変える。

ここでは、ゆっくりと店内を散策し、商品の値段等を見ながら、物価等をチェックしている。時には、自分のおやつや飲み物を買う。そのスーパーにはドラッグストアもあり、私の常備薬であるメンソレータムや胃散を購入する。日常の必要品はそこのスーパーで全て済む。それからいつものスーパーに向かう。

そこは、どのコースを歩いても最終目的地にしてある。そこで時間調整をする。時間のある時はそこで新聞を買い、午前中に気になった部分をもう一度念入りに読み返す。またそのスーパーの前はバス停になっていて、万が一急に雨が降ってきたり、門限に遅れそうになると4時15分発のバスがあり、それに乗れば門限に間に合う。

そのコースも、1日6000歩・60分の歩数になる。スーパー銭湯に行く日は、午前中に病院を出て銭湯に行き食事はそこで済ませ、帰りのコースにいつものスーパーまで徒歩で行き、帰院するといつもの歩数になる。そのコースも1日6000歩・60分の歩数である。以上が耕平の1週間である。

面会者はほとんどないのでそのスケジュールは変わることはない。手紙も手続きをして病院に来るようになっている。60歳まで出していた年賀状も60歳になる前に、今まで年賀状を出していた全ての人に賀状を出すことをやめることと、その欠礼のお詫び状を書いてやめた。

私は本を読むことが好きで今までは紙の本を買って読んでいたため蔵書もかなりあったが、入院することを機にそれまでの本は、残念であったが、二束三文で全て古本屋に売ってしまった。まさに60歳前に、「断捨離」を実行した。

入院前はよく公立図書館も利用していたが、それもできなくなったため、今はスマホの電子書籍を使い読んでいる。青空文庫と呼ばれるインターネット上の図書館では、ありがたいことに古典物の純文学書、例えば、夏目漱石、芥川龍之介、太宰治、菊地寛、中島敦等の電子書籍は、ほとんどは無料で読める。昔読んだ本、読み損ねた本などが無料で読め充実している。

従って、これからは紙の本は私の近辺からはなくなる。私の財産は、身辺にあるもの、つまり、2畳半の病室の中のものが全てで、極めて身軽である。シンプルライフである。お金は退職金、年金の振込金などが銀行にある。お金の心配は全くない。

ここから、精神科病院でやはり一番多い病名である「気分障害」をコンパクトにまとめたものがこの病院にあるので、紹介したいと思う。

❶気分障害とは

躁病相やうつ病相を周期的に反復する「感情の病」。

❷うつ病の診断基準

以下の(1)〜(9)症状のうち5項以上、(1)か(2)は必須であり、さらに2週間以上毎日続く状態。

(1) わけもなく一日中ずっと気分が滅入る
(2) 何にも関心がないし、何をしても楽しくない
(3) 食欲がなくなってやせる。時には太る（体重変化は1カ月に5％以上）
(4) 毎日眠れない、もしくは寝すぎる
(5) そわそわしている。もしくは頭がボーッとしてちゃんと考えられない
(6) すぐ疲れるし、何もしたくない
(7) 自分がダメな人間と思えて仕方がないし、自らを責め続ける
(8) 何にも集中できず決断できない
(9) 死にたくなる

■「他の代表的症状」

(10) 朝から特に気分が悪い
(11) 将来になにも希望が持てない
(12) 不眠のなかでも「朝早く目覚める」パターンが多い
(13) 性欲が落ちる
(14) 原因不明の頭痛、肩こり、胃もたれ等↓内科の病気と間違えやすい
（注）最重症時は幻覚や妄想（貧困妄想、心気妄想等）が出現することがある。

3 躁病の診断基準

(1) 気分が「異常」「持続的」に高揚し、「開放的」または「易怒的（怒りっぽくすぐイライラする）」な、いつもとは異なる期間が1週間以上持続する（入院治療が必要な場合、期間を問わない）

(2) 以下の症状のうち三つ以上（気分が単に易怒的な場合は四つ）が持続的に存在している。

a 自尊心の肥大または誇大、潜在的な誇大妄想

b 睡眠欲求の減少、または持続的な睡眠障害

c 多弁、喋り続けようとする心迫

d 観念奔逸、またはいくつもの考えが競いあっているという主観的体験

e 注意散漫

f 目標志向性の活動（社会的、職場または学校内、性的）の増加または焦燥感の高まり

g まずい結果を招きそうな快楽的活動への熱中（浪費、性的無分別、無謀な投資等）

(3) 混合型（うつとの）でない。

(4) 「職業」「社会生活」「対人関係」に著しい障害を起こすレベル、もしくは自傷や他害を防止するために入院が必要なレベル、または精神病症状が存在するレベルである。

(5)　薬や身体疾患によるものではない。

4 気分障害の主な分類

1　うつ病性障害　：「大うつ病」
2　気分変調性障害：「軽うつ状態」
3　双極Ⅰ型障害　：「躁病エピソード」か「混合性エピソード」
4　双極Ⅱ型障害　：「軽躁病エピソード」と「大うつ病エピソード」
5　気分循環性障害：「軽躁病エピソード」と「軽うつ状態」

5 疫　学

(1)　有病率　うつ病性障害　3・3〜16・6%　日本では6・7%（15人に1人）
　　　　　　双極Ⅰ型障害　0・08〜3・38%　日本では0・4%
　　　　　　双極Ⅱ型障害　0・6〜5・5%　日本では2%
(2)　性差　うつ病性障害「女性＞男性」
　　　　　　双極性障害「女性＝男性」
(3)　発症年齢　うつ病性障害　中高年に多い
　　　　　　双極性障害　青年に多い
(4)　遺伝　狭義の遺伝病ではない

第一度親族にうつ病患者がいる場合、1・5～3倍
第一度親族に双極障害患者がいる場合、発病率は10～20%

6 原因

(1) 脳神経の病気、うつ病におけるセロトニン仮説↓育て方や人間性は関係ない
(2) 一般的なストレスが引き金になりやすい

以上のように気分障害についての診断の標準化はあるが、他の病気のように、血液検査、心電図、X線検査などの客観的判断はないため、医者の判断は慎重であるべきであるし、患者の訴えが重要なことを理解しなければならない。

そのために、安易な抗うつ剤や精神安定剤の投与に繋がったり、寛解時の投薬停止などによる再発で入退院を繰り返すケースが増えている。この病院でも7回目の入院だという女性患者もいたし、他にも複数回の患者がいた。それも女性患者が多い気がする。

仕事を持ち社会的ストレスに晒されている男性より、女性は一般的には家庭内での単調な生活が待っているので気持ちの切り替えが難しいのかもしれない。そのため入院期間も男性より長い気がする。

ある女性は、見た目には全く問題ないと思うが、「家に帰るのが怖い、食事を作る自信がない」などを訴えるケースが多い。女性も男性と同じように外に活動場所をつくるのも一計

であろうか。精神科の病院で一番多い患者はうつ病患者であるが、この病気はよく「心の病気」などと言われているが、「心」の概念が話をややこしくしている。「心」とは何だ、どこに心があるのか、誰にも答えはない。

心というと、

「気を強く持ちなさい」

「物事にくよくよするな」

「旅行するなど気分転換をしなさい」

などと患者の苦しみが判らない助言があるが、そもそもうつ病は「脳の病気」なのである。脳内におけるセロトニンやアドレナリンという神経伝達物質が外的なストレスにより、十分に供給されない状況に陥っている状態が気分的にではなく、物質的に発生しているのである。胃酸の過多で腹痛を起こすような症状と同じなのである。

つまり、その状態は他の病気と同様に薬物治療で治る病気なのである。薬物に休養と睡眠を十分に取れば必ず治る病気なのである。決して特殊な病気ではない。誰でも罹患するごく普通の病気である。かつては、性格や考え方の問題がクローズアップされ議論されたために、未だにその後遺症が残っていると思われる。

「気の持ちよう」を努力などで簡単に変えられるものではない。変えられないものを無理すれば、症状を悪化させるだけである。むしろ、あるがままに受け入れ、変えようとせず憂鬱な気分に逆らわず、投薬と十分な休養をとりながら回復を待てばよいのである。それで大半のうつ病は治る。いや必ず治るのである。

「頑張らなくてもよい」し、「さぼっているのでもない」のである。そして、気をつけなくてはならないのは、つらいときには、できるだけ大きな決断（転職など）をしないことと決して自分で命を断つことがないようにすることである。しつこいようであるが、うつは決して珍しい病気ではなく、誰にでもなる可能性があり、人生を真剣に考えている人に多い病気であり、必ず治る病気なのである。

うつの治療で総合病院などで実施されている治療法に「電気けいれん療法」がある。これは、頭部の皮膚に電極をあて通電することで人為的にけいれん発作を誘発し治療する方法である。

イメージは1975年のアメリカ映画『カッコーの巣の上で』でジャック・ニコルソン演じる主人公が病院内の規則に従わないために、電気けいれん療法を強制的に行われるシーンがある。あれは、麻酔もせず行われる残酷なもので一種の虐待である。

実際の治療は、麻酔科の医師がいる病院でのみ行われる。治療の対象は、重症な患者で自殺の恐れが見られる患者や薬物療法に効果が見られない患者に限定し実施されている。実施時の危険度合いで死亡あるいは重度障害の発生の危険は5万回に1回程度であり、出産に伴う危険よりはるかに低いと言われている。

設備と経験医のもとでは、危険性はないと言ってよい。治療は普通、週に2〜3回の割合で合計6〜12回行う。1〜2回で劇的に効果が出るケースもあるが、再発の危険があるので、最低5回程度は行った方がよいとされている。

欠点としては、多いのが逆行性健忘と呼ばれ、新しいことは覚えられるが、以前の記憶がなくなる症状のことである。そのため、患者は治療実施前の出来事をノートに書き留める人がいる。だが、少しずつ回復する。患者のなかには早期に回復し退院していく人も多々いる半面、長引く患者もいるようで選択肢の一つであろう。

さて、外出から帰った午後4時半からの耕平の行動であるが、取り敢えず6時の夕食までは、何もなくのんびりとしている。6時の夕食後から消灯の9時までの時間は、スマホでワンセグを見たり、電子書籍を読む。繰り返しになるが眠るまでの小一時間はマイルス・デイビス、ビル・エバンス、レイ・チャールズを聴き、最後に、カノンを聴き眠りに入る。

当然イヤホンは使っているが自分のベッドでの至福の時である。このようなスケジュールで毎日が過ぎていく、今はとくに体の不調も感じないため、このスケジュールが狂うことはない。最近では大雪が降り、外を歩くのが困難となった時くらいである。

ここの医療費であるが、食費も全て含み月額15万円程度である。3食つき、毎週1回のベッドのシーツ替え、薬代も含んでいる。しかも、毎日看護師のケア付きである。医療費が高額のように感じるが、食事代が3食で月6万5000円、大部屋でも部屋代などで月6万円、薬代が5000円、その他診察費などを含め入院患者には標準的な額である。

耕平の所属する健康保険組合では、毎月の医療費をチェックし、計算後一定額以上になると、自動的に補助が出る。耕平の場合は、月額8万円が自己負担の上限になるように補助が出る。これは高額療養費制度というもので、ありがたい制度である。従って、月額8万円でケア付き住宅にいることになる。

それがうつ状態が寛解後も当分この病院にいることを選んだ理由である。「高額療養費」とは、日本において病院などの窓口で支払う医療費を一定額以下にとどめる目的で支給される制度で1カ月間に同一の医療機関で掛かった費用を世帯単位で合算し、自己負担限度額を超えた分については公的医療保険組合によって支給される。

原則としては、高額療養費支給申請書を提出することで自己負担額を超えた分について3〜4カ月後に支給される。健康保険組合によっては申請書を提出しなくても自動的に支給される制度をとっている保険組合もある。耕平の健保は自動的に支払われる便利な制度である。現時点では、耕平は企業年金と厚生年金の報酬比例部分の収入があるため、月額8万円で3食が賄えるこの病院を出る理由は今のところ見当たらない。

また母親の施設との関係上も便利である。だが今後のことを考えていないわけではない。グループホームそして介護付き施設への入居も検討の中にはある。既に父親が亡くなった時に、首都圏に墓地を購入し、田舎の墓をこちらに改葬済みであり、手続きさえしておけば死後の心配はない。

今、耕平63歳、母84歳で21歳違いである。男女の寿命差を考慮すれば、その差は12年でそんなに違いはない。今のところ、なんとか、母の面倒を看ていられるが、万が一、その寿命が逆転することは、大いに考えられる。それが、想定される中では、一番あってはならないことである。耕平が先に死ぬわけにはいかない。

従って、今の一番の関心事はいつまで1人で自立して動けるかである。そのためには健康であることが大切であり、特に下半身の強化が必要であるため毎日7000歩のウォーキングを課している。今の生活で衣・食・住とも問題ない。母のこともあり、遠くにいくわけにはいかない。病院のほうも今のところ、退院を特別強く迫ることもない。

むしろ、何も言わない。一般の病院では入院期間が3カ月経過すると、診療報酬が下がるが、精神科病院の療養型医療の場合はそのようなルールが適用されないため、病院にとっては、ベッドの空きが出ない方が良いのである。

どこの精神科病院でもそうであるが、女性のベッドは満床状態であり入院患者も女性の方が多いが、男性のベッドには空きがある。この病院でも、同じ状況で男性のベッドは空きがあり、患者が多くなっても男性の場合は比較的入院期間は短いため、耕平がいても問題ない。しかも耕平はお金を滞納する心配はないし手間も掛からず、どちらかと言えば病院にとっては、ある意味優良資産である。

だが最近の精神科病院では従来以上にある現象が問題になりつつある。老人のアルツハイマー型の認知症が増加しており、また小家族化や単身者の増加で家族が近親者の面倒をみることができなくて社会的難民が増えつつある。認知症は完治する病気でなく進行を食い止めることだけができるのが最善策で患者は増加する一方である。

そのため一般の病院では長期間面倒をみることができないため退院を促すが、社会的難民である患者が多く、自宅に戻れないケースが多くみられる。その受け皿となっているのが精神科の病院であり精神疾患として精神病院に転院するケースが増えているようである。

そうなると、ますます戻すところがなく患者の「終の棲家」として精神科病院で亡くなるケースが増えているようである。そのようなこともあり、耕平自身もそれらの現象は決して他人事ではなく自分自身の問題として捉えており、これからのことは心配である。

いつ他の病気を発症するかもしれない。もし発症しても精神科病院では総合病院と異なり他の内科の疾患は診られない。外来だけであれば、外出の際に精神科の病院から行けば問題ないが、入院が必要となった時が問題である。そうなれば退院後帰院できるか保証はない。その時のことも考えなくてはならない。今は特に問題ないが、これから年を重ねていくと心配ごとは増える。

いろいろと心配事の多いなかで、想定外の新たな問題が発生した。

「大内さん、お母さんの右乳房にしこりがあります。一度お医者に診せてください」

母の施設からの突然の電話であった。癌が頭をよぎった。過去の卵巣がんの発症からは、15年が経過しているので、再発ではない。施設の提携病院に連れて行った。

「大内さん、ステージ4の乳がんです。右脇下のリンパと胸部に転移が見られます」

恐れていた結果となった。

「治療方法はどうすればよいですか」

「選択肢としては、まず、抗がん剤は、年齢的なこともあり、無理です。今後の検査で、癌の部分切除の手術は可能性はあります。そして、組織検査では、ホルモン療法で癌の進行を抑えることができる可能性があります。また、年齢的にも、進行は遅いと思われます」

母は、すでに84歳である。あまり苦しませることはしたくない。それと進行も遅く、今のところ、癌からの直接の体への影響は出ていない。

「先生、母を苦しめたくないので、取り敢えずホルモン療法で治療を始め、定期的な経過観察をお願いします」

「判りました。ではそうしましょう、この手の乳がんはホルモン療法が進行を遅らせる可能性があります。経過観察として、3カ月に一度、超音波検査、CT検査、血液検査をしましょう」

治療方針が決まった。薬が効くことを期待したい。突然いろいろなことが起こる。全く、先のことは予測することができない。その時その時で対処しなければならない。現在のところ、母は発症以降10カ月が経過し、癌は大きくなっていない。無事、85歳の誕生日を迎え、父の享年85歳をクリアした。次は、女性の平均寿命をクリアするのが目標である。

耕平の今の願いはこの病院でのピンピンコロリ（p・p・k）である。ここで死ねば、葬儀なども必要ないし、墓は手配しているので、死亡診断書、火葬許可書、埋葬許可書さえあれば、死後のことを事前にお願いしておけば問題ない、実際には、病室の机の引き出しには死後の処理をお願いする書面は作って置いてある。

万が一のために、一応グループホームと有料老人ホームの調べはできている。従って、今の耕平の願いとやらなければならないことは、まず母の看取りは自分ですること。そして、規則正しい生活習慣と適度な運動で、今の体調を維持し続けることである。

絶対狂わせてはならないことは、耕平が母より先に死ぬことである。癌は小康を保っているが、水分補給ができていない。従って、今は、母の施設には、毎日、3時のおやつの時間を挟んで面会し、400ccをめどに水分を摂らせている。耕平の散歩コースもそれに伴い、新しく固定してきた。今では、7000歩を8000歩に上げ、実践をしている。

国や自治体は、親の介護を在宅介護を基本にしているが、年齢に認知が入ると在宅介護には、無理がある。入所介護には自宅で看られないとの自責の念もあるが、やはり無理である。共倒れになる。

母と同居していた時のことであるが、私も疲れ、厳しい言葉を浴びせ、手を上げそうになったことがある。特に、息子が介護する場合に、虐待が起こるのも判らないでもない。お金は掛かるが、施設の力を借り、入所介護にすれば、母と会う時は、優しい言葉もかけてあげられるようになってきた。施設に入れる負い目もあるが、今のままで良いと考えている。

国や自治体も介護側に立てば、このような老後もあることを考慮した行政をお願いしたい。

介護は先が読めない、エンドレスの生活である。個人だけではできることには限界がある。人間は社会的動物である。社会と共生しながら生きなくてはならない。だが、社会に頼るばかりの人生ではだめであろう。個人としても、できることは極力する努力も必要であろう。それでは、耕平のように現在は他人に頼ってばかりの人は何をすればよいのだろうか。

それは、若い時に懸命に働いて、世間並みに貯めたお金の使い道であろうか。耕平には、残せるお金も限られているが、社会の機能を利用させてもらっている限りはそれに相応しい報酬を払い続けることしか無いように思われる。何も社会貢献はできないが、社会にお世話になれば、社会にそれ相当の報酬を払う、それしかない。

自分に無駄をせず、世間に無駄をするように生きたい。例えば、高齢者のバスの無料優待券などは、不要ではないだろうか。保険負担も1割負担を上げてもよいのではないだろうか、困る人がいれば、個別の対応を検討すればよい。

ここで、今までもいろいろな問題を抱え、問題を提起してきた精神科病院であるが、高齢化社会が進展する中での精神科病院の今後のあり方をもう少し深く考えてみたい。まず、入院形態であるが、病床への入院には、任意入院、医療保護入院、措置入院、応急入院がある。その患者の大まかな割合はそれぞれ64%、34%、その他2%となっている。

一番多い「任意入院」であるが、これは患者本人の同意による入院で、本人の退院要求によって退院できる。保護者の同意は基本的には不要で入院期間にも特に制限はない。

「医療保護入院」とは精神疾患に罹患した患者の場合、自らが病気に罹患していることや治療が必要であることを理解していない場合が多い。その際、医師が医療及び保護が必要であると認めた場合、保護者の同意を得て入院をさせることを言う。これも入院期間には特に制限はない。

「措置入院」、「応急入院」とは、自分自身を傷つけたり（自傷行為）他者を傷つける（他傷行為）恐れがある場合に強制入院させるもので、主に警察の生活安全課や保健所からの依頼による。これらの入院の中で医療保護入院の中で急増しつつある高齢者の社会的入院が問題となっている。

それは〝帰れない〟認知症高齢者で、その数は5万人を超えるとも言われている。認知症になると、物忘れなどが初期症状として現れるがそれが進むと暴力や暴言、妄想、徘徊などの症状が激しくなり、介護の大きな負担となる。その際、家族は介護施設などへの入居を検討するが、症状がひどいと入居を断られたり、入居しても継続を断られたりして対応ができなくなった末に困り果て、精神科病院に駆け込むケースが増えている。

その背景には、介護施設が不足する一方、精神科病院では、かつて入院治療が主体であった統合失調症の入院患者の外来通院化などで病床に空きが出て経営上の問題より、介護難民を受け入れる精神科の病院が増加しているなど予想されない現象が発生している。

それは介護に苦しむ家族にとっては、最後の砦の役割を果たしているが、入院した認知症の高齢者にとっては、生活の場所でなく介護の場でもない入院が長引けば、刺激の無い生活で身体機能は低下し、入院即寝たきりの状況を引き起こし、生きる意欲も失い結果として長期入院になり退院するのは益々困難になり、終の棲家とならざるを得ない状況が生まれている。

この問題はまさに国全体が介護施設の充実、在宅介護の支援など本腰にならなければ解決しないことであり、喫緊の課題である。そして次に問題となるのは、今に始まったことではないが、精神疾患に対する社会の偏見がまだ根強いものがある。これは常に問題になる課題であるが、正しい理解が拡がればある程度一定の改善は期待できる可能性はある。

ただ、それはそんなに簡単なことではない。社会というのは、常に差別する対象を作り底辺を見せ全体の均衡を保ってきた歴史がある。人間は差別することで自分自身の居場所を確保する潜在的な性癖を持つことは否定できない。その対象が精神科の患者に向けられることもある。

現に、耕平の入院する病院の建設計画が持ち上がった時に近隣住民から猛烈な建設反対運動が起こった。

「もし、精神病の患者が病院から抜け出したらどうするのか」

「外来で来る患者が住宅街の中に入ってきて、徘徊でもしたらどうするのか」

「我々が日常利用する同じバスに乗ってきたら、どうするのか」

未だに、強い差別意識を持ち、患者を悪人扱いにするなど思いもつかないような反対意見が出てくる。そのような意見を述べる人は普段温厚で常識人と言われる人に多い。

精神科の病気は極めて身近なことであり、誰でも罹患する可能性のあるありふれた病気なのである。病院側が建設前に何度も説明会を開催しやっと住民に納得してもらった経緯がある。

その病院も開院後3年が経過したが、全く問題となるようなことは起こっていない。まさに偏見あるいは差別と言われるのは永遠に議論されなければならない難しい課題である。難しいが努力を怠ってはいけない問題である。

偏見を持つ前に知らなければならないことは精神病を始めとした精神疾患は、誰にでも襲いかかる差別なき疾病であり、いつ自分並びに家族に降りかかってくるかもしれない身近な病気であることを理解させるべき啓蒙運動が必要なのである。

最近では、そのような社会に配慮して医療機関の呼称を「心療クリニック」「メンタルクリニック」などにしたり、「心療内科」「メンタルクリニック科」と標榜したりして、患者が訪れやすくするなどの工夫がなされている。だが、根本的な解決には至っていない。

どの病気でもそうであるが、「早期発見、早期治療」が治療の原則である。そのことが一番遅れているのがまさに精神疾患の分野であろう。体調に不調を感じれば早期に病院を訪れ、早期に治療を受けるというごく一般的なことができるようになれば精神疾患の回復も早くなるだろう。精神を患えば、誰もが治療を受けるし、症状によっては入院もする。

しかし、一度発症すると奇異な目で見られ、偏見によって差別を受けるケースが少なくない。精神疾患は誰でも患う可能性があるにもかかわらずにである。症状によっては、大声をあげたり、奇妙に見える行動を取ったりする精神疾患者が奇異に見えるのは無理からぬことかもしれないが、一方では精神科病院での隠蔽や隔離が世間の知識不足に拍車をかけ、偏見の後押しをしていることも否定できない。

世は情報公開の時代である。隠蔽には公開よりもコストがかかり、ストレスフルである。それでも都合の悪い情報を隠そうとする体質は昔から続いている。隠蔽体質はいずれ虚偽体質に変貌し、世間からさらに信用されなくなってしまう。

精神科病院のイメージは「閉鎖病棟」「鉄格子」「危ない」「怖い」との言葉で表現されてきた。このようなイメージを変えていく取り組みが求められてくる。精神科医療は今後、ますます必要とされてくるのである。現代社会が生み出す様々なストレスによって人々の精神は悲鳴をあげている。患者数は急激に増加している。

精神病や神経症は、決して日常生活から縁遠い疾病ではない。一生の間に何らかの精神疾患を患う人は4〜5人に1人と言われている。その病気は、脳内における生化学反応の変調によって引き起こされるものが大半で、そのメカニズムは解明されつつある。

神経伝達物質が過剰ならば抑制し、不足していればそれを補うといった薬物療法が可能になっている。メカニズムについての研究が一定の成果をもたらしている証拠だと言える。だが、脳内における生化学反応のバランスはなぜ崩れてしまうのだろうか。そのメカニズムはまだよく判っていない。

しかし、それには我々が日常感じているストレスが神経伝達物質の働きに少なからず影響しているのは否定できない。そして我々が普段感じているストレスの多くは、対人関係からもたらされているのも否定できない。人間関係から生じたストレスは、人間関係の中でしか癒やせない。

癒やしの機会がなくなればそれをストレスと感じ、人との繋がりを求めようとする。ストレスからうける精神と体のダメージははかりしれないが、ダメージを軽減してくれるのもまたストレスである。適度なストレスを経験することで、人間はストレスへの抵抗力を身につけていく。

近年の神経症などの発症の増加はストレス耐性が低下しているのが大きな問題であろう。これからの時代には、ストレス社会の拡大のなかで、子供から大人にかけての人格形成期には、多くの人と触れ合い、影響しあう機会が必要であろう。多様な人間模様を目のあたりにすることで人格は厚みを増していくのであろう。

人間は社会なくして生きてはいけない。社会はこれからも継続的に我々にストレスを与え続ける、しかも社会の変化に伴ってストレスを受ける場面は多様化してくる。こうした実態に対応するために、医療現場も変化しなければならない。

この分野の医療の進展を阻むのは、旧態依然とした閉鎖、隔離環境を打破することであろう。何度も繰り返すが精神疾患は誰にでも起こりうる病気であり、その因果関係が人間と社会との関係にあるとすれば、その関係を遮断してはいけないのである。すべてをオープンにし、人間と社会とのストレスの中で発生する病であることを社会全体が認識すべきなのである。

だからこそ、一度その精神疾患を患ったといって社会との関係を切ってはならず、つねに関係を持続させるような仕組みを作っていかなければならない。偏見による閉鎖社会を打破することこそ、この病気に立ち向かうヒントがあるような気がする。

また、偏見がなくなれば、病気の根本治療に繋がる「早期発見、早期治療」がこの医療世界でも行えると思う。耕平の病院ではうつ病の人のために社会復帰プログラムや摂食障害の人向けの集団療法、疾患別家族教室などの各種社会復帰プログラムが実施されている。治療中も社会との関わりをなくさないようにする取り組みなどが求められる治療の一つであろう。

そしてもう一つの問題であるが、従来からの国の政策である「入院中心主義」で多くの精神科病院が荒廃し、先進国のなかでも際立って高い入院者数の問題がある。今後さらに拍車をかけるのが、先ほども述べたが入院患者の高齢化の問題である。入院患者の高齢化でアルツハイマー型の認知症患者の増加である。

その患者数は外来・入院合わせての数が約40万人ともいわれ、過去10年で3・5倍になっている。しかも、介護分野での患者数を合わせると200万人以上になるといわれている。2030年には、その認知症患者が350万人を超えると予想されている。

近年の小家族化・孤立・孤独化の中で一般病院からの退院者の受け入れ先がなくなり、その患者の多くが精神科病院に移され、そこからの行く先はなく正に「終の棲家」となり、一生涯を終えていく患者が増加している傾向にある。

一般の方は知らないかもしれないが、一般病院と同じように精神科病院にも「霊安室」がある。また精神科の病院は一般の病院と異なり、医療従事者の数が少なく、入院後のケアも十分できずに亡くなっていくケースも多いという今までになかった問題がある。これは、近年になって起こっている精神科病院での隠された一面かもしれない。

この問題は、急速な高齢者社会の進展で、一般病院の入院期間の制限、介護老人施設、特別養護老人施設、グループホームなどの受け入れ態勢が整備されていないなど、社会全般の問題として考えなれなければならない課題であろう。だが、現実的には高齢化の進展速度は増すばかりでこれを阻止することはできない。

そのような中で、救う道としては、ここでも、やはり社会からの偏見や差別の解消、また病院サイドでは、積極的な社会復帰活動を行うことが必要であろう。院内では、様々な社会復帰訓練の実施、対外的には生活訓練施設、各種福祉施設、グループホーム等の充実と、そことの連携プレーで、長期入院でなく、社会復帰支援による患者の日常生活の取り戻しに尽力すべきであろう。

しかし、そのような取り組みも一部では進められているが、病院の人員が不足する状況が改善されないままでは要求の増加には十分な効果がみられていないのもまた現実である。そこでは、かつてある日本医師会の会長が言った「精神医療は牧畜業」であるとの考えが、未だにいきているのは否定できない。

だが、各種の精神疾患、高齢化の認知症なども、正に、社会偏見や差別をなくし、オープンにし、医療治療の最善策である「早期発見、早期治療」を進めることを社会的に認識すべきであろう。耕平のいる病院はその仕組み作りに向け、先覚的な取り組みを始めている病院と思われる。

だが、そのような施設の中でも患者自身も受け身でなく、積極的な行動によって、自らの症状の緩和や、症状の更なる悪化を防ぐ努力が必要であろう。そのようにして、社会復帰が可能な患者を病院の中に閉じ込めず、社会復帰を促していくことで、今後の高齢化社会にも対処できる社会の在り方が見えてくるような気がする。

耕平自身はそのような問題意識を持ちつつ、わが人生については、しばらくは、この病院を一つの終の棲家としての位置付けと感じながら、母との毎日の生活を送っている。ここは、耕平にとり「現在の方丈庵」である。

鴨長明の方丈庵（現在の4畳半程度か）と比較し狭い約2畳半程度の部屋であるが全ての財産は収納でき、生活に必要な最小限の身の回りのものはそろっている。自分の来し方行く末を考えるのに十分な空間である。誰にも邪魔されない空間である。最近は、スマホでの落語の楽しさを知った。昨晩は、3代目古今亭志ん朝の『井戸の茶碗』を聴き、なんとも気持ちが安らぎ、熟睡した。

だが、自分自身が本当にこのベッドを必要とする人の権利を奪うようなことは避けなければいけないとも考えている。今はそうであっても、明日の一歩先は見えない生活の連続である。それも、いつかは必ず途切れる時が訪れる。その覚悟はある程度できているし、その準備もしている。母との別れも必ず訪れる。それも予期せず突然であろう。

だが、今日も午前6時に目が覚め、いつもの1日が始まろうとしている。1日8000歩で体調の維持に努めるのが当面の目標である。今日は天気は良さそうでスケジュール予定通りにいくだろう。耕平は当面この生活を続けるだろうが、若者は、この快適空間に慣れてはいけない。

人間＝ストレス社会に住む二足動物である。つねにそのストレス社会に晒されながら流されない生き方をしてほしい。また、高齢化社会で増える社会的難民の行きつく「終の棲家」が「精神科病棟」にならないように、個人個人の努力と社会体制の充実が求められている。現実的にはいつかは、耕平はここを「終の棲家」にしてはならず退出しなければならない。一方では、介護難民としてここを「終の棲家」とせざるを得ず、止むを得ず一生を終えざるを得ない人々がいるのも高齢化社会の中で隠れた現実である。

鎌田　博（かまだ　ひろし）

昭和24年11月　静岡県浜松市生まれ
昭和48年３月　大阪市立大学法学部卒
　　　　４月　第一勧業銀行入行。国内支店、本部勤務後シンガポール、スイス勤務。鎌倉、厚木、心斎橋の３カ店の支店長歴任
平成15年８月　みずほキャピタル上席執行役員
平成19年６月　みずほ関連会社２社の監査役
平成24年11月　みずほ関連会社退職。現在に至る
横浜市在住

【著書】
『子供に伝えたいエンディングノート』（東京図書出版）

TTS文庫

138億年の授業

2015年2月6日　初版発行

著　者　鎌田　博

発行者　中田典昭

発行所　東京図書出版

発売元　株式会社 リフレ出版
〒113-0021　東京都文京区本駒込 3-10-4
電話 (03)3823-9171　FAX 0120-41-8080

印　刷　株式会社 ブレイン

© Hiroshi Kamada

ISBN978-4-86223-814-6 C0193
Printed in Japan 2015
日本音楽著作権協会(出)許諾第1413179-401号
落丁・乱丁はお取替えいたします。

ご意見、ご感想をお寄せ下さい。

[宛先] 〒113-0021　東京都文京区本駒込 3-10-4
東京図書出版